董　川　双少敏　李忠平　等编著

# 煤矿瓦斯监测新技术

化学工业出版社
·北京·

**图书在版编目（CIP）数据**

煤矿瓦斯监测新技术/董川，双少敏，李忠平等编
著．—北京：化学工业出版社，2010.6
ISBN 978-7-122-08415-6

Ⅰ．煤⋯　Ⅱ．①董⋯②双⋯③李⋯　Ⅲ．煤矿-瓦
斯监测　Ⅳ．TD712

中国版本图书馆 CIP 数据核字（2010）第 077066 号

责任编辑：朱　彤　　　　　　　文字编辑：王　琪
责任校对：蒋　宇　　　　　　　装帧设计：张　辉

出版发行：化学工业出版社（北京市东城区青年湖南街 13 号　邮政编码 100011）
印　　装：大厂聚鑫印刷有限责任公司
720mm×1000mm　1/16　印张 10¾　字数 215 千字　　2010 年 7 月北京第 1 版第 1 次印刷

购书咨询：010-64518888（传真：010-64519686）　售后服务：010-64518899
网　　址：http://www.cip.com.cn
凡购买本书，如有缺损质量问题，本社销售中心负责调换。

定　　价：39.00 元

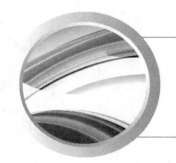

# 前　言

　　经济发展，社会进步，始终离不开充足的能源。煤炭虽然不是一种清洁能源，但在各种新型清洁能源尚难以充分满足需要的今天，其在各种能源中的地位仍然是举足轻重的。但是，煤矿生产环境恶劣，重大灾害、事故时有发生，其中以瓦斯灾害最为严重，造成大量人身伤亡和巨大的财产损失，被称为煤矿安全生产的"头号杀手"，是我国矿业发展亟待解决的重大课题。国家一直把瓦斯治理作为煤矿安全生产的重点。煤矿生产管理单位对煤矿瓦斯监测非常重视，并成为煤矿是否可以生产的必要条件，研究和开发新型传感器和瓦斯监测技术日益受到广泛重视。

　　2005 年，为发挥国家自然科学基金的导向和协调作用，结合我国当前迫切需要解决的煤炭安全生产中的关键科学问题，国家自然科学基金委员会通过学科交叉，组织了一批重点项目以推动煤矿安全生产的新方法、新技术研究。四年来，山西大学董川教授课题组在煤矿瓦斯传感技术和预警信息系统基础理论与关键技术方面开展了深入和系统的研究并获得了一些重要成果。在此基础上，结合我国煤矿瓦斯治理方面的综合技术编写了本书。

　　本书主要介绍了煤矿瓦斯的产生、形成等过程和性质，重点总结了在煤矿瓦斯监测技术等方面的最新成果和进展，特别是编入了作者所在课题组近几年关于瓦斯监测方法的部分研究成果，主要介绍了煤矿瓦斯的形成、性质及其各种监测新技术的研发工作。其中，第 1、2 章由李忠平博士编写；第 3、7 章由乔洁博士编写；第 4 章由双少敏教授编写；第 5 章由张彦博士编写；第 6 章由胡婷婷博士编写。全书由董川教授负责统一编排策划和组织指导。最后，还要感谢山西大学环境科学与工程研究中心瓦斯传感器研究课题组全体成员多年来在瓦斯传感器研究和应用、超分子化合物合成和应用等研究领域做出的不懈努力，感谢国家自然科学基金委员会和瓦斯重点项目群其他成员单位对编著者开展瓦斯监测传感技术与热力学预警系统研究工作给予的大力支持和帮助。

　　由于编者时间有限，书中疏漏之处在所难免，特别是瓦斯监测新技术研究领域相当广泛，本书只能部分重点介绍瓦斯监测新技术原理、应用及相关知识，敬请广大读者见谅。

编著者

2010 年 4 月

前言

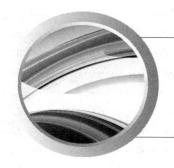

# 目 录

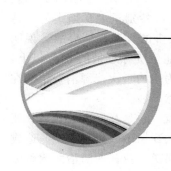

# 第 1 章
# 绪 论

## 1.1 瓦斯气体简介

瓦斯气体的主要成分是烷烃，是无色、无味、无嗅、可燃的气体，其中甲烷占绝大多数，另有少量的乙烷、丙烷和丁烷，此外一般还含有硫化氢、二氧化碳、氮气和水汽，以及微量的惰性气体，如氦气、氩气等。在标准状况下，甲烷至丁烷以气体状态存在，戊烷以上为液体。甲烷是易燃、易爆气体，是天然气、沼气和多种液体燃料的主要成分，是重要的工业原料和日常生活的燃气，在大气中爆炸的下限为 5.3%，上限为 16%，遇明火或者温度 650～750℃，就会引起爆炸，浓度达9.5%爆炸威力最大。当浓度大于 16%时，燃烧不爆炸。主要由煤体或者腐烂植物产生，存在状态主要为吸附式和游离式。瓦斯事故是煤矿安全生产的主要威胁之一。瓦斯有四大危害：一是可以燃烧，引起矿井火灾；二是会爆炸，导致矿毁人亡；三是浓度过高时会导致人员缺氧窒息，甚至死亡；四是会发生煤（岩）与瓦斯突出，摧毁、堵塞巷道，甚至引起人员窒息死亡、瓦斯爆炸。

全国现有各类煤矿约 2.8 万处，其中 45 户安全重点监控企业有 414 处，其他国有重点煤矿 322 处；地方国有煤矿 2176 处；乡镇煤矿 2.45 万处。瓦斯爆炸一直是困扰采矿业的重大难题，造成重大伤亡、巨大损失的事故屡有发生。煤矿中瓦斯的主要成分是甲烷，约占 83%～89%。瓦斯是煤矿自然灾害的重要根源。瓦斯事故已占全国煤矿重大事故总数的 70%以上。

新中国成立以来，全国经历了两次百人以上特别重大煤矿事故的集中爆发期。第一次是在 1960～1961 年，全国共发生 5 起百人以上煤矿事故，其中 4 起是瓦斯事故。第二次是在 2004～2005 年，全国共发生 6 起百人以上煤矿事故，其中 5 起是瓦斯事故。2001～2005 年，煤矿瓦斯事故平均每年死亡 2173 人。2006～2008年，分别降至 1319 人、1084 人和 778 人。2008 年与 2005 年相比，煤矿瓦斯事故下降 56%，死亡人数减少 64%，瓦斯抽采量增加 130%，利用量增加 160%。

2009 年 1～10 月，全国煤矿瓦斯事故死亡 551 人，同比减少 155 人，下降了22%。但特别重大瓦斯事故没有得到有效控制，2009 年共发生了山西焦煤屯兰"2·22"特别重大瓦斯爆炸事故、重庆松藻同华煤矿"5·30"特别重大瓦斯突出事故、"9·8"河南平顶山新华四矿特别重大瓦斯爆炸事故、"11·21"黑龙江鹤岗新兴煤矿特别重大瓦斯爆炸事故共4起一次死亡30人以上的特别重大瓦斯事故，特别是黑龙江新兴煤矿事故是2006年以来一次死亡人数最多的煤矿瓦斯事故，说明煤矿瓦斯防治工作基础极不牢固。中国煤炭资源占化石能量资源总量的96％以上，远远大于石油和天然气资源，这一条件决定了中国以煤为主的一次能源消费结构在未来相当长一段时间内难以改变，煤矿瓦斯防治形势依然严峻。

分析我国煤矿瓦斯防治工作的形势，呈现出三大特点。一是瓦斯事故数量、死亡人数逐年下降，这是大趋势，但有波折，有反复，重大瓦斯事故仍有发生，造成不好的社会影响。二是瓦斯防治工作发展不平衡。目前煤矿企业瓦斯防治大致可分为三类。第一类是以淮南、松藻煤矿等为代表的，已实现瓦斯抽采和区域性防突为主，开始进入主动防治阶段，瓦斯治理理念和技术先进，管理规范，但这类煤矿数量较少。第二类是以国有煤矿为主体，瓦斯防治以风排为主、抽采为辅，还处在被动治理阶段。第三类是小煤矿和极少数国有煤矿，基本上没有抽采瓦斯，还处在瓦斯的排放通过吹风来实现的低级阶段。三是煤层气利用还处在起步阶段。这与我国丰富的煤层气资源储量极不相称，煤层气利用率仅30％，大量煤层气被排向大气，既浪费能源，又污染环境。

形成这种状况有客观因素，但更多的还在主观方面。从客观条件上分析，我国瓦斯地质条件复杂，国有煤矿中，高瓦斯和煤与突出矿井占一半左右。整体生产力水平偏低，生产矿点多、小煤矿多，装备水平和生产工艺落后。安全欠账多，国有煤炭企业社会包袱重，很多国有老煤矿技术装备落后，难以应对开采深度增加带来的挑战；小煤矿安全投入严重不足，安全设施不健全。瓦斯防治技术仍有待突破，特别是煤与瓦斯突出的机理和规律还有待进一步探索，现有的抽采技术还不能满足现场要求。

从主观因素上分析。部分煤矿瓦斯防治认识不到位，瓦斯治理理念落后，管理标准不高，对先抽后采的要求重视不够，落实不到位，重治理轻预防，重风排轻抽采，重检查轻整改。瓦斯利用系统不配套，除山西省外，其他省区开采出的煤层气没有外输管道，都是自采自用，大部分排空。政策措施落实不到位。现有的瓦斯防治法律和政策还不够系统、不够完善。大部分省区瓦斯发电上网难，上网加价政策没有落实到位。煤炭和煤层气矿权重叠问题严重，协调解决难度大。有些省区煤层气民用价格未放开，普遍比同热值天然气价格低。

# 1.2　矿井瓦斯气体的产生过程

## 1.2.1　矿井瓦斯的生成

矿井瓦斯是成煤过程中的一种伴生气体，是指矿井中主要由煤层气构成的以甲烷为主的有毒、有害气体的总称，包括甲烷、二氧化碳、氮气，还有少量乙烷、氢气、一氧化碳、硫化氢和二氧化硫等，有时单指甲烷。矿井瓦斯来自煤层和煤系地层，它的形成经历了两个不同的造气时期：从植物遗体到形成泥炭的生物化学造气时期和从褐煤、烟煤到无烟煤的变质作用造气时期，产生了大量瓦斯。由于在生化作用造气时期泥炭的埋藏较浅，覆盖物的胶结固化也不好，因此生成的气体通过渗透和扩散很容易排放到大气中，只有少部分还保存在煤层中。

## 1.2.2　矿井瓦斯的性质

瓦斯是一种无色、无味的气体，它的密度比空气约小一半，易积聚在巷道的上部，难溶于水，扩散性强，会从高浓度区向低浓度区扩散。瓦斯无毒性，但空气中瓦斯浓度的增高会导致氧浓度的降低，当空气中瓦斯浓度为 57% 时氧浓度降至 9%，人会缺氧窒息。瓦斯在空气中达到一定浓度后遇到高温热源能燃烧和爆炸，会造成人员死亡。

## 1.2.3　矿井瓦斯的存在状态

瓦斯在煤体中的存在状态有两种：一种称为游离状态；另一种称为吸附状态。游离状态也称自由状态，即瓦斯以自由气体的状态存在于煤体的裂隙和孔隙中。游离瓦斯能自由运动并呈现出压力，其量的大小与储存空间的容积和瓦斯压力成正比，与瓦斯温度成反比。吸附状态又可分为吸着状态和吸收状态。吸着状态是在煤的孔隙表面的碳分子对瓦斯的碳氢分子有很大的吸引力，使大量瓦斯分子被吸着于煤的微孔表面上形成的一个薄层。吸收状态是瓦斯分子在较高的瓦斯压力作用下，渗入煤体胶粒结构中，与煤体紧密结合在一起，如同气体溶于液体的状态。吸附状态瓦斯量的大小，与煤的性质、孔隙结构特点以及瓦斯温度、压力有关。

在煤层中生成水合物所需瓦斯来源于煤层本身和围岩及煤系地层。煤岩中既有在沉积成煤过程中形成的原生孔隙，又有成煤后受构造破坏所形成的次生孔隙，其孔隙类型和连通程度变化很大，它们互相组合形成裂隙性多孔介质，为瓦斯的储存和运移提供了空间和通道。当温度和压力条件适合时可生成瓦斯水合物，随着瓦斯水合物的生成，消耗大量瓦斯，导致该处的瓦斯压力下降，周围区域的瓦斯在压力梯度的驱动下将向瓦斯水合物生成区域运移，而且煤与瓦斯突出煤层的瓦斯含量高和瓦斯压力梯度大，因此生成水合物有充足的气源供应。另外，Buffett 等的研究表明，在天然多孔介质中的溶解气体生成水合物要比在气-液两相环境中容易，在多孔介质中溶解气体含量比水合物在游离气中生成时所达到的气体峰值含量低40% 的情况下，仍然能够在水溶液中生成水合物。

## 1.2.4　矿井瓦斯的爆炸

矿井瓦斯爆炸是一种热-链式反应，也称链锁反应。当爆炸混合物吸收一定能量后，反应分子的链断裂，离解成两个或两个以上的自由基。这类游离基具有很大的化学活性，成为反应连续进行的活化中心。随着自由基的不断增多，化学反应速率也越来越快，最后就可以发展为燃烧或爆炸式的氧化反应。所以，瓦斯爆炸就其本质来说，是一定浓度的甲烷和空气中的氧气在一定温度作用下产生的激烈氧化反应。瓦斯爆炸产生的高温高压，促使爆源附近的气体以极大的速度向外冲击，造成人员伤亡，破坏巷道和器材设施，扬起大量煤尘并使之参与爆炸，产生更大的破坏力。另外，爆炸后生成大量的有毒有害气体，造成人员中毒死亡。

# 1.3　瓦斯气体的物理性质

矿井瓦斯是井下有害气体的总称。古代植物在成煤过程中，经厌氧微生物作用，植物的纤维质分解产生大量瓦斯。此后，在煤的碳化变质过程中，随着煤的化学成分和结构的变化，继续有瓦斯不断生成，以吸附或游离状态储存在煤层及邻近岩层之中。在长期的地质年代里，由于沼气的密度小，扩散能力强，地层又具有一定的透气性，以及地层的隆起、侵蚀，大部分瓦斯都已逸散到大气中去，只有小部分至今还被储存。随着井下采煤过程的进行，会不断地从煤和围岩中涌出，其主要成分是甲烷（$CH_4$）、二氧化碳（$CO_2$）、一氧化碳（$CO$）、硫化氢（$H_2S$）、乙烯（$C_2H_4$）、乙烷（$C_2H_6$）、氢气（$H_2$）、二氧化硫（$SO_2$）等。由于甲烷（$CH_4$）占90％以上，因此瓦斯一般就是指甲烷（$CH_4$）。

## 1.3.1　甲烷的分子结构

甲烷的化学式为 $CH_4$，其电子式如下：

甲烷分子的比例模型如下：

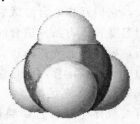

甲烷分子的结构是正四面体结构，碳原子位于正四面体的中心，4 个氢原子分别位于正四面体的 4 个顶点上（键角是 $109°28'$）。

## 1.3.2　甲烷的一般性质

甲烷是池沼底部产生的沼气和煤矿的坑道所产生的气体的主要成分。这些甲烷都是在隔绝空气的情况下，由植物残体经过微生物发酵的作用而生成的。甲烷是无色、无味的气体，微溶于水，溶于醇、乙醚。密度（标准状况）0.7167g/L，沸点

−161.5℃，熔点−182.48℃。燃烧热 889.5kJ/mol，临界温度−82.6℃，临界压力 4.59MPa。闪点−188℃，引燃温度 538℃（表1-1）。

甲烷（methane）是最简单的烷烃，也是有机物中最简单的稳定化合物。植物在没有空气的条件下腐烂以及一些复杂分子经过断裂最终会生成甲烷。天然气的主要成分是甲烷，分子式为 $CH_4$，结构式为 $H—CH_3$，相对分子质量为 16.04。

表1-1　甲烷的一般物理性质

| 性　质 | 数　据 |
| --- | --- |
| 相对分子质量 | 16.04 |
| 摩尔体积(标准状态)/(L/mol) | 22.38 |
| 密度(101.32kPa 和 0℃)/(kg/m³) | 0.7167 |
| 沸点 | |
| 　温度/K | 111.75 |
| 　汽化热/(kJ/kg) | 509.74 |
| 　气体密度/(kg/m³) | 1.8 |
| 　液体密度/(kg/m³) | 426 |
| 临界点 | |
| 　温度/K | 190.7 |
| 　压力/MPa | 4.64 |
| 　密度/(kg/m³) | 160.4 |
| 三相点 | |
| 　温度/K | 90.6 |
| 　压力/MPa | 11.65 |
| 固体密度/(kg/m³) | — |
| 液体密度/(kg/m³) | 450.7 |
| 熔点 | |
| 　温度/K | 90.65 |
| 　熔解热/(kJ/kg) | 58.19 |
| 比热容(101.32kPa,15.6℃)/[kJ/(kg·K)] | |
| 　$c_p$ | 2.202 |
| 　$c_V$ | 1.675 |
| 热导率(101.32kPa 和 0℃)/[W/(m·K)] | 0.030 |
| 气液体积比 | 591 |
| 表面张力(103K)/(mN/m) | 15.8 |
| 黏度(101.32kPa 和 0℃)/μPa·s | 10.3 |
| 偶极矩/C·m | 0 |
| 辛烷值(RON) | — |
| 生成焓(气体,25℃)/(kJ/mol) | −74.898 |
| 熵(气体,25℃)/[J/(mol·K)] | 186.313 |
| 生成自由能(气体,25℃)/(kJ/mol) | −50.828 |
| 燃烧热/(kJ/m³) | 35877 |
| 闪点/K | 85 |
| 自燃温度(空气中,101.3kPa)/K | 811 |

### 1.3.3 甲烷运输注意事项

采用钢瓶运输时必须戴好钢瓶上的安全帽。钢瓶一般平放，应将瓶口朝同一方向，不可交叉；高度不得超过车辆的防护栏板，用三角木垫卡牢，防止滚动。运输时运输车辆应配备相应品种和数量的消防器材。装运该物品的车辆排气管必须配备阻火装置，禁止使用易产生火花的机械设备和工具装卸。严禁与氧化剂等混装混运。夏季应早晚运输，防止日光曝晒。中途停留时应远离火种、热源。公路运输时要按规定路线行驶，切勿在居民区和人口稠密区停留。铁路运输时要禁止溜放。

# 1.4 瓦斯气体的化学性质

矿井瓦斯由甲烷、乙烷、丙烷、丁烷、二氧化碳、硫化氢等气体混合而成。甲烷在其中占主要部分，所以瓦斯气体的性质主要由甲烷决定。

甲烷是在闭塞的沼泽底部由植物腐烂分解生成，主要存在于沼泽、矿井等环境中。甲烷是最简单的烃类，分子式是 $CH_4$，又名甲基氢化物。在低浓度时无色、无味，在较高浓度时有类似氯仿的甜味。常温下甲烷是非常惰性的气体，具有很高的 C—H 键强度（438.8kJ/mol）、高的电离能（12.5eV）、低的质子亲和力（4.4eV）、低的酸度（$pK_a=48$），但是在高温、有催化剂存在时，也可以进行一些反应如氧化、卤化、热裂等。通过这样的反应在工业上用于生产化工原料，在这里甲烷大多数反应是自由基反应。

### 1.4.1 甲烷的稳定性

在通常情况下，甲烷的性质比较稳定，跟强酸、强碱或强氧化剂等一般不起反应，不能使酸性 $KMnO_4$ 溶液和溴水褪色。虽然甲烷不能渗入皮肤，但是容易吸入身体，身体吸入的甲烷可以有效地置换氧气引起人窒息。吸入的量少时，人会感到头晕或者头痛，随着吸入量的增加，会伴随有恶心，吸入量较大时将会导致失去意识甚至死亡。当煤层温度为 2218℃ 时，甲烷需要 3318MPa 的压力才能生成水合物。溶液中表面活性剂的含量达到或超过临界胶束含量时，表面活性剂可促进水合物的生成，减少水合物生成的诱导时间。从试用过的表面活性剂来看，促进效果依次为吐温 40、吐温 80、十六烷基苯磺酸钠、十二烷基硫酸钠、壬基酚醚。以瓦斯水合物生成实验来说，表面活性剂主要改变的是动力学特征，加入乙烷、丙烷、二氧化碳等气体改变的是热力学条件。

### 1.4.2 甲烷的取代反应

有机物分子里的某些原子或原子团被其他原子或原子团所代替的反应称为取代反应。在光照条件下，甲烷可以跟氯气发生取代反应。

对甲烷发生的取代反应需注意以下几点。

① 反应必须在光照条件下进行，参加反应的必须是氯气，不能是氯水。

② 反应后的产物有 $CH_3Cl$、$CH_2Cl_2$、$CHCl_3$、$CCl_4$，因此一般得到的是混合物，不宜用于制备。

③ 反应产物中，常温时只有 $CH_3Cl$ 是气体，其余三种均为液体；只有 $CCl_4$ 是非极性分子，其余三种均为极性分子。四种产物均不溶于水。

甲烷与氯气在光照条件下发生反应，反应式如下：

$$CH_4 + Cl_2 \longrightarrow CH_3Cl + HCl$$
$$CH_3Cl + Cl_2 \longrightarrow CH_2Cl_2 + HCl$$
$$CH_2Cl_2 + Cl_2 \longrightarrow CHCl_3 + HCl$$
$$CHCl_3 + Cl_2 \longrightarrow CCl_4 + HCl$$

## 1.4.3　甲烷的氧化反应

甲烷在空气和氧气中可以发生氧化反应，反应式如下：

$$CH_4 + 2O_2 \longrightarrow CO_2 + 2H_2O$$

甲烷易燃烧，燃烧时发出蓝色火焰。甲烷在点燃前必须验纯。如果点燃甲烷和氧气或空气的混合物，就会立即发生爆炸。

甲烷是优质气体燃料，热值为 882.0kJ/mol，是一种清洁能源，其燃烧所产生的污染物约为石油的 1/40，煤的 1/800；也是制造合成气和许多化工产品的重要原料。

甲烷燃烧时火焰呈青白色。沼气、坑气、天然气的主要成分是甲烷。天然气中的甲烷经低温和加压液化，可以用特殊船舶越洋运输。点燃甲烷和空气的混合气会发生爆炸。甲烷在空气里的爆炸极限是 5.0%～16.0%（体积分数），在氧气里的爆炸极限是 5.4%～59.2%（体积分数）。另外，甲烷是引起温室效应导致全球变暖的第二大温室气体，由于人类的生产和生活的飞速变化，在过去的两百年中排放到大气中大量的二氧化碳和甲烷，同体积的甲烷对臭氧层的破坏作用是二氧化碳的20 倍，所以甲烷的检测具有重要意义。

在煤矿里甲烷从煤岩裂缝中喷出。矿井瓦斯爆炸是一种热-链式反应（也称链锁反应）。当爆炸混合物吸收一定能量（通常是引火源给予的热能）后，反应分子的链即行断裂，离解成两个或两个以上的自由基（也称游离基）。这类游离基具有很大的化学活性，成为反应连续进行的活化中心。在适合的条件下，每一个自由基又可以进一步分解，再产生两个或两个以上的自由基。这样循环不已，自由基越来越多，化学反应速率也越来越快，最后就可以发展为燃烧或爆炸式的氧化反应。所以，瓦斯爆炸就其本质来说，是一定浓度的甲烷和空气中的氧气在一定温度作用下产生的激烈氧化反应。

瓦斯爆炸产生的高温高压，促使爆炸源附近的气体以极快的速度向外冲击，造成人员伤亡，破坏巷道和器材设施，扬起大量煤尘并引发煤尘爆炸，产生更大的破坏力。另外，爆炸后生成大量的有害气体，造成人员中毒死亡。

### 1.4.4 甲烷的裂解

隔绝空气加热到 1000℃ 以上，甲烷发生分解，制取炭黑和氢气。随着天然气资源探明储量的不断增加，以及天然气制氢的技术优势，天然气转化制氢成为当今的主要制氢方法之一。天然气的主要成分是甲烷，通过甲烷制氢的方法有多种，包括甲烷水蒸气重整制氢、甲烷部分氧化制氢、甲烷自热重整制氢、甲烷绝热催化裂解制氢等。其中甲烷水蒸气重整工艺较为成熟，是目前工业应用最多的方法，但其耗能高、生产成本高、设备投资大，而且制氢过程中向大气排放大量的温室气体 $CO$，同时需要经过一氧化碳变换、二氧化碳脱除以及甲烷化多个后续步骤方能得到纯度较高的氢气，生产周期长。甲烷催化裂解制氢由于其耗能少，产物氢气中不含 $CO$ 而对环境不会有影响，因而具有很好的前景，而且其产物纯度较高，可满足目前的燃料电池用能要求。

甲烷在高温情况下，直接分解为碳和氢气。甲烷的高温分解实际并不是一个新的反应，只是以前不是用在制氢而只是作为制备炭黑的方法。主要反应式如下：

$$CH_4 \longrightarrow C + 2H_2 \quad \Delta H = 18kcal/mol \text{❶} CH_4$$

催化剂在 $CH_4$ 裂解反应中起降低反应活化能、加快反应速率的作用。若上式反应使用的是 Ni 基催化剂，则 $CH_4$ 催化裂解的机理可表示如下：

$$CH_4 + xNi \longrightarrow Ni_xC + 4H \quad x = 1 \sim 3$$
$$2H \longrightarrow H_2$$

反应中由于 C—H 键非常稳定，反应要求温度很高。在无催化剂条件下，反应温度必须在 700℃ 以上才能保证反应进行。而要保证有较高产氢量，要求反应温度在 1500℃ 以上。产生的碳以微粒形式存在，主要的气态产物即是氢气。每反应 1mol 甲烷需能量 18kcal/mol $CH_4$，即使考虑在 80% 的热效率情况下，所需能量为 11.3kcal/mol $H_2$。为了降低反应温度，一般采用加入催化剂的方法。

$CH_4$ 在 Ni 基催化剂上的解离是逐步进行的，即通过逐渐解离为金属碳化物和氢，半经验计算表明，由于 $CH_3$ 物种中金属与吸附质之间相互作用力较弱，高含氢量的 $CH_x$，例如 $CH_3$ 比 $CH_2$、CH 更为活跃，因此在金属活性位与载体之间迁移的物种主要为 $CH_3$，即 $H_2$ 以及低含氢量的 C 物种主要由 $CH_3$ 产生，这种解离机理能够解释大多数的实验现象。

## 1.5 矿井瓦斯气体的利用现状

煤矿瓦斯如不加以利用，直接排放到大气中，其温室效应约为 $CO_2$ 的 21 倍。据不完全统计，2005 年我国煤田中排出的瓦斯达 130 多亿立方米（折合纯 $CH_4$），2006 年前 10 个月瓦斯利用率仅 23%，利用量却不到 10 亿立方米，其余部分均被

---

❶ 1cal=4.1840J。

排入大气。如果将我国排放的煤矿瓦斯中的 40 亿立方米用来发电，可发电 $1.3 \times 10^{10} \, \mathrm{kW \cdot h}$，相当于为国家节约了 570 万吨标准煤和减排了 5000 多万吨 $CO_2$，还可创造大量就业岗位，经济效益、社会效益及环保效益都十分显著。

### 1.5.1　国外矿井瓦斯利用状况

目前，世界上煤层气商业化开发比较成功的国家主要有美国、加拿大、澳大利亚、英国等。其中，以美国的煤层气产业化经营最成熟，发展速度也最快。自 20 世纪 70 年代末至 80 年代初美国率先成功开采煤层气以来，经过 20 多年不断开发和研究，煤层气已成为美国重要的能源。澳大利亚煤层气产业化发展得也相当快。目前，煤层气的生产已成为昆士兰地区天然气工业的重要组成部分。

英国、俄罗斯、乌克兰、波兰等国家煤矿瓦斯抽放和利用已有多年历史。其中，英国主要把煤层气用于发电或汽车燃料；乌克兰主要用于供暖、汽车燃料；日本除把煤层气用于发电和内燃机燃料外，还用来作为廉价的化工原料。

### 1.5.2　国内矿井瓦斯利用现状

煤矿瓦斯重大动力灾害的威胁严重限制了矿井生产能力，造成巨大的经济损失，也影响煤炭生产对国民经济快速发展的保障作用。同时，还造成恶劣的社会影响，损害了我国的国际形象。煤矿自然条件差是煤矿伤亡事故多的主要原因。我国 33.09% 煤矿的地质构造属于复杂或极复杂；我国几乎所有矿井均为瓦斯矿井，国有重点煤矿高瓦斯矿井占 26.8%，煤与瓦斯突出矿井占 17.6%；煤尘爆炸危险普遍存在，国有重点煤矿有煤尘爆炸危险的矿井占 87.4%；矿井煤层自然发火危险性严重，国有重点煤矿中有自然发火危险的矿井占 51.3%。

煤矿瓦斯事故多发的另一重要原因是煤矿安全技术及基础研究难以适应当前煤矿安全高效生产的需求。目前，世界上对煤与瓦斯突出机理仍然停留在假说阶段；对瓦斯爆炸、煤尘爆炸等事故的成灾及致灾机理认识不清；突出与构造的关系尚未完全认知；对小构造的探测缺乏有效的手段，利用瑞利波、地质雷达、弹性波等多种方法进行井下超前探测仍处在试验阶段等。

据不完全统计，我国每年抽排的煤层气资源与开采的常规天然气资源相当，但利用率却很低，大规模的开发利用还在发展中。造成我国煤矿瓦斯利用率偏低的主要原因是：①抽排瓦斯浓度较低，按目前的技术水平和相关的安全规程，只能排空而难以利用；②抽采规模小而分散，不便于集中利用；③缺乏政府和相关优惠政策的支持。

#### 1.5.2.1　我国矿井瓦斯赋存情况

（1）**瓦斯分布及储量**　我国瓦斯资源丰富。据瓦斯资源评价结果，我国埋深 2000m 以下瓦斯地质资源量约 36 万亿立方米，主要分布在华北地区和西北地区。其中，华北地区、西北地区、南方地区和东北地区赋存的瓦斯地质资源量分别占全国瓦斯地质资源总量的 56.3%、28.1%、14.3%、1.3%。1000m 以下、1000～

1500m 和 1500～2000m 的瓦斯地质资源量分别占全国瓦斯资源地质总量的 38.8%、28.8% 和 32.4%。全国大于 5000 亿立方米的含瓦斯盆地（群）共有 14 个，其中含气量在 5000 亿～10000 亿立方米之间的有川南黔北盆地、豫西盆地、川渝盆地、三塘湖盆地、徐淮盆地等，含气量大于 10000 亿立方米的有鄂尔多斯盆地东缘、沁水盆地、准噶尔盆地、滇东黔西盆地群、二连盆地、吐哈盆地、塔里木盆地、天山盆地群、海拉尔盆地。

我国瓦斯可采资源总量约 10 万亿立方米，其中大于 1000 亿立方米的盆地（群）有 15 个：二连盆地、鄂尔多斯盆地东缘、滇东黔西盆地、沁水盆地、准噶尔盆地、塔里木盆地、天山盆地、海拉尔盆地、吐哈盆地、川南黔北盆地、四川盆地、三塘湖盆地、豫西盆地、宁武盆地等。二连盆地瓦斯可采资源量最多，约 2 万亿立方米；鄂尔多斯盆地东缘、沁水盆地的可采资源量在 1 万亿立方米以上；准噶尔盆地可采资源量约 8000 亿立方米。

**(2) 含气性** 我国煤层大多含气量较高。据对全国 105 个煤矿区调查，平均含气量在 $10m^3/t$ 以上的矿区 43 个，占 41%；平均含气量为 $8～10m^3/t$ 的矿区 29 个，占 28%；平均含气量为 $6～8m^3/t$ 的矿区 19 个，占 18%；平均含气量为 $4～6m^3/t$ 的矿区 14 个，占 13%。

**(3) 聚气带规模** 我国瓦斯聚气带规模相差很大，小到几十平方公里，大到上万平方公里，资源丰度为 $(0.15～7.22)×10^8 m^3/km^2$。

### 1.5.2.2 矿井瓦斯开发利用的意义

**(1) 瓦斯的危害** 煤矿瓦斯（又称煤层气）是煤层的一种伴生气体。在煤矿开采过程中以不同形式从煤层中涌出，是矿井中一种最常见的有害气体。具体体现在两个方面：①瓦斯具有燃烧爆炸的危险；②煤与瓦斯突出的危险。而且它们具有难预测的特点。一旦发生，不仅造成大量的人员伤亡，而且造成巨大的经济损失，严重威胁着煤矿的安全生产。因此，对煤矿瓦斯的治理和利用迫在眉睫。

**(2) 矿井瓦斯的利用价值** 瓦斯虽然对人类产生危害及灾难，但同时又是一种优质能源，它具有很高的利用价值。主要体现在以下几个方面。

煤矿抽放的高浓度（>30%）瓦斯是一种清洁能源。瓦斯可以作民用燃料，如阳泉、抚顺矿区，年利用量在 6000 万立方米以上；淮南矿区已具备同时向 10 万户居民供气的储配能力。瓦斯在工业中可用于燃料烧锅炉，可供建筑物取暖、洗浴、蒸汽驱动设备等。工业瓦斯锅炉分中、低压供气和热水、蒸汽供热。晋城、淮南等矿区已应用工业瓦斯锅炉。

瓦斯发电技术成熟的工艺有燃气轮机发电、汽轮机发电、燃气发电机发电、联合循环系统发电和热电冷联供瓦斯发电。山东胜利油田动力机械设备厂功率在 2000kW 以下的各种瓦斯燃气发电机组，已在淮南、松藻、水城、皖北等矿区应用。

瓦斯还可以用来生产炭黑、甲醛，用于汽车燃料等。如果对煤矿瓦斯开发利用得好，它将在一定程度上改善我国的能源结构。

### 1.5.2.3 矿井瓦斯的抽采利用

据国家安全生产监督管理总局统计，在原国有煤矿 286 处高瓦斯和煤与瓦斯突出矿井中，实际开展抽采的矿井有 264 处，占 92.3%。2004 年我国井下开发瓦斯约为 16 亿立方米，国有高瓦斯突出矿井平均瓦斯的开发率仅 10%左右。全国 45 户安全重点监控煤炭企业，目前已有居民和工业瓦斯燃料用户 45 万户，瓦斯装机功率 44000kW，瓦斯实际利用量 4.1 亿立方米。平均利用率达到 24.7%。2005 年，全国施工瓦斯井 607 口，超过此前历年施工井数的总和。全国瓦斯抽采量达 23 万亿立方米，利用总量超过 10 万亿立方米。2006 年，国有重点煤矿 286 处高瓦斯和瓦斯突出矿井累计抽采量 26.14 亿立方米，我国重点煤矿抽采出的瓦斯累计利用量 6.15 万亿立方米，瓦斯利用率 23.53%，其中民用 4.74 亿立方米，发电用 1.41 亿立方米。同时，全国煤炭瓦斯事故呈现总体下降的趋势，在全国煤炭产量同比增长 4.4%的情况下，瓦斯事故起数和死亡人数分别下降 30.6%、45.1%。从以上数据可以看出，在国家政策扶持下，瓦斯的合理利用在这几年得到了更多煤矿企业的重视，发展速度也比以前快了很多。而且，同时将煤矿瓦斯事故的发生率降了下来。在这样的发展趋势下，相信在未来的几年，中国煤矿瓦斯抽采和利用总量及所占的比率都将有大的提高。

我国高瓦斯及突出矿井较多，据 2008 年全国瓦斯等级鉴定，高瓦斯矿井 2859 个，煤与瓦斯突出矿井 647 个，低瓦斯矿井 11500 多个。我国高瓦斯矿井分布较广，主要集中在河北、山西、安徽、河南、江西、湖南、四川、重庆、贵州、陕西、辽宁、吉林、黑龙江等省，在宁夏、云南两省煤炭开发量不大，但也有部分高突矿井。江苏和山东只有极个别的高突矿井。

瓦斯突出及高瓦斯矿井集中的矿区包括：安徽两淮地区，河南集中在平顶山矿区、焦作矿区、鹤壁矿区，河北的峰峰矿区，山西的阳泉、西山矿区，陕西主要集中在铜川矿区和韩城矿区，甘肃的靖远矿区，贵州六盘水地区，江西、湖南、重庆和四川的矿井虽然井型较小，但也是高突矿井集中的地区，东北地区的高突矿井较集中，几乎所有矿务局（集团公司）都有或全部是高突矿井。其中有代表性的是铁法矿区、阜新矿区、鸡西矿区、七台河矿区以及辽源通化矿区。

我国煤矿的地质特点和煤炭开采本身的工艺过程，决定了我国煤矿瓦斯治理及其科技创新工作的长期性和艰巨性：①我国煤层具有"先天性"复杂的自然条件，灾害种类多，治理难度大；②我国井工煤矿煤炭产量占总产量的 95%以上，井下生产系统呈管网式布置、半封闭结构，一旦发生瓦斯灾害，容易引起其他灾害的伴生或耦合；③煤炭资源向深部急剧发展，深部开采的瓦斯灾害治理面临严峻的形势；④节能减排，要求煤矿加强瓦斯的回收利用。结合近年来，特别是"十一五"煤矿安全科技项目的立项和执行情况，根据煤矿安全的技术发展和科技需求，贯彻落实《国家中长期科学和技术发展规划纲要》，"十二五"将以煤矿深部开采瓦斯灾害演化特性及致灾机理、深部矿井瓦斯及动力灾害防治与控制技术、煤矿瓦斯灾害防治与煤炭生产一体化技术、煤矿瓦斯治理技术基础、煤矿重大瓦斯灾害的抢险救援技术、煤矿瓦斯灾害监控预警技术为重点开展研究。

我国煤矿地质条件极其复杂，瓦斯治理技术对地质条件具有较强的选择性。不同矿井甚至同一矿井不同工作面的瓦斯治理原理相同，但工艺差距较大，造成煤矿瓦斯治理技术的移植性或可复制性较差。建立技术示范点使其成为提高煤矿瓦斯治理和利用技术装备水平的重要途径。借鉴"六五"以来煤矿瓦斯治理示范工程建设的成功经验和示范效果，2009 年 2 月国务院安全委员会办公室下发了《关于加强煤矿瓦斯治理工作体系示范工程建设的通知》，到 2010 年底将在全国建设 100 个瓦斯综合治理工作体系示范矿井和 100 个示范县（区）。通过统筹规划、分步实施、典型示范、总体推进，全面推动我国煤矿瓦斯治理工作再上新水平，使煤矿安全生产形势全面好转。

2009 年 8 月国家能源局发布的《煤矿瓦斯治理与利用示范工程、关键技术研发和装备研制项目现场检查和总结验收情况报告》显示，我国瓦斯治理和利用取得显著成效。2008 年，我国 10 个示范工程瓦斯抽采量达 1512 亿立方米，占全国瓦斯抽采总量的 26%。其中，7 个示范工程瓦斯抽采率超过 60%，瓦斯利用量达 813 亿立方米，占全国瓦斯利用总量的 46%，瓦斯发电量达 612 亿千瓦时，民用瓦斯利用量达 317 亿立方米；5 个示范工程瓦斯利用率超过 60%，抚顺老虎台煤矿瓦斯利用率达 100%。该报告显示，示范工程大大提高了各矿区瓦斯灾害防治能力和利用水平，降低了百万吨死亡率，促进了矿井安全生产，减少了烟尘和温室气体排放，取得了显著的环境效益。

我国煤矿瓦斯利用尚处于起步阶段，主要集中在瓦斯抽采量高的国有重点矿区，尤其是 45 户安全重点监控企业，目前以民用和工业燃气为主，部分用于瓦斯发电。

**（1）甲烷含量在 30% 以上的高浓度含瓦斯气体利用**　甲烷浓度在 30% 以上的煤矿高浓度含瓦斯气体约占 5%。目前主要有以下几种利用方式。①民用瓦斯燃气。阳泉、抚顺矿区规模较大，年利用量在 6000 万立方米以上；淮南矿区已具备同时向 10 万户居民供气的储配能力。②工业瓦斯锅炉。分中、低压供气和热水、蒸汽供热，国内生产厂家定型产品有广东迪森、上海新业、青岛四方、太原绿威等。晋城、淮南等矿区已应用工业瓦斯锅炉。③瓦斯发电。目前具有成熟的瓦斯发电技术。技术成熟的工艺有燃气轮机发电、汽轮机发电、燃气发电机发电、联合循环系统发电和热电冷联供瓦斯发电。可以利用瓦斯发电上网，实现远距离输送，做到就地转化，转化为高品质、高价值的电力，内燃机发电方便、转化效率高。贵州盘江煤电集团公司土城矿苏家营瓦斯发电厂就是利用井下抽放的煤层气作为燃料发电，装机容量为 5700kW，每年发电 1400 多万千瓦时，还充分利用余热为矿区供暖和提供热水。山东胜利油田动力机械设备厂功率在 2000kW 以下的各种瓦斯燃气发电机组，已在淮南、松藻、水城、皖北等矿区应用。

**（2）甲烷浓度 6%～30% 的含瓦斯气体发电利用**　甲烷浓度为 6%～30% 的煤矿含瓦斯气体约占总量的 11%。该类瓦斯除部分采用低浓度瓦斯发电机组发电外，基本处于排空状态,可利用的潜力巨大。

2005 年 10 月,山东胜动集团研制出 500kW 低浓度瓦斯发电机组,开创了我国低浓度瓦斯利用的新纪元。该机组的成功运行要解决两个世界性的难题:一是安全问题(防爆问题),即采用何种技术措施来保证安全,是否得到国家安全部门的认可并已应用;二是机组对瓦斯的适应性问题,即采用何种技术保证机组适应低浓度瓦斯的特点并能高效运行。"胜动"机组的技术优势是:①电控混合技术;②数字点火技术;③缸温控制技术;④稀薄燃烧技术;⑤增压中冷技术;⑥低压进气技术。

以淮南谢一矿低浓度瓦斯发电站为例,该矿利用甲烷浓度为 6%~23% 的煤矿井下含瓦斯气体为原料,于 2005 年 9 月从胜动集团引进 6 台 500kW 低浓度瓦斯发电机组,装机容量为 3000kW。同年 11 月 1 日机组正式运行。该机组的成功运行,标志着我国解决了 6% 以上低浓度瓦斯抽排放空问题,不仅拓展了瓦斯综合利用空间,有效地利用了资源,而且对促进煤矿安全生产、减少温室气体排放有重大意义。由上可知,发电已成为瓦斯综合利用最为直接、有效的途径。

**(3)煤矿乏风瓦斯利用**  80% 以上煤矿含瓦斯气体的甲烷含量是低于 5% 的。目前,采取的主要措施是将瓦斯直接排空,以减少煤矿安全生产的隐患。但随着逆流反应器(VOCSID IZER)技术的发展,乏风瓦斯的利用将不再是难题。

VOCSID IZER 装置由一个钢制容器组成,内部是陶瓷床,加热元件位于陶瓷床的中央。其工作原理是:先用电将陶瓷床中心部分加热到 1000℃,然后使乏风瓦斯通过床体。当乏风瓦斯通过床体中部高温区时甲烷迅速氧化,通过热交换,氧化的热能被传递到陶瓷床材料的周围。热交换的效率很高,在一个平衡系统中,入口处和出口处气体的温差仅有 40℃。为了维持床中央的高温区域,气流的方向必须在自上而下和自下而上之间来回调换。整个氧化过程只在陶瓷床内部发生,没有火焰,温度的水平分布非常均匀。由于温度变化不大,不产生瞬时高温,所以甲烷的氧化效率很高,没有氮氧化物产生。

1994 年,VOCSID IZER 试验装置首先安装在英国一家煤矿,其矿井乏风瓦斯含量为 0.13%~0.16%,流量为 8000m³/h。2001 年,第 2 套试验装置安装在澳大利亚必和必拓公司的 APPIN 煤矿,该矿乏风甲烷浓度为 1%,将矿井乏风中 90% 的能量回收用于生产热水。不久,必和必拓公司又在 WESTCL IFF 煤矿安装了第 3 套装置,每小时处理矿井乏风 250000m³,其甲烷浓度为 0.19%,回收的能量用于产生过热蒸汽,还运行 1 台 6MW 蒸汽轮机。2007 年 9 月 14 日,该项目正式投入运转,从而成为世界上首个满负荷运转的乏风瓦斯发电站(甲烷平均含量为 1%)。

**(4)煤层气作为一种基本的化工原料**  煤层气的化学利用主要是煤层甲烷的利用。甲烷通过转化合成原料气,再经反应合成各种化工产品,其中最有市场前景的产品是合成氨、合成醇或烃类。

① 合成氨及其相关产品  煤层气通过采用甲烷($CH_4$)、水蒸气重整或部分氧

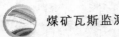

化制合成气可取代现有合成氨工业中的煤造气过程。这不仅可使建厂总投资缩减1/2以上，而且还减少煤造气过程对环境的污染，具有良好的环境效益、社会效益和经济效益。

② 合成油及其有机化学品　甲烷（$CH_4$）经热聚或氧化二聚可合成乙烯、乙烷；经氧化等反应过程可合成甲醇、甲醛、硫酸二甲酯、卤代烷等；经水蒸气重整或部分氧化可制成合成气。这三种方法与相应的反应相配置，均可合成燃料油及其他化工产品。

③ 合成甲醇下游产品　由甲烷合成甲醇是少数几个最成熟的工艺之一。甲醇的直接及间接利用几乎可囊括整个有机化工领域。因此，以甲醇为原料合成甲醇下游产品就成为间接利用甲烷的有效途径。甲醇下游产品主要有：合成乙烯、丙烯，合成二甲醚，合成硬脂酸，合成异丁醛，合成丁二酸二甲酯，合成甲醛、二甲基甲酰胺、混甲胺、季戊四醇，乌洛托品等。

过去在矿井生产中抽排的瓦斯直接进入大气中，一方面造成了有限的不可再生资源的严重浪费，仅每年从煤矿回风流中释放的瓦斯，其低位发热量相当于3370万吨标准煤的低位发热量；另一方面，把抽排出来的瓦斯排放到大气中污染了空气，因为甲烷是很强烈的温室气体。但是，瓦斯不仅仅是威胁煤矿安全生产的"杀手"，或者只是一种会污染环境的气体，同时，它也是一种重要的、清洁的能源，所以，为了减少温室气体的排放，为了实现甲烷的"零排放"，降低对环境的污染，为煤矿企业增加新的经济增长点，解决煤矿为治理瓦斯而投入高昂的费用问题，必须通过各种技术手段和途径，加强、加快煤层气的综合开发利用，最终达到煤与瓦斯安全高效共采、人与环境和谐美好的理想状态。

### 1.5.3　矿井瓦斯开发存在的问题

虽然我国在加大力度提倡开发瓦斯及其利用，但还是存在诸多主观和客观上的原因影响瓦斯开发及利用的速度。

**(1) 我国地质条件复杂**　瓦斯储存普遍存在低压低渗低饱和的"三低"现象，基础理论研究和技术创新不够，我国煤矿瓦斯抽采利用的技术支撑能力不足，瓦斯抽采理论和技术方面都存在若干关键性难题。

**(2) 对瓦斯开发利用投资严重不足**　目前，瓦斯已探明储量仅占总资源量的3‰左右，国家每年只有2000万～3000万元的瓦斯地质勘探费和资源补偿费等，难以促进产业的快速形成与发展。据统计，截至2005年底，全国共施工先导性试验井组8个，各类煤层气井615口，其中多分支水平井7口。2005年，地面煤层气抽采量不足1亿立方米。

**(3) 国家税收财政等经济鼓励力度不够**　为有效鼓励煤矿抽采和利用瓦斯，国家出台了一系列优惠政策。但由于税费优惠政策力度不够大，加之瓦斯抽采利用具有高投入高风险的特点。尤其是在勘探、开发的初期，投入资金较大，不仅难以吸收外部资金来矿区投资开采瓦斯资源，而且煤矿企业本身积极性也增加不大，不利于瓦斯利用工作的广泛开展。

**（4）煤矿瓦斯利用受制约** 煤矿大多位于偏远落后的地区，抽采出来的瓦斯难以得到充分利用，使大量低浓度瓦斯只能稀释后排出。瓦斯输送网基础设施薄弱，缺乏可利用的天然气管线，使瓦斯生产区与市场脱节。而且发电上网难，由于部门利益，行业保护，瓦斯发电上网存在重重障碍。有的地方虽然允许上网，却故意压低上网价格，有的地方干脆不许上网，类似的政策严重限制了瓦斯发电的发展，不能最大限度地利用瓦斯资源。

**（5）管理体制不顺畅** 从目前体制看，煤炭探矿权管理归各省区，瓦斯探矿权的管理则在国土资源部，在具体开发中出现矿权重叠的问题，使相关部门企业之间产生了经济利益和管理权限方面的分歧，各自为政，自行发展，产业开发难成气候。近几年，由于我国煤炭供需形势发生巨大变化，煤炭价格一路飙升。从而造成国内众多煤矿企业纷纷扩大勘探领域范围，千方百计地改扩建现有矿井和新建矿井，追求短期利益，不仅不重视采煤之前的瓦斯开采，而且还对瓦斯企业的勘探开采设置重重障碍。瓦斯开发与煤炭之间的矛盾日趋严重，而煤炭企业又处于强势地位，所以我国瓦斯产业的发展仍步履维艰。

## 参 考 文 献

[1] 许册，王晓来，赵睿. 甲烷催化制氢气的研究进展 [J]. 化工进展，2003，（3）：141-149.

[2] Steinberg M. Fossil fuel decarbonization technology for mitigating global warming [J]. Int J of Hydrogen Energy, 1999, (24): 771-777.

[3] Zadeh S M, Smith K J. Kinetics of $CH_4$ doeomposition on supported cobalt catalysts [J]. Catal, 1998, 176 (1): 115-124.

[4] 张国昌. 煤矿瓦斯发电技术综述 [J]. 车用发动机，2008，（5）：9-15.

[5] 张皖生，唐力朝. 煤矿瓦斯发电现状与前景分析 [J]. 中国煤层气，2005，2（4）：23-26.

[6] 马晓钟. 煤矿瓦斯综合利用技术的探索与实践 [J]. 中国煤层气，2007，4（3）：28-31..

[7] 陈芳，彭小亚，卢小燕. 我国煤矿瓦斯的回收与综合利用 [J]. 山西焦煤科技，2008，（11）：17-18.

[8] 陈宜亮，马晓钟，魏化兴. 煤矿通风瓦斯氧化技术及氧化热利用方式 [J]. 中国煤层气，2007，（4）：27-30.

[9] 理查德·马特斯. 逆流反应器矿井乏风瓦斯发电技术简介 [J]. 中国煤层气，2004，1（2）：44-46.

[10] 江昌民. 我国煤矿瓦斯开发利用的现状及问题分析 [J]. 煤矿现代化，2008，（3）：9-10.

[11] 范维唐，卢鉴章，申宝宏等. 煤矿灾害防治的技术与对策 [M]. 徐州：中国矿业大学出版社，2007.

[12] 申宝宏，刘见中，张泓. 我国煤矿瓦斯治理的技术对策 [J]. 煤炭学报，2007，32（7）：673-679.

[13] 王魁军，罗海珠，刘志忠等. 矿井瓦斯防治技术优选：瓦斯涌出量预测与抽放 [M]. 徐州：中国矿业大学出版社，2008.

[14] 胡千庭，文光才，张延松等. 矿井瓦斯防治技术优选：煤与瓦斯突出和爆炸防治 [M]. 徐州：中国矿业大学出版社，2008.

[15] 黄声树，刘见中. 煤矿瓦斯治理适用新技术 [M]. 徐州：中国矿业大学出版社，2008.

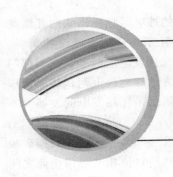

# 第 2 章
# 瓦斯传感器的发展

传感器是将某种信号，按一定规律转换成另一种信号的器件和装置。传感技术是获取信息的工具，是检测原理、材料科学、加工工艺三要素的最佳结合，是构成现代信息技术的主要技术之一。

气体传感器是一种把气体中的特定成分检测出来，然后转换成电信号的器件。人们很早就开始了气体传感器的研究，将其用来对有毒、有害气体进行探测，对易燃、易爆气体安全报警，对人类生产和生活中所需了解的气体进行检测、分析研究等，使得气体传感器在工业生产和日常生活中起到不可或缺的作用。

对瓦斯气体的检测就是对甲烷（$CH_4$）的检测。目前，检测 $CH_4$ 方法主要有载体催化法、氧化物半导体检测法、红外光谱法和吸收型光纤检测法。

## 2.1 载体催化元件的检测机理和发展现状

### 2.1.1 载体催化元件的检测机理

目前，矿井中广泛用于检测 $CH_4$ 的方法仍是 20 世纪 50 年代源于英国的载体催化法。载体催化法是利用被测气体的反应性，当可燃气体在元件表面燃烧时，元件温度升高引起了铂（Pt）丝电阻发生变化，根据电阻的变化量测出可燃气体的浓度。催化燃烧型传感器是目前应用十分普遍的一种瓦斯浓度检测器。催化燃烧型传感器的检测原理如图 2-1 所示，测量电桥由燃烧元件 $R_{M2}$ 和一个补偿元件 $R_{M1}$ 组成相邻的两个桥臂，另外两个桥臂由两个电阻值同为 R 的电阻组成。将其与相应的电源及浓度指示仪、报警装置连接，当甲烷和氧气在载体催化元件 $R_{M2}$ 上反应，放出

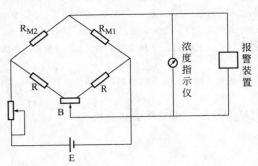

图 2-1　催化燃烧型传感器的检测原理

反应热，使 $R_{M2}$ 温度上升，引起 $R_{M2}$ 电阻的增加，桥路失去平衡，通过调节可变电阻 B 来平衡电桥从而产生输出信号，根据信号的大小检测甲烷的浓度。接触燃烧式的载体催化气敏传感元件由埋于掺有贵金属催化剂 Pt 或钯（Pd）的三氧化二铝（$Al_2O_3$）多孔陶瓷体中的 Pt 丝线圈构成。Pt 丝通电，温度升至 400℃ 后，当催化剂与 $CH_4$ 接触时，由于在催化剂作用下使 $CH_4$ 发生无焰燃烧而引起线圈温度升高，Pt 丝电阻增大。元件以直径为 $0.02 \sim 0.05$mm 高性能 Pt 丝螺旋圈为骨架，外面包覆惰性难熔白色多孔 $Al_2O_3$ 为载体，烧结成球状，习惯上称为白元件。载体外若涂覆或浸渍上由活性棕黑色催化剂组成的外壳，烧结后称为黑元件。电阻值相近的黑白元件选配连接后和补偿电阻一起构成惠斯通电桥（Wheat-stone bridge），装上元件帽，经过灌封处理后，就成为实用的 $CH_4$ 传感头，俗称黑白元件，基于检测甲烷气敏传感器的制备和研究，将一定量的工作电流通过 Pt 丝，同时将两只元件加热到催化剂的起燃温度 400℃。当载体催化元件在充足的氧气条件下遇到 $CH_4$ 时，就会在表面发生无焰燃烧，温度上升；而补偿元件不发生反应，温度不变。Pt 丝电阻值随温度改变的特性使惠斯通电桥的桥路产生一个很小的电位差，导致电桥失去平衡。利用电桥输出值与敏感元件电阻值变化量 $\Delta R$ 的正比关系，放大输出电压信号后即可推动显示部件进行报警，达到检测 $CH_4$ 浓度的目的。

## 2.1.2　载体催化元件的发展现状

通常，元件表面的辐射与黑度密切相关，黑白元件黑度不同引起辐射不同，所以黑元件表面热量容易散失，导致元件不稳定。王衍滨等通过对补偿元件用贵金属进行金化处理，使其表面形成与检测元件相同的导电层和黑度，省略了并联在补偿元件上的电阻，大大改善了元件的互换性，提高了配对合格率，也减少了测量工作点的时间。

另外，由于催化剂是在角、棱等凸起的位置（即活性中心）吸附 $CH_4$ 并氧化，引起分子变化和活化的。在提高载体催化元件灵敏度方面，朱正和通过化学扩孔法控制载体比表面积，调整催化溶液的 pH 值，从而控制催化剂活性中心的数量，提高元件的灵敏度。载体催化元件存在不稳定和寿命短的缺点。在一般情况下，每 $1 \sim 2$ 周需校正调试一次，使用 $8 \sim 10$ 个月后即需更换。当 $CH_4$ 浓度达到 $6000\mu L/L$（体积分数为 $10^{-6}$）时，元件就开始产生"二值性"误测问题，即在不同的气体浓度下进行相同的响应；当 $CH_4$ 浓度大于 4% 时元件会发生"激活"现象，即灵敏度忽高忽低，易造成永久损坏；如果遇到硫化氢、砷化物等一些有毒气体时，元件会中毒而不能使用。在矿井实际运行中，元件还会受到环境温度、湿度等因素的影响及由此引起的零点漂移，给实际操作带来困难。影响载体催化元件稳定性的主要因素有催化剂在工作过程中的积炭和惠斯通电桥中毒。两者存在于相互矛盾的反应条件中。高温反应可使中毒现象减弱，但积炭现象加重，低温反应则相反。钾的加入有利于消碳反应的进行。$CH_4$ 燃烧后产生大量的二氧化碳和水蒸气，二氧化碳浓度的增加使元件灵敏度降低；水蒸气凝结在冷的地方（如元件的支腿上），造成元件温度急剧下降并使测试灵敏度产生波动。当元件处于高浓度 $CH_4$ 中时，这种波动更易发生，影响传感器稳定性。刘建周等通过研究元件的工作过程，发现催化助剂钾存在流失现象，使元件稳定性下降，而催化助剂铯的加入可提高元件工作稳定性。

载体催化元件基材 $Al_2O_3$ 的制备方法主要有两种：一种是将活性 $Al_2O_3$ 和黏合剂制浆，称为涂浆法；另一种是将硝酸铝溶液热分解，称为热分解法。前者制得的 $Al_2O_3$ 比表面积较大，活性高，但机械强度较低，后者恰好相反。

## 2.1.3　载体催化元件的缺陷

实际使用中，催化元件既需要大的比表面积，也要求一定的机械强度。虽然在不同烧结温度下的 $Al_2O_3$ 会有不同的晶体结构和比表面积，但催化元件长期在高温下工作后，晶体结构最终都会转化为热稳定性最好的 $\alpha\text{-}Al_2O_3$。为了提高元件的寿命，重庆煤科院在补偿元件的 $Al_2O_3$ 中掺杂了 ⅢB 族的元素，将黑白元件改为黑黑元件，还对 Pt 丝直径、催化剂配方做了改进，开发研制了 KC9701 高浓度 $CH_4$ 传感器，大大提高了元件性能。仪器调校周期延长到了 3 周，寿命达到 18 个月以上。"二值性"误测和激活性问题一直是困扰线性检测 $CH_4$ 的难点，镇江中煤集团自行研制的抗冲击检测方法采用了嵌入式控制电路，已经能较好地控制这两类问题。对于毒性气体的干扰，最常用的方法是在敏感元件上加装一层活性炭过滤气体并定期更换活性炭。载体催化元件在环境因素发生变化时产生的零点漂移将导致仪表回零缓慢，影响检测的可靠性，给连续检测仪器的校正带来不便。实际应用中，装有黑白元件的检测仪表开机零点一般在 $-0.15\%$（$CH_4$）左右，通电预热 20min 后才能回零，再通标气调校后才能下井使用。引起零点漂移的原因有两种：一是由于催化元件组成的电桥在空气中出现的零点漂移；二是催化元件在 $CH_4$ 气氛下由于长时间受热导致催化剂反应活性下降造成的输出漂移。尽管在电路设计中采用过各种补偿措施，但仍不能完全解决问题。刘建周等用 Pt 丝作热敏材料，采用控制元件制备工艺的精度和直接加热快速活化的方法降低了零点漂移的影响。

目前全国已有相当数量的矿井开采到了 600m 以下的高瓦斯区，却仍在加紧作业。每向下开掘 10m，作业面温度就会升高 $1℃$，瓦斯爆炸的可能性就会增加一分。国内普遍采用的载体催化元件的初始工作温度高于 $400℃$，温升灵敏度约为 $20\sim35℃/1\%CH_4$。当 $CH_4$ 浓度超过 $5\%$（爆炸下限）时，表面温度已接近 $CH_4$ 的着火点（$593℃$），元件自身可能成为爆炸源。董华霞等采用微电子平面工艺，利用溅射法制备 Pt 膜电阻取代 Pt 丝，降低了初始温度和温升灵敏度。当 $CH_4$ 浓度达 $1\%$ 时，元件的温度仍可保持在 $355℃$，达到了本质安全特性要求。

这类仪器具有输出信号易于处理、使用方便、价格低廉等优点，是目前国内外自动检测瓦斯浓度的主要仪器。但是它检测周期长、测量范围小、精度差、稳定性不理想、调试周期短、维护不便，易受高浓度瓦斯和硫化物中毒以及存在零点漂移和灵敏度漂移问题。这种传感器的敏感元件难以准确检测瓦斯的异常变化和突出瓦斯的瞬时大幅度变化，对分析和研究瓦斯涌出的规律性不能提供可靠的科学依据和数据。经过改进，目前载体催化元件的功耗已经由 1.0W 降到了 0.2W，同时稳定性和寿命等主要技术指标也得到了较大改善。由于催化剂长期使用容易劣化和中毒，使器件性能下降或失效，元件的电信号随可燃性气体的浓度改变的变化量比较小，需要设置放大线路，从而增加了它的成本。

## 2.2　氧化物半导体气敏传感器的检测机理和发展现状

### 2.2.1　氧化物半导体气敏传感器的检测机理

氧化物半导体气敏传感器是以金属氧化物半导体晶体材料作为气体敏感材料，晶体的表面缺陷和体缺陷是产生气敏性能的主要原因。由于氧化物半导体材料本身有较大的禁带宽度，纯净无缺陷的氧化物半导体材料在常温下都是绝缘体。在一般情况下，人们通过控制材料的烧结气氛与掺杂工艺，在材料内部产生点缺陷（包括空位、间隙原子、杂质或溶质原子等），从而在禁带中形成靠近导带的施主能级或靠近价带的受主能级，改变电学性质。当气体在半导体材料颗粒表面吸附时，产生的电子迁移会改变材料载流子浓度大小和表面势垒高低，从而改变半导体元件的电导率，依据材料的电阻值随环境气体的种类和浓度的变化而发生变化的原理来获得气氛状况。氧化物半导体气敏传感技术是半导体物理学、材料表面界面、化学催化、材料缺陷理论、电子学交叉融合的产物。工作原理涉及表面界面、气体吸附、催化、缺陷理论等方面。对金属氧化物气敏材料的敏感机理还没有一个统一的理论模型，经过长期的基础研究，归纳为三种理论模型，从不同的角度来解释不同类型的半导体气敏元件工作原理。三个敏感机理模型如下。

**（1）表面空间电荷层模型**　由于半导体金属氧化物材料表面结构的不连续性和晶格缺陷，在吸附不同气体后，将形成不同形式的表面能级。这些表面能级与金属氧化物本体能带之间有电子的接受关系，因而形成表面空间电荷层。由于吸收不同种类气体后空间电荷层的变化，从而引起气敏材料的电阻值变化。

**（2）接触晶粒界面势垒模型**　气敏材料是半导体晶粒的结合体。根据多晶半导体的能带模型，在晶粒接触界面存在势垒，当晶粒接触界面存在氧化性气体时，势垒增大，当吸附还原性气体时，势垒变低，势垒高度变化可以认为是材料电阻值变化的机理。

**（3）吸收效应模型**（能级生成模型）　对于半导体晶粒烧结体，晶粒中部为导电电子均匀分布区，表面为电子耗尽层（空间电荷层）。由于晶粒间颈部电子密度很小，所以其电阻率要比晶粒内部大得多。当接触气体时，晶粒内部电阻基本不变，晶粒颈部和表面电阻率受空间电荷层变化的影响，因此，半导体气敏元件的电阻值将随接触气体而变化。对于 $SnO_2$ 等 n 型半导体表面，当吸附还原性气体时，还原性气体会将其电子给予半导体，使 n 型半导体内部电子增加，元件的电阻值减小。吸附氧化性气体时，情况正好相反。

吸附氧理论是表面吸附机理和晶界势垒模型两者的结合，是目前公认较好的理论。当半导体表面吸附了氧这类电负性大的气体后，半导体表面就会丢失电子，这些电子被吸附的氧俘获，其结果是 n 型半导体电阻值减小，如下面的反应：

$$\frac{1}{2}O_2 + ne \longrightarrow O_{ad}^{n-1}$$

式中，$O_{ad}^{n-1}$ 表示吸附的氧。当半导体材料置于空气中时，其表面吸附的氧是 $O_2^-$、$O^-$ 和 $O^{2-}$ 之类的负电荷，当与甲烷气体反应时，则有：

$$4O_{ad}^{n-1} + CH_4 \longrightarrow 2H_2O + CO_2 + 4ne$$

上式表明，被氧俘获的电子释放出来，这样半导体表面载流子浓度上升，从而半导体表面电阻率减小。

氧化物半导体气敏材料一般都采用过渡金属氧化物或复合氧化物，因为这类材料基本上都是离子晶体，具有较好的热稳定性和抗化学腐蚀性，特别适用于制备长寿命的传感器材料。此外，这类材料较易用化学方法使之半导体化，成为非化学计量氧化物半导体材料，也可以采用掺杂方法制成掺杂半导体，从而获得适宜的电导率、高灵敏度、高机械强度和所需的气体物理性能。目前常用典型的电导控制型氧化物半导体气敏材料有二氧化锡（$SnO_2$）、氧化锌（$ZnO$）、三氧化钨（$WO_3$）和三氧化二铁（$Fe_2O_3$）。

## 2.2.2  氧化物半导体气敏传感器的发展现状

由于 $CH_4$ 本身是特别稳定的四面体结构，碳氢键键能为 $412.5kJ/mol$，破坏碳氢键需要很大的能量。在正常情况下，$CH_4$ 气体除燃烧外不易发生其他化学反应。$SnO_2$ 是一种表面控制型、宽隙的 n 型半导体，是目前在 $CH_4$ 检测中最常用的氧化物半导体气敏材料。它利用 $CH_4$ 和吸附氧在材料表面的反应进行检测。在加热和电压作用下，材料中氧缺陷的存在使该材料能根据周围气氛构成非化学计量结构，吸附氧在材料表面被氧化为 $O_2$（ad）、$O^-$（ad）、$O^{2-}$（ad）三种吸附态。该过程吸附了表层材料导带内的电子，使载流子浓度变小，耗尽层增加，导电性下降。此时，若材料暴露于 $CH_4$ 中，$CH_4$ 将与材料表面的吸附氧反应，使表面的氧浓度降低，被吸附的电子又被释放回到导带中使导电性上升。高温时，$CH_4$ 还会进一步和晶格氧发生反应，生成二氧化碳和水蒸气以及中间体 $CH_n$ 或 $CH_nO$，新形成的表面氧空位成为施主而失去电子，表面势垒降低，通过导带传送电子使材料导电性进一步上升，传感元件的电阻值大大降低。由于纯 $SnO_2$ 气敏传感器性能不佳，较少单独使用，一般都采用掺杂催化剂来增强对 $CH_4$ 的灵敏度、选择性以及稳定性。

掺杂贵金属 Pd 和 Pt 能够提高 $SnO_2$ 检测 $CH_4$ 的灵敏度，这种方法在材料的研制中得到了广泛认可和应用。$SnO_2$ 敏感膜表面吸附的 $O^{2-}$（ad）随温度上升而逐渐脱离，温度高于 $170℃$ 后，吸附量显著减少。若材料中掺杂了氯化钯

（PdCl₂），则 Pd²⁺ 将起到"储存点"的作用，不断向材料表面提供 O²⁻（ad），提高元件灵敏度。而 Pt 则会促进氢和氧的分解，增加 O²⁻（ad）的浓度，加快反应速率。

掺杂贵金属提高灵敏度的方法有很多。孙良彦等在研究中采用表面掺杂的方法向 SnO₂ 表面浸金属盐，以 Al₂O₃ 为载体，将金属的乙酸盐和氯化物溶液浸渗在氧化物半导体上，形成了掺 Pd 的催化活性层。结果表明，掺杂了 3% Pd/Al₂O₃ 的材料在真空干燥条件下的活性最高。张天舒等在氩气气氛中向 SnO₂ 表面溅射一层金属 Pd，发现热处理后 Pd 迅速扩散到 SnO₂ 内，使元件表面存在大量吸附氧，在低温下（160℃）对极为稳定的 CH₄ 具有很高的灵敏度。Jae 等将质量分数为 5% 的 Al₂O₃（5% Pd）分别与纯 SnO₂ 及掺杂的 SnO₂（0.1% Pt）混合后用表面喷涂法制备元件。两组元件在 485℃ 的工作温度下对 500～10000μL/L 的 CH₄ 显示了很高的灵敏度。但在 300℃ 时，后者和前者相比具有更高的灵敏度。他们认为 CH₄ 的敏感机制有两个步骤：一个是发生在 485℃ 时 CH₄ 分子在 Pd 催化剂下的活化反应；另一个是在温度较低时，Pt 起到促进作用使 SnO₂ 的表面部分进行活化反应。其他金属的掺杂也能够起到提高元件灵敏度的效果。

Quaranta 等用溶胶-凝胶法在 SnO₂ 胶体中掺杂氯化铒，在低温下对溶胶进行处理，制备了含铒的 SnO₂ 薄膜。在与纯 SnO₂ 薄膜进行比较研究后发现，掺杂后的薄膜传感器的工作温度由 350～400℃ 降至 250～300℃，在低能耗下对 CH₄ 有良好的灵敏度。Al₂O₃ 一般在 SnO₂ 传感元件中作为黏结剂和稳定剂进行掺杂，Saha 等发现未渗透到 SnO₂ 晶格间的 Al₂O₃ 也能够增强对 CH₄ 的灵敏度，用 Al₂O₃ 晶格的路易斯酸位置和半导体 SnO₂ 晶格的电子紧密相互作用可以解释该现象。在掺杂增强元件选择性方面，彭士元将 Pt 和氧化铈混合掺杂在用气相反应法制备的 SnO₂ 薄膜中，元件对 CH₄ 表现出极佳的选择性。经过分析后认为，Pt 作为燃烧催化剂，氧化铈作为原子氧的传输体，能够增加氧原子吸附并把氧输送到起催化作用的活化反应区。在掺杂增强传感元件的稳定性方面，易家宝以 SnO₂ 为基材，Al₂O₃ 和 Pt 为催化层，在催化层和底层敏感材料之间涂覆一层 α-Al₂O₃ 或二氧化硅隔离层，大大提高了传感器的稳定性。Lucio 等研究发现，以质量分数为 70% 的 SnO₂ 为基材，掺杂 29.5% 的 Al₂O₃ 和 5% 的 Pd 或 Pt，喷涂成厚膜后在 750～950℃ 退火处理，会增加测试元件的稳定性，对 CH₄ 具有良好的选择性。虽然贵金属和稀有金属的掺杂能够提高元件的灵敏度和选择性，但贵金属活泼性很强，长期在工作环境下往往易和其他物质反应而失效，加上掺杂过程中不可避免引入的酸根离子（如 Cl⁻）在实际使用中会降低元件长期稳定性以及性能的一致性。如何通过掺杂得到综合性能较好的元件是 SnO₂ 半导体气敏元件产业化运用的前提。

福州大学气敏所黄兆新等在 20 世纪 90 年代初充分利用了表面电导型气敏材料 SnO₂ 的高灵敏度和体电导型气敏材料三氧化二铁（Fe₂O₃）的高稳定性的特点，将适量的 α-Fe₂O₃ 掺入 SnO₂ 中研制出了 MQK-T 型气敏元件。该元件在加热电压为 2.5V，功率小于 0.4W，湿度范围为 10%～95% 的环境下，响应时间小于 5s，恢复时间小于 10s，使用寿命大于 3 年。除在 $5000\mu L/L$ 能正常报警外，该元件在更高浓度冲击下不饱和，还能够很好地鉴别出 $9000\mu L/L$ 和 $10000\mu L/L$ 浓度的 $CH_4$，进行二级报警，稳定性好是该元件突出优势，产品很适合于在实际矿井中使用。除了 $SnO_2$ 气敏材料外，其他用于检测 $CH_4$ 的氧化物半导体气敏材料也受到了一定的关注。Flingelli 等在 $Ga_2O_3$ 薄膜上制备一层多孔 $Ga_2O_3$ 氧化的过滤层，在 800℃工作温度下，传统干扰气体乙醇和有机溶剂在通过过滤层时被氧化，只有非常稳定的 $CH_4$ 才能够到达传感器的表面。试验中，元件在 $300\mu L/L$ 的乙醇的干扰下，对 $5000\mu L/L$ 的 $CH_4$ 还具有很好的选择性，重复性好，稳定性高，响应快速。Kohl 还分析了 $CH_4$ 在 $Ga_2O_3$ 薄膜上的吸附和脱附过程。余萍等以 $Al_2O_3$ 为基体，通过添加不同的复合氧化物和催化剂，制备出了新型高性能的半导体 $CH_4$ 气体传感器，其工作温度为 70℃，选择性好，检测灵敏度与气体浓度呈线性关系，响应时间为 $5\sim10s$，恢复时间为 $5\sim18s$。总之，以 $SnO_2$ 基气敏材料为代表的氧化物半导体气敏传感元件在检测 $CH_4$ 方面取得了一定突破，掺杂贵金属和稀有金属虽然可以提高元件的灵敏度和选择性，但工作温度高、稳定性和一致性较差是其走向实际应用的障碍。今后，随着材料各类制备方法和掺杂工艺的改进和提高，新材料应用上的探索和研究，并且随着微电子技术的飞速发展和 MEMS 技术的日趋成熟，一致性好的掺杂后敏感材料和通过平面化工艺具有良好综合性能的检测 $CH_4$ 的氧化物半导体气敏传感器将在工业和家庭等各个方面得到更广泛的应用。

1931 年，P. Brauer 发现了氧化亚铜（$Cu_2O$）的电导率随水蒸气吸附而改变的现象。20 世纪 60 年代初人们开始用固/气间界面吸附理论解释这一现象，但是利用这种半导体表面现象做气体成分的检测，始于 1962 年清山的报告和田口的专利，以及 Shaver 等利用贵金属改善氧化物半导体气敏特性等方面的工作。几年后，气敏半导体开始商品化。从 1970 年开始，人们一直致力于研究、开发新型气敏材料及传感器器件，进行了一系列氧化物半导体及有机半导体在气体检测方面的应用和深入研究，努力提高器件性能。经过数十年发展，在制备气敏材料、设计元件结构形式、探讨敏感机理等方面均取得了令人瞩目的成就。半导体气敏传感器的分类依据有许多种。按基体材料可分为氧化物半导体系、有机高分子半导体系、固体电解质系等；按被测气体可分为氧敏器件、酒敏器件、氢敏器件等；按制作方法和结构形式可分为烧结型、薄膜型、厚膜型、结型等；按工作机理可分为电阻型、电容型、二极管特性型、晶体管特性型、频率型、浓差电池型等。

## 2.3　红外光谱法检测瓦斯传感器

### 2.3.1　红外瓦斯传感器的原理

将红外原理应用于煤矿井下检测 $CH_4$ 技术是一种快速、准确的气体分析技术。不同分子化合物在光谱作用下由于振动和旋转变化表现了不同的吸收峰。$CH_4$ 在与传感器直接接触后，吸收红外线的特定波长，用红外检测器来检测气体浓度。$CH_4$ 光谱最主要的吸收峰集中在 $2.3\mu m$ 和 $3.3\mu m$。而在近红外低强度的吸收峰如 $1.33\mu m$ 和 $1.66\mu m$ 已经被利用进行 $CH_4$ 的检测。测量吸收光谱，可知气体类型；测量吸收强度，即可知气体浓度。该类传感器精度高，选择性好，可避免零点漂移和中毒现象发生，但结构复杂。已有多家公司推出了基于红外原理的用于煤矿井下检测瓦斯的传感器及便携仪，目前国内还未研制出同类产品。

### 2.3.2　红外瓦斯传感器的应用现状

红外 $CH_4$ 传感器工作性能比较稳定。如芙蓉矿务局引进的德国 TF-200 型检测系统，当测量氛围设置在 $0\sim4\%$ 时，检测值在 $0\sim2\%$ 范围内绝对误差只有 $0.06\%$，受高浓度 $CH_4$ 冲击后并不影响测试。该传感器使用和维护简单，寿命长，调试时间一般为 6 个月，并且具有较好的适应性。但也存在如无断电功能和受湿度影响较大等缺点。在传感器性能的改进方面，人们进行了大量研究。Silveira 等通过波长调幅检测红外吸收峰和低光谱分析，制备了新型的红外 $CH_4$ 传感器，他们设计了一种调幅干扰过滤层，该过滤层能很好地提高元件的选择性并降低由于红外光源发射或光学元素在传导过程中的漂移和变化。经检测，$CH_4$ 气体在波长为 $3.3\mu m$ 时有最强的吸收峰，还表现了长期的稳定性。这种微光学装置所采用的材料和工艺很适合于硅片集成技术，便于大量生产和降低成本。Zeninari 等采用光声系统和近红外半导体二极管激光发射器结合在一起，在 $1.65\mu m$ 的光谱处检测了大气氛中的 $CH_4$，其检测最低浓度可低至 $0.3\mu L/L$。Matveev 用铟钾砷二极管和有宽间隙口的铟砷光电二极管在 $0\sim80\,^\circ\!C$ 的温度下检测了 $CH_4$ 的 $3.3\sim3.4\mu m$ 的波长。该器件的输出长期稳定性时间长达 33000h。

# 2.4　光干涉型瓦斯传感器

## 2.4.1　光干涉型瓦斯传感器的原理

光干涉检测原理如图 2-2 所示，S 为半导体激光光源，激光束经半反镜 G，分为两条相互垂直的光路，在两光路上分别放置两个长度为 $d$ 的气体盒 $T_1$、$T_2$，两光线经过气体盒和全反镜 $M_1$、$M_2$ 的反射，会聚在采样传感器上，形成干涉条纹。若将气体盒 $T_1$ 中充入纯甲烷气体（折射率为 $n$），将气体盒 $T_2$ 中充入纯空气（折射率为 $n_0$），则两光线的光程差为：

$$\delta=2[L+(n-1)d]-2[L+(n_0-1)d]=2(n-n_0)d$$

根据干涉加强的条件 $\delta=k\lambda$（$k=0,1,2,\cdots$），可得：

$$\delta'=\frac{2(n'-n_0)}{d}$$

故 $\Delta\delta=\Delta k\lambda$，即甲烷气体浓度变化引起相干区干涉条纹的变化。

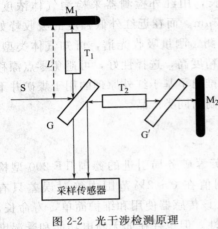

图 2-2 光干涉检测原理

## 2.4.2 光干涉型瓦斯传感器的特点

光干涉型瓦斯检测方法已在煤矿中使用半个多世纪。与催化燃烧型相比,光干涉型仪器不存在高浓度瓦斯冲击或"激活"影响及中毒问题,使用寿命长。但是光干涉型瓦斯检测仪也存在缺点,如受氧气和二氧化碳含量的影响,选择性较差,受温度与气压影响而产生误差等。同时,以目前技术水平把干涉信号进一步变成电信号仍然存在一些困难,因此,光干涉型瓦斯检测仪很少用于瓦斯遥测方面。

# 2.5 吸收型光纤瓦斯传感器的发展现状

## 2.5.1 光纤瓦斯传感器概念

用光纤来测量瓦斯是目前国际上较新的动向。光纤传感技术是一项正在发展中的具有广阔前景的新型高科技。由于光纤本身在传输信息时能量损耗很小,给远距离遥测带来很大方便。光学传感器以光学技术为基础,将被敏感的状态以光信号形式取出;利用小型而简单的半导体器件,如 LD、LED、PIN、APD 等很容易进行光/电、电/光转换,易于与高速发展的电子装置相适应,但也存在不能连续检测的弱点。利用光谱吸收方法通过光纤传输光信号进行长距离的大气污染检测是在1979 年由 Inaba 等提出的,直到 1983 年,才由 A. Hordvik 等和 K. Chan 等分别报道了光纤 $CH_4$ 检测试验。吸收型光纤 $CH_4$ 传感器是建立在气体色谱分析法和大量的分光镜的基础上。近年来,日本、挪威等国家在这方面的研究非常活跃。光谱吸收法的原理简单,技术相对成熟,是目前光纤 $CH_4$ 传感器的市场主流。在被测气体的吸收过程中,不同气体物质有不同的吸收峰带,即由于分子结构和能量分布差异各显示出不同的吸收谱,它决定了气体光吸收测量法的选择性、鉴别性和气体浓度的唯一性。$CH_4$ 分子具有四个基本振动法,相对应的波长分别为 $3.43\mu m$、$6.52\mu m$、$3.31\mu m$、$7.66\mu m$ 处。目前光纤气体传感器的研究主要集中在近红外波段($1\sim2\mu m$)。$CH_4$ 气体在联合频带 $V_2+2V_3$ 和泛频带 $2V_3$ 的波长分别为 $1.3\mu m$和 $1.6\mu m$ 左右。并且 $CH_4$ 气体在 $1.6\mu m$ 处的吸收强度远大于 $1.3\mu m$ 的吸收强度。但是,$CH_4$ 气体在 $1.331\mu m$ 处 Q 支带吸收线相当强。因可调二极管激光器价格昂贵,于是通常选用廉价的 $1.331\mu m$ 的 LED 作为光源,检测 $CH_4$ 的浓度。吸收型光纤 $CH_4$ 检测传感器由光路部分和信号处理部分组成。光路部分包括光源、光源补偿电路及传感元件。信号处理部分即是对光电探测器接受的信号进行处理。吸收型传感器中光纤仅作为传输介质，其传感元件为一气室，可分为透射式和反射式两种。

### 2.5.2　光纤瓦斯传感器分类

目前，国内使用的便携吸收型光纤瓦斯测定仪主要是采用两束光干涉来检测气室中气体折射率的变化，而折射率的变化与气体浓度有关。此类传感器存在需要经常调校、易受其他气体干涉等不足，可靠性、稳定性较差。另外，还有可提高精度包括单波长双光路法和双波长单光路法的差分吸收型，利用二次谐波的二次谐波检测型，可改善检测效率的窄带谱线吸收型以及便于检测 $2\mu m$ 下吸收谱的差频光传感器等类型。

### 2.5.3　光纤瓦斯传感器的应用

吸收型光纤瓦斯传感器的特点是灵敏度高、响应快、动态范围大、不受电磁干扰、耐腐蚀、体积小、传感元件可以放入恶劣环境中（如有毒，高温气体）、利用长距离近红外低损耗光纤传输媒介，采用扩展多路复用技术，可实现环境气体在线连续检测以及遥测，已经在煤炭、化工、石油和其他工业部门中得到应用。随着光电技术的不断发展，特别是新型光源、探测器和光学器件的出现，检测 $CH_4$ 的方法会不断提高，吸收型光纤 $CH_4$ 检测系统会有更高的灵敏度、可靠性及稳定性。

## 2.6　模式滤光光纤瓦斯传感器

### 2.6.1　模式滤光光纤瓦斯传感器的原理

目前已报道的光纤化学瓦斯传感器主要通过测量光纤末端信号来监测瓦斯浓度。这种方法的测量背景较高，使其灵敏度在一定程度上受到了限制。而基于模式滤光的光纤化学传感器则在这方面具有很大的优势。这种新型的光纤传感器由美国华盛顿大学的 Synovec 研究小组于 1995 年提出，与传统的检测光纤末端光的方式相比，该方法的检测器置于光纤侧面来获取垂直方向信号。在相同的测定条件下，该方法的测量背景是传统方法的 $1/100\sim1/10$，因而在很大程度上提高了测量的信噪比和灵敏度，而且通过对光纤涂层材料的筛选可以进一步提高检测的灵敏度。

### 2.6.2　模式滤光光纤瓦斯传感器的研制

董川所在的课题组在这方面也取得了创新性的成果，在合成穴番化合物的基础上成功研制出了基于模式滤光检测的光纤化学甲烷传感器。

# 2.7　电化学瓦斯传感器

## 2.7.1　直接电化学瓦斯传感器

室温下，甲烷的电化学检测有直接和间接两种。直接的甲烷电化学检测是通过在电极表面直接氧化甲烷或者吸附甲烷导致电流或者电压发生变化来检测。间接的电化学检测是通过氧电极来检测，其原理是基于以甲烷为碳源的细菌利用甲烷时会消耗一定量的氧气，氧电极检测氧气的变化，从而检测甲烷的量。

直接的电化学氧化甲烷是困难的，1985 年美国犹他州大学的 John Cassidy 等在很高的电压下利用钯族金属作为工作电极检测甲烷，所用的电解液是乙腈，电压降低为 4.5V。2004 年，Hahn 等研究甲烷在水溶液中在钯等贵金属电极上的电化学行为，证明甲烷在电极表面的最终产物为二氧化碳。但是反应时间长，需要 1h 以上，吸附到钯电极表面的甲烷才能转化为二氧化碳。

## 2.7.2　间接电化学瓦斯传感器

间接电化学法主要是微生物甲烷传感器。甲烷氧化菌于 1906 年首次被分离出来。1970 年 Whitenbury 等分离和鉴定了 100 多种能利用甲烷的细菌，奠定了现代甲烷氧化菌分类的基础。根据形态差异、休眠阶段类型、胞质内膜精细结构和一些生理特征的不同，甲烷氧化菌分为甲基单胞菌属（*Methxfomonas*）、甲基细菌属（*Methxtobacte*）、甲基球菌属（*Methxlococcus*）、甲基孢囊菌属（*Methloytis*）、甲基弯曲菌属（*Methylosinus*）、甲基微菌属（*Methylomicrobium*）、甲基热菌属（*Methylocaldum*）、甲基球形属（*Methylosphaera*）。根据形态、DNA 中的 G＋C mol％、代谢途径、膜结构、主要磷脂酸成分等系列特征，可将甲烷氧化菌分为两种：Ⅰ型和Ⅱ型，其分属于变形杆菌纲（*Proteobacteria*）的 γ 亚纲和 α 亚纲。Ⅰ型甲烷氧化菌包括 *Methylomonas*、*Methylobacter*、*Methylococcus*、*Methylomicrobium*、*Methylocadum*、*Methylosphaera* 6 个属，它们利用 5-磷酸核酮糖途径（RuMP pathway）同化甲醛，主要含 $C_{16}$ 脂肪酸，胞内膜呈束状分布。而 *Methylosinus* 和 *Methylocystis* 则属于人们所熟知的Ⅱ型甲烷氧化菌。Ⅱ型菌同化甲醛的途径是丝氨酸途径（serine pathway），其占优势脂肪酸为 $C_{18}$ 脂肪酸，胞内膜分布于细胞壁内侧。另外，人们将一类类似于 *Methytocoecus capsulatus* 的甲烷氧化菌归为 X 型。与Ⅰ型一样，X 型利用 RuMp 途径同化甲醛。X 型和Ⅰ型不同之处在于 X 型含有低水平的丝氨酸途径酶，它们的生长温度比Ⅰ型和Ⅱ型高，其 DNA 的 G＋C mol％比大多数的Ⅰ型高。Ⅰ/X 型属于甲基球菌科（*Methylococcaceae*），而Ⅱ型属于甲基孢囊科（*Methylocystaceae*）。另外，Ⅱ型和 X 型甲烷氧化菌能固氮而大多数Ⅰ型甲烷氧化菌不能。

目前，对于煤矿瓦斯气体生物处理的研究相对较少，相关报道更是少见。而对于甲烷的生物氧化，国外可见大量的研究和报道，国内浙江大学闵航等研究较多，其他仅见少量报道。大多集中在湿地、土壤或空气中甲烷的生物氧化上，其目的是为减少土壤中甲烷气体的排放以及空气中甲烷含量，从而减少环境温室效应。土壤中甲烷的生物氧化有两种类型：一种是有氧参与的甲烷氧化；另一种是无氧参与的甲烷氧化。目前，对于厌氧微生物氧化甲烷的研究相对较少，厌氧微生物氧化甲烷的机制尚不清楚。

在土壤、湿地或空气等透气性好、空气流通的区域，甲烷的好氧生物氧化占据绝对的优势，大约有 90％的甲烷是以好氧氧化的形式被氧化的。甲烷氧化菌在自然界分布十分广泛，从污泥、沼泽、垃圾填埋场、河流、落叶、下水道、水稻田、海洋、池塘、草场土壤等环境中都可以分离得到。甲烷氧化菌将甲烷氧化为 $CO_2$。在有氧参与的条件下，甲烷先在甲烷氧化菌的作用下，被氧化成甲醇，甲醇进一步氧化为甲醛。甲醛是甲烷氧化过程中一种重要的中间产物。甲烷氧化菌一方面利用甲醛合成自身的细胞物质，剩下的甲醛则被不同类型的甲烷氧化菌利用两条不同的代谢途径进一步氧化为甲酸，其中甲醛在 Type I 型甲烷氧化菌的作用下转化为甲酸是利用 RuMP 途径，而在 Type II 型甲烷氧化菌的作用下则是利用 Serine 途径。

1980 年 Okada 等将单基甲胞鞭毛虫用琼脂固定在醋酸纤维膜上，制备出固定化微生物反应器（甲烷传感器）用于测定甲烷。该传感器分析甲烷气体的时间为 2min，甲烷浓度低于 66mmol/L 时，电极间的电流差与甲烷浓度呈线性关系。最小检测浓度为 131μmol/L。1996 年，丹麦的 Lars R. Damgaard 等利用甲基弯曲鞭毛孢子虫氧化菌制成甲烷微型传感器，响应时间为 20s，具有好的线性、重现性和稳定性。温广明在文献基础上研究了固定甲基单胞菌属的细菌于 Clark 氧电极上对甲烷气体的响应。建立了基于微生物传感的测定甲烷的新方法，线性范围为 1％～5％（体积分数），检出限为 0.3％$CH_4$（体积分数）。

**（1）温度对甲烷好氧生物氧化效率的影响**　温度是土壤甲烷氧化活性的一个重要影响因子。不同土壤中，甲烷氧化菌的活性也不同。这说明甲烷氧化菌对自然界的温度具有适应性。Bender 等研究了温度对煤田土壤中甲烷氧化菌的甲烷氧化活性的影响。结果表明，煤田土壤中，甲烷氧化菌氧化甲烷的最佳温度是 25℃。Omel'chenko 等从北极的一个沼泽地中分离到最适生长温度低于 10℃的甲烷氧化菌，其中 3 种菌株只能在低于 35℃的温度下生长。闵航等研究了温度与黄松田土壤氧化外源甲烷活性的关系，结果表明，当土壤温度范围在 25～35℃之间，其氧化外源甲烷速率达到最大值。当土壤温度低于 10℃时，土壤氧化外源甲烷速率很低，只有最大氧化外源甲烷活性的 0～5％之间。42℃似乎是土壤甲烷氧化菌的高限生长温度，超过这一温度，土壤氧化甲烷活性难以检测到。

**（2）pH 值对甲烷生物氧化活性的影响**　关于 pH 值对甲烷生物氧化活性的影响，对于不同的土壤研究结果也不一样。Borne 等发现，pH 值从 3.5 变化到 8.0，土壤中甲烷的氧化率几乎没有什么变化。Heyer 等报道，在煤田土壤中，甲烷氧化最佳 pH 值为 3.7～4.4。Bender 等发现，在酸性煤田土壤中，pH 值在 4.0～6.0

区间时，甲烷氧化率只有微小的变化。但当 pH 值超过这个区间，甲烷氧化率大大下降。闵航等的研究结果表明，土壤 pH 值在 3.5～8.5 之间，土壤具有氧化外源甲烷的活性。土壤 pH 值低于 3 或高于 9 的土壤几乎都丧失氧化甲烷的能力。土壤最适氧化外源甲烷的 pH 值范围在 6～7 之间。研究结果表明，微酸性的土壤环境较微碱性的土壤环境更适合于土壤甲烷氧化菌氧化外源甲烷。

# 2.8　其他瓦斯传感器的发展现状

## 2.8.1　纳米气敏瓦斯传感器

为了提高甲烷气体传感器的稳定性和选择性，纳米材料被使用在甲烷传感器的研究中，从而出现了甲烷纳米传感器。2003 年，Bartlett 等应用电沉积钯催化剂薄膜构建纳米结构的气体传感器，研究结果表明，这些薄膜可以沉积到微结构硅，这提供了一个非常有吸引力的方法，因为位置、厚度和纳米结构的高度可控性，这些纳米薄膜组成催化剂之后可以实现微结构的传感器系统的构建。该传感器在空气中对甲烷的线性检测范围为 0～2.5%（体积分数），灵敏度约为 35mV/%（$CH_4$），具有较好的稳定性。对甲烷的检测限低于 0.125%（体积分数）。但是，检测甲烷气体仍然需要在空气中加热到 500℃。能量消耗约 175mW。

2007 年 Sahm 等发展了一种新的纳米微粒气溶胶方法，而且直接存入多层金属氧化物传感器基板。火焰喷涂热解被用来制造 $Pd/SnO_2$ 传感器。还研究了感应层的气敏性和催化转化 $CH_4$、CO 和乙醇等性能。添加钯纳米的金属或金属氧化物甲烷传感器，提高了传感器对甲烷气体的选择性，然而这类传感器对甲烷气体的响应和检测仍需要较高的裂解温度。

## 2.8.2　纳米修饰电极瓦斯传感器

化学修饰电极是通过共价、聚合、吸附等手段，将具有功能性的物质引入电极表面，制得具有新的、特定功能的电极，这种特定功能，使电极进行所期望的选择性反应并加快反应速率，提高分析测定灵敏度，因而在分析测试中具有广阔的应用前景。而对于新的修饰剂的研究及用修饰电极对目标物质进行定量分析具有重要意义。近年来，以其优异的综合性能受到广泛关注的碳纳米管在半导体 $CH_4$ 气体传感器方面也得到了应用。Valentini 等发现当碳纳米管壁出现了拓扑缺陷时，氧分子就会发生化学吸附。碳纳米管通过吸收氧使电子和施主沉积在基体上，其电导型从 p 型变成 n 型，而在释放气体状态下则呈现 p 型半导体性质。因此，碳纳米管制备的敏感材料在室温下就可以对 $CH_4$ 进行检测。卢毅等将纳米 Pd 沉积在单壁碳纳米管上，在室温下检测到了 6～100μL/L 的 $CH_4$，和传统的传感器相比具有较大优势。

因此，我国应在开发热催化原理敏感元件的同时，开展氧化物半导体气敏元件、红外原理敏感元件和光纤原理敏感元件的研制。此外对国际上一些最新的瓦斯检测技术进行跟进，对一些新技术、新材料的应用上做一些探索性的研究。当前，国内外研究热点主要集中在半导体气敏传感器上。载体催化元件虽然存在一些缺陷，但仍是目前矿井中检测 $CH_4$ 的主要元件。

## 参 考 文 献

[1] 彭士元. 改善氧化锡气体传感器检测甲烷选择性的实验研究 [J]. 测控技术，1994，13(4)：32-33.

[2] 余萍，肖定全，朱建国等. 新型 $Al_2O_3$ 基半导体陶瓷甲烷气体传感器 [J]. 四川大学学报，1998，35(1)：47-51.

[3] 胡赓祥，蔡珣. 材料科学基础 [M]. 上海：上海交通大学出版社，2000：53-62.

[4] 康昌鹤，唐省吾. 气、湿敏感器件及其应用 [M]. 北京：科学出版社，1988：22-23.

[5] 李学诚，李先才. 红外线瓦斯传感器在井下的试用 [J]. 煤矿安全，1999，(2)：10-13.

[6] 李虹. 监测甲烷浓度的红外光吸收法光纤传感器 [J]. 量子电子学报，2002，(8)：355-357.

[7] 王玉田，郭增军，王莉田等. 新型甲烷光纤传感器的研究 [J]. 光学技术，2001，27(4)：342-343.

[8] Peterson J I, Goldstein S R, Fitzgerald R V, Buckhold D K. Fiber optic pH probe for physiological use [J]. Anal Chem, 1980, 52(6)：864-869.

[9] Wolfbeis O S. Fiber-optic chemical sensors and biosensors [J]. Anal Chem, 2008, 80(12)：4269-4283.

[10] Mccue R P, Walsh J E, Walsh F, et al. Modular fibre optic sensor for the detection of hydrocarbons in water [J]. Sens Actuators B, 2006, 114(1)：438-444.

[11] Synovec R E, Sulya A W, Burgess L W, et al. Fiber-optic-based mode-filtered light detection for small-volume chemical analysis [J]. Anal Chem, 1995, 67(3)：473-481.

[12] Bruckner C A, Synovec R E. Gas chromatographic sensing on an optical fiber by mode-filtered light detection [J]. Talanta, 1996, 43(6)：901-907.

[13] Foster M D, Synovec R E. Liquid chromatographic sensing in water on a thin-clad optical fiber by mode-filtered light detection [J]. Anal Chem, 1996, 68(8)：1456-1463.

[14] 吴锁柱. 新型模式滤光光纤化学传感器的研究 [D]. 太原：山西大学化学化工学院硕士学位论文，2009.

[15] Hahn F, Melendres C A. Anodic oxidation of methane at noble metal electrodes：an "in situ" surface enhanced infrared spectroelectrochemical study [J]. Electrochimica Acta, 2001, 46：3525-3534.

[16] 余海霞. 利用微生物技术治理煤矿瓦斯的研究 [D]. 杭州：浙江大学生命科学学院博士学位论文，2007.

[17] Okada T, Suzuki S. A methane gas sensor based on oxidizing bacteria [J]. Anal Chim Acta, 1982, 135：61-67.

[18] Damgaard L R, Revsbech N P. A microscale biosensor for methane containing methanotrophic bacteria and an internal oxygen reservoir [J]. Anal Chem, 1997, 69：2262-2269.

[19] Bowman J P, Sly L I, Stackebrandt E. The phylogenetic position of the family methylococcaceae [J]. Int J Syst Bacteriol, 1995, 45：182-185.

[20] Omel'chenko L, Vasil'eva V, Khmelenina V N, Trotsenko Y A. Pathways of primary and intermediate metabolism in a psychrophilic methanotroph [J]. Microbiol, 1993, 62：509-512.

[21] 闵航，陈中云，陈美慈. 水稻田土壤甲烷氧化活性及其环境影响因子的研究 [J]. 土壤学规，2002，39(5)：687-692.

[22] Borne M, Don H, Lxvin I. Methane consumption in aerated soils of the temperate zone [J]. Tellus, 1990, 42：2-8.

[23] Heyer J, Suckow R. Okologishe untersuchungen der methanoxidation in einem saurenem moorsee. Limnologica, 1985, 6: 247-266.

[24] Bartlett P N, Guerin S. A micromachined calorimetric gas sensor: an application of electrodeposited nanostructured palladium for the detection of combustible gases [J]. Anal Chem, 2003, 75: 126-132.

[25] Sahm T, Rong W Z, Barsan N, Madler L, Weimar U. Sensing of $CH_4$, CO and ethanol with in situ nanoparticle aerosol-fabricated multilayer sensors [J]. Sensors and Actuators B, 2007, 127: 63-68.

[26] Lu Y J, Li J, Han J, Ng H T, Binder C, Partridge C, Meyyappan M. Room temperature methane detection using palladium loaded single-walled carbon nanotube sensors [J]. Chemical Physics Letters, 2004, 391: 344-348.

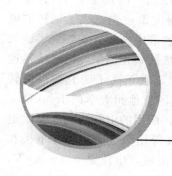

# 第 3 章
# 电化学检测瓦斯新技术

## 3.1 电化学技术的发展

### 3.1.1 引言

　　电化学传感器是一类特殊的化学传感器，它是以电极或修饰在电极上的物质作为化学敏感元件，对被测目标物具有高度的选择性，它通过被测气体与敏感元件发生物理、化学反应，将化学信号转化为电信号，并且产生与气体浓度成正比的电信号来工作，从而得出被测物质的浓度。与传统的分析方法相比，电化学传感器这种新的检测手段具有如下优点：①反应速度快；②准确（可用于 $10^{-6}$ 数量级）；③稳定性好，能够定量检测；④体积小，操作简单；⑤可用于现场监测且价格低廉。在目前已有的各类气体检测设备中，电化学传感器占有很重要的地位。尤其适用于毒性气体的检测，目前国际上绝大部分毒气检测采用该类型传感器。

### 3.1.2 研究进展

　　室温下，甲烷的电化学检测有直接和间接两种，直接的甲烷电化学检测是通过在电极表面直接氧化甲烷或者吸附甲烷导致电流或者电压发生变化来检测。间接的电化学检测是通过氧电极来检测，其原理是基于以甲烷为碳源的细菌利用甲烷时会消耗一定量的氧气，氧电极检测氧气的变化，从而检测甲烷的含量。

　　直接在电极表面氧化甲烷气体是非常困难的，甲烷的电催化氧化研究起源于20 世纪 60 年代末至 70 年代初，Clark 用非水溶剂硝基甲烷、乙腈、硝基己烷、碳酸丙二酯、二氯甲烷作为惰性电解质，显示了较为广泛的正极电势窗范围。较早的研究发现，使用高氯酸盐作为电解质，由于电势窗范围比较窄，不能氧化烃类化合物。当加入四氟化硼酸盐和六氟化磷酸盐可以使电势窗范围变宽，从而阳极氧化各种烃类物质，之后用各种酸性溶剂包括 $CF_3COOH$、$FSO_3H$、无水 HF 和 $CF_3SO_3H$，取代了非水溶剂来研究甲烷和脂肪烷烃的电化学氧化。1985 年，Ottagawa 等用 Pt 聚四氟乙烯电极在有机电解质溶液中直接电氧化甲烷来检测空气中甲烷的含量，检测范围为 $0.6\% \sim 100\%$，但是灵敏度比较低，而且受到 $H_2$、$NO$、$C_2H_6$ 的干扰。英国南安普顿大学的 Pletcher 和 Clark 研究组首先完成了烷烃的电化学氧化，他们是在非常干的疏质子溶剂和各种支撑电解液中做的，观察到了链烷烃氧化的部分氧化峰。他们认为是阳极氧化这些底物形成的碳正离子与电解液迅速反应形成的；接下来的几年中该工作组用强酸电解液稳定碳正离子研究烷烃的转化。但其突出的问题是阳极氧化电势限制。1985 年，美国犹他州大学的 John Cassidy 等在很高的电压下利用贵金属作工作电极检测甲烷，所用的电解液是乙腈，电压降低为 4.5V。1991 年，美国加利福尼亚州的 W.Karl 等用贵金属作工作电极在较温和的条件下部分氧化甲烷，所用电解液是氢氧化钠溶液，电压是 $0.4 \sim 0.8V$，但是甲烷的转化率较低，只有 $0.36\%$。

近年来，Rego 等以聚二甲硅氧烷的中空纤维为薄膜制成传感器对生物气体进行检测，可以对一氧化碳和 $CH_4$ 二元混合气体进行快速响应，而且具有长期稳定性。另一种电化学式气体传感器是伽伐尼电池式传感器，通过测量被测气体的电解电流来测量气体浓度。Rij 等以 $SrCe_{0.95}Yb_{0.05}O_{3-\alpha}$ 为电解液，研制出了一种在氧浓度较低氛围内的催化传感器。L.M.Dorojkine 通过热波激发的薄膜型的热电转换器，研制出了不需要催化的检测 $CH_4$ 的化学传感器。该元件通过加热电阻丝来提供热波，以高热导率的材料 $Al_2O_3/SiO_2$ 陶瓷为基体，基体上、下层分别沉积了 $0.15\mu m$ 的 $Al$ 和 $0.3\mu m$ 的铬-金作为热电检测器，利用气体反应改变热电参数来检测气体。

间接的电化学检测是通过氧电极来检测，也称甲烷的电化学生物法。其原理是基于甲烷与甲烷氧化菌的反应来检测甲烷的。甲烷氧化菌以甲烷为碳源，氧化甲烷的同时消耗氧气，通过间接检测溶液中氧气的变化来反映出甲烷的浓度。郑军等成功培养出甲烷氧化菌，测定其序列。温广明等将其用于甲烷的检测，检测限达到 $1\%$，响应时间为 1min。

20 世纪 70 年代中期，修饰电极发展起来，这是一门新兴的，也是目前最活跃的电化学和电分析化学的前沿领域，目前已应用于生命科学、环境科学、分析科学、材料科学等许多方面。修饰在电极表面的媒介体可加速氧化还原中心在电极表面的电子传递过程以实现电催化反应，化学修饰电极的电催化是化学修饰电极发展的重要推动力，它广泛应用于各种难以实现的电子传递慢过程。它通过共价、聚合、吸附等手段，将具有功能性的物质引入电极表面，制备具有新的、特定功能的电极，这种特定功能，使电极进行所期望的选择性反应并加快反应速率，提高分析测定灵敏度，因而在分析测试中具有广阔的应用前景。

2003 年，Bartlett 等应用电沉积钯催化剂薄膜构建纳米结构的气体传感器，研究结果表明，这些薄膜可以沉积到微结构硅（图 3-1），可以实现微结构的传感器系统。该传感器在空气中对甲烷的线性检测范围为 $0 \sim 2.5\%$，灵敏度约为 $35mV/\%$（$CH_4$），具有较好的稳定性。对甲烷的检测限低于 $0.125\%$。但是，检测甲烷气体仍然需要在空气中加热到 500℃。能量消耗约 175mW。

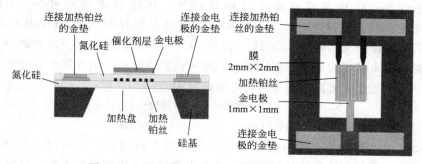

图 3-1　微结构纳米钯传感器的俯视和平面示意

2007 年，Sahm 等添加钯纳米的金属或金属氧化物于甲烷传感器，提高了传感器对甲烷气体的选择性，然而，这类传感器仍需要较高的检测温度。董川所在的课题组在以上文献基础上，重点研究了甲烷在镍电极、钯电极及纳米材料上的电化学行为，并且建立了较为理想的分析检测方法，以下分别详细介绍。

# 3.2　甲烷在氢氧化镍修饰镍电极上的电化学行为研究

## 3.2.1　引言

镍是一种非常重要的过渡金属。它位于元素周期表中第Ⅷ族，与铁、钴合称为铁系元素，其价电子层结构为 $3d^8 4s^2$。在电化学研究中，镍金属作为电极具有电极成本低、经济效益可观、良好的电化学稳定性、耐蚀性、耐热性和电导率高的特点。因此，镍金属是十分重要的电极材料，被广泛应用于电解电镀、电化学能源、电催化等方面的研究。

在电化学研究中，镍金属作为电极具有以下几个特点：①镍电极成本低，仅为常规 $Pd_{30}$-$Ag_{70}$ 电极的 5% 左右，经济效益可观。②镍原子或原子团的电迁移速度较 Ag 或 Pd-Ag 小，因而具有良好的电化学稳定性。③镍电极对焊料的耐蚀性和耐热性好，工艺稳定性好。④镍电极的电导率高。

镍电极的电化学性质已有报道。按照传统晶体学理论，镍电极活性物质存在四种基本的晶型结构，即 $\alpha$-$Ni(OH)_2$、$\beta$-$Ni(OH)_2$、$\beta$-$NiOOH$ 和 $\gamma$-$NiOOH$。它们之间的转化关系最初是由 Boda 等提出的，如图 3-2 所示。$\beta$-$Ni(OH)_2$ 氧化或充电后形成 $\beta$-$NiOOH$，$\alpha$-$Ni(OH)_2$ 氧化或充电后形成 $\gamma$-$NiOOH$；$\beta$-$NiOOH$ 放电后给出 $\beta$-$Ni(OH)_2$，$\gamma$-$NiOOH$ 放电后给出 $\alpha$-$Ni(OH)_2$。$\alpha$-$Ni(OH)_2$ 在浓碱液中陈化可慢慢脱水并转化为 $\beta$-$Ni(OH)_2$。

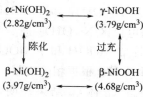

图 3-2　镍电极活性物质各晶型之间的转化关系

一般认为，镍电极在正常充放电情况下，活性物质是在 β-Ni（OH）$_2$ 与 β-NiOOH 之间转变，过充时，生成 γ-NiOOH。结晶完好的 Ni（OH）$_2$ 具有层状结构，层间靠范德华力结合。Ni（OH）$_2$ 和 NiOOH 可看成是 H 原子结合到 NiO$_2$ 结构中。对应的电极反应如下反应式所示。镍电极的研究和应用有悠久的历史，由于其电化学性质稳定，被广泛地应用在电池研究中。

$$Ni(OH)_2 + OH^- \longrightarrow NiO(OH) + H_2O + e$$

$$NiO(OH) + H_2O + e \longrightarrow Ni(OH)_2 + OH^-$$

在碱性电池研究中，镍电极是一种非常好的电池材料。2003 年，M. Jafarian 研究了甲烷在氢氧化镍修饰的镍电极上的电化学行为，甲烷发生了如下反应，但是作者没有建立对甲烷的定量分析。

$$CH_4 + 2H_2O \longrightarrow CO_2 + 8H^+ + 8e^-$$

## 3.2.2 镍金属作为电极的电化学行为研究

镍电极在 1.0mol/L NaOH 溶液中，电势窗在 0～0.6V 范围内的连续扫描循环伏安图如图 3-3 所示，扫描速度为 100mV/s，扫描时间为 30min。在扫描的第一周，出现一对氧化还原峰，峰电位分别为氧化峰峰电势（$E_{pa}$）258mV，还原峰峰电势（$E_{pc}$）348mV，说明在镍电极表面发生了氧化还原反应。随着扫描周数的增加，氧化还原峰的峰电流不断增大，并且在扫描过程中氧化峰峰位置发生正移，而还原峰的峰电势发生负移。30min 稳定后，氧化峰峰电势变为 427mV，还原峰峰电势为 328mV

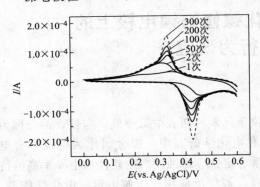

图 3-3 镍电极在 1mol/L NaOH 溶液中连续扫描 0.5h 循环伏安图

（扫描速度为 100mV/s，虚线为 0.5h 后的循环伏安图）

（见虚线）。镍单质在碱性溶液中，在低电位区总的电极反应式如下：

$$Ni + 2OH^- \Longrightarrow Ni(OH)_2 + 2e^-$$

它不是简单的电极反应，涉及多形态产物沉积的复杂电极过程。Ni（OH）$_2$ 有两种形态：水合的 α-Ni（OH）$_2$ 和无水 β-Ni（OH）$_2$。镍电极在低电位区初期氧化产物是 α-Ni（OH）$_2$。α-Ni（OH）$_2$ 是化学不稳定的化合物，会自发转变为 β-Ni（OH）$_2$。在高电位区 Ni（OH）$_2$ 进一步阳极氧化为 NiOOH。高价镍的羟基氧化物也有两种形态：β-NiOOH 和 γ-NiOOH。β-NiOOH 是化学不稳定的化合物，会逐渐转变为 γ-NiOOH。根据相关文献，初始形成的 Ni（OH）$_2$，再由亚稳态（α 体）逐渐转变成稳态（β 体）。结果表明，在镍电极的表面修饰了氢氧化镍。反应发生在电对 Ni（Ⅱ）/Ni（Ⅲ）之间：

$$Ni(OH)_2 + OH^- \Longrightarrow ONiOH + H_2O + e^-$$

### 3.2.3　甲烷在修饰电极上的电化学行为

#### 3.2.3.1　电催化活性

修饰镍电极在 1.0mol/L NaOH 溶液中通入甲烷气体的循环伏安图如图 3-4 所示，扫描速度为 20mV/s，通入甲烷气体后，氧化还原峰的峰电流发生了改变（曲线 b），氧化峰峰电流增加，而还原峰峰电流降低，改变的幅度约为原来的 20%。结果表明，甲烷在阳极被高价态的镍（Ⅲ）氧化了。随不同浓度的甲烷气体的加入，氧化峰峰电流逐渐升高，而还原峰峰电流逐渐降低，这是典型的膜表面催化反应的特征。由于 $CH_4$ 电催化氧化的峰电位与膜内 $Ni^{2+}$ 的氧化电位相符，说明膜内 $Ni^{3+}$ 介导了 $CH_4$ 与电极表面之间的反应。当在溶液中加入甲醇溶液（曲线 c），氧化还原峰的峰电流都

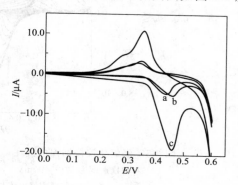

图 3-4　氢氧化镍修饰镍电极在 1.0mol/L
NaOH 溶液中的循环伏安图
（扫描速度为 20mV/s）
a—空白；b—甲烷；c—甲醇

大幅度增加了，并且氧化还原峰峰电势的位置与曲线 b 的峰电势几乎一致，判断甲烷氧化的产物为甲醇。

#### 3.2.3.2　扫描速度的影响

氢氧化镍修饰镍电极在 1.0mol/L NaOH 溶液中，氧化峰的峰电流（$I_{pa}$）在 10~70mV/s 范围内，与扫描速度（$v$）成正比，相关方程为 $I_{pa}=0.0472+0.00699v$，$R=0.9976$。表明氢氧化镍在镍电极表面的反应受吸附控制。当通入甲烷（99.9%）气体时，相应的催化氧化峰峰电流（$I_{pa}$）在 10~70mV/s 范围内与扫描速度（$v$）成正比，相关方程为 $I_{pa}=0.07391+0.00631v$，$R=0.9964$。表明催化电流受 $CH_4$ 分子向电极表面的吸附控制。氢氧化镍修饰镍电极在 1.0mol/L NaOH 溶液中的循环伏安图如图 3-5 所示。

#### 3.2.3.3　机理探讨

进一步确定甲烷在氢氧化镍修饰的镍电极上的反应产物是甲醇。由于在低扫描速度下，甲烷在电极上的反应是表面过程，可以利用 Laviron 公式计算反应中电子转移数。

$$I_p=\frac{nFQv}{4RT} \tag{3-1}$$

式中　$Q$——电量，C；

　　　　$v$——扫描速度，mV/s。

依据试验数据，可以计算得到 $n$ 为 2，这说明甲烷的反应是 2 电子反应。另

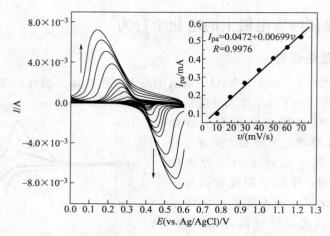

图 3-5 氢氧化镍修饰镍电极在 1.0mol/L NaOH 溶液中的循环伏安图

（扫描速度为 10～1000mV/s，插图为扫描速度在 10～70mV/s

范围内峰电流与扫描速度的关系）

外，差分脉冲伏安法常用来研究反应过程中的电子转移数。如图 3-6 所示，阳极峰电势（$E_{pa}$）与相对标准电流$\left(\lg\dfrac{il-i}{i}\right)$呈线性关系。根据标准曲线的斜率，可以计算得到在反应过程中有两个电子发生了转移。由此可以判断，甲烷在氢氧化镍修饰的镍电极上反应的产物为甲醇，并且反应中氧合氢氧化镍（ONiOH）参与了反应，电催化了甲烷的反应，整个化学反应式可以表示如下：

$$CH_4 + 2OH^- \Longrightarrow CH_3OH + H_2O + 2e^-$$

整个反应方程式可表示为：

$$ONiOH + CH_4 + OH^- \Longrightarrow Ni(OH)_2 + CH_3OH + e^-$$

### 3.2.3.4 工作曲线

图 3-7 为甲烷浓度与氧化峰峰电流的工作曲线，方程为 $I = 0.01059 + 0.0478[CH_4]$，

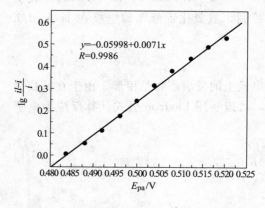

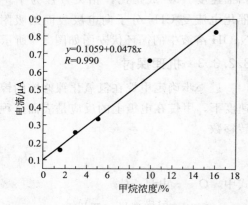

图 3-6 阳极峰电势 $E_{pa}$ 与 $\lg\dfrac{il-i}{i}$ 的关系曲线　　图 3-7 甲烷浓度与氧化峰峰电流的工作曲线

相关系数 $R=0.990$，体积浓度范围 $0\sim16\%$。上述修饰电极的重现性是：对 $3.0\%$ 体积浓度的甲烷气体平行测定 5 次的相对标准偏差（RSD）为 $1.8\%$。在实际样品中，氮气和氧气是主要的干扰成分，检测中，分别通入氮气和氧气，结果表明，氮气和氧气对甲烷的检测没有干扰。

#### 3.2.3.5 稳定性研究

在一段时间内，通过每隔一固定的时间重新测定一次一定浓度下的甲烷气体峰电流的方法来考察该传感器的稳定性。此传感器每两天测定一次，并于空气中室温保存，一周后，由于修饰层在强碱性溶液中多次发生氧化还原反应，对体积浓度为 $5\%$ 的甲烷气体响应降低了 $8.9\%$，这说明此传感器稳定性不是很好。

### 3.2.4 小结

采用循环伏安法在镍电极的表面修饰了氢氧化镍，研究了 $CH_4$ 在氢氧化镍修饰镍电极上的电化学性质，并且探讨了化学反应机理。结果表明，氢氧化镍/氧合氢氧化镍电对对 $CH_4$ 具有良好的电催化活性。该电极性能稳定，不受氮气和氧气的干扰，作为一种新型的电流型电化学传感器，对 $CH_4$ 气敏电极传感器的研制提供了有力的理论依据。

## 3.3 甲烷在碳纳米管复合膜修饰镍 电极上的电化学行为研究

### 3.3.1 引言

碳纳米管的化学修饰是一种有效改变碳纳米管物理化学性能，拓宽其应用范围的方法。通过特殊的手段将其他分子接在碳纳米管上，可以赋予碳纳米管一些新的结构特性和功能。碳纳米管在半导体 $CH_4$ 气体传感器方面也得到了应用。Valentini 等发现当碳纳米管壁出现了拓扑缺陷时，氧分子就会发生化学吸附。碳纳米管具有许多奇特的物理化学性质，但是，它几乎不溶于所有溶剂，这限制了它在一些领域的应用。如要制备出碳纳米管膜修饰电极，首要条件是通过特定的方法将碳纳米管"溶解"（更确切地说是分散）在适当的溶剂中。通过前面的实验，可以发现在 Nafion 存在下，碳纳米管可以很好地分散在 Nafion 的无水乙醇溶液中，得到性质稳定、分散均匀的黑色碳纳米管分散液。

Nafion（全氟化磺酸酯）是一种优良的阳离子交换剂，用于电极修饰材料具有良好的离子交换特性，Nafion 修饰电极属于离子型聚合物修饰电极，它是将 Nafion 涂于电极表面制成的具有很强离子交换能力的修饰电极。修饰电极具有富集、电催化和选择性透过的特性，广泛应用于伏安分析、传感器、电催化分析和色谱分析等分析化学领域，分析测定范围越来越广泛。

本节研究了甲烷气体在 MWCNT/Nafion/NMN 电极上的电化学响应。虽然有很多修饰电极的报道，但有关甲烷在上述修饰电极的电化学检测还未见详细报道。本节内容利用高价镍离子强的电催化活性以及碳纳米管的促进电子传递作用，力图发展一种在室温条件下，快速、灵敏的甲烷检测方法。

### 3.3.2 碳纳米管复合膜修饰镍电极的透射电镜图

图 3-8 是 MWCNT/Nafion 膜、Ni(OH)$_2$/MWCNT/Nafion 膜的透射电镜图。由图 3-8(a)可见，酸处理过的碳纳米管外管直径为 40~80nm，管长有几微米，多壁碳纳米管与 Nafion 充分混合，在图中没有看到碳颗粒，也没有观察到碳管缠绕，内腔清晰，表面有被腐蚀的痕迹，被浓硝酸剪裁成短管，说明碳纳米管得到了很好的处理。图 3-8(b)与(a)有明显的区别，(b)是氢氧化镍与 MWCNT/Nafion 混合液，可以看到氢氧化镍颗粒，直径比较大，在 100nm 左右，吸附在多壁碳纳米管的表面。

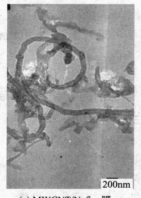
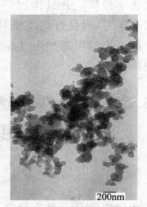

(a) MWCNT/Nafion膜　　　　　　　(b) Ni(OH)$_2$/MWCNT/Nafion膜

图 3-8　MWCNT/Nafion 膜、Ni(OH)$_2$/MWCNT/Nafion 膜的透射电镜图

### 3.3.3 修饰电极对甲烷的响应

图 3-9 是氢氧化镍修饰的镍（NMN）电极、MWCNT/NMN 电极和 MWC-NT/Nafion/NMN 电极分别通入空气、氮气和甲烷，在 1.0mol/L 氢氧化钠溶液中的循环伏安图。如图 3-9(a)、(b)、(c)所示，当通入空气和氮气时，循环伏安图中氧化峰和还原峰的电流没有变化，几乎相同。这表明，在上述三个电极上测定甲烷气体时，空气和氮气没有明显的电化学行为干预。

由图 3-9(a)可见，NMN 电极在通入甲烷前后，峰电流有变化，通入甲烷气体后，阳极峰电流增加，而阴极峰电流略有减少，而且二者变化的幅度非常接近，这是典型的膜表面催化反应的特征。即镍电极表面的高价镍离子对甲烷气体产生了氧化作用。

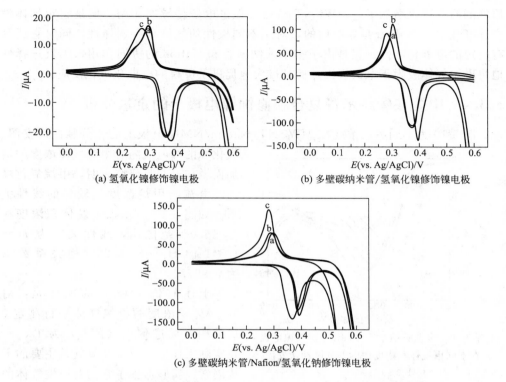

(a) 氢氧化镍修饰镍电极

(b) 多壁碳纳米管/氢氧化镍修饰镍电极

(c) 多壁碳纳米管/Nafion/氢氧化钠修饰镍电极

图 3-9　氢氧化镍修饰镍电极、多壁碳纳米管/氢氧化镍修饰镍电极
和多壁碳纳米管/Nafion/氢氧化镍修饰镍电极的循环伏安图（电解液为
1.0mol/L NaOH 溶液，扫描速度为 20mV/s）
a—空气；b—$N_2$；c—$CH_4$（99.9%）

如图 3-9(b) 所示，MWCNT/NMN 电极、NMN 电极在通入甲烷前后，峰电流有变化，通入甲烷气体后，阳极峰电流增加，而阴极峰电流减少，比图 3-9(a) 变化的程度大，这是高价镍离子催化活性与具有非凡电子转移性能的 MWCNT 协同作用的结果。

如图 3-9(c) 所示，MWCNT/Nafion/NMN 电极通入甲烷前后，峰电流有变化，通入甲烷气体后，阳极峰电流增加，而阴极峰电流也增加，与图 3-9(a)、(b) 相比，是电极修饰中加入了 Nafion。Nafion 是一种全氟磺酸聚合物，具有两亲性，Nafion 能够很好地将 MWCNT 分散并与 Ni(OH)$_2$ 结合，在镍电极表面形成一个修饰表面层，更好地发挥高价镍与 MWCNT 的作用。

由图 3-9(a) 可见，甲烷在 NMN 电极上的氧化峰峰电势为 0.375V，峰电流为 28.3$\mu$A。当 NMN 电极表面滴涂了一定量的 MWCNT 后，氧化峰峰电势出现在 0.445V 位置，峰电流增加，峰电势发生了正移，说明 MWCNT 促进了甲烷的氧化反应，这是由于 MWCNT 具有促进电子传导的作用。在 MWCNT/Nafion/NMN 电极表面，甲烷气体在该电极上的峰电流增加，氧化峰峰电势负移至 0.378V，还原峰的峰电流也增加了。MWCNT 虽然有促进电子传导的作用，但是它对气体没有选择性，而 Nafion 是非极性的，对于不同极性的气体具有选择性，同时它还具有一定的电催化活性。正是由于多壁碳纳米管和 Nafion 的协同作用，不仅选择性地将甲烷气体吸附于电极表面，而且极大地促进了甲烷的电催化氧化反应。

### 3.3.4 甲烷在碳纳米管复合膜修饰镍电极上的定量分析

图 3-10 为不同甲烷浓度在 MWCNT/Nafion/NMN 电极上的差分脉冲伏安图。

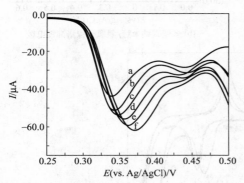

图 3-10 多壁碳纳米管/Nafion/修饰镍电极
在不同甲烷体积浓度中的差分脉冲伏安图
a—0.0；b—1.0%；c—3.0%；d—5.0%；
e—10.0%；f—16.0%

氧化峰的峰电流随着甲烷气体浓度的增加而增加，并且研究表明，甲烷氧化峰的峰电流与甲烷浓度呈较好的线性关系。如图 3-11 所示，甲烷体积浓度在 $0\sim16.0\%$ 范围内，线性关系为 $I_p = 1.841\,[CH_4] + 46.25$，相关系数 $R$ 为 0.9977。

上述修饰电极的重现性是：对 5.0% 体积浓度的甲烷气体平行测定 5 次的相对标准偏差（RSD）为 1.8%。在实际工作中，氮气和氧气是主要的干扰因素，实验考察了它们对甲烷气体的影响。实验结果表明，在甲烷检测中，氧气和氮气不产生干扰。通过剩余残留的校准曲线所示（图 3-12），该数据点大致随机分布在校准曲线的上面和下面。

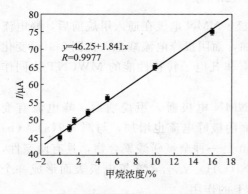

图 3-11 峰电流与甲烷体积浓度的线性关系

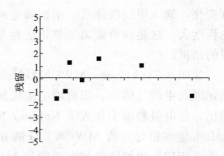

图 3-12 工作曲线的残留图

### 3.3.5 小结

本节研究了在室温条件下，制备 MWCNT/Nafion/NMN 修饰电极。镍电极表面的改性使之具有更好的电催化活性，其中包括高价镍离子具有强的电催化性质，

MWCNT 具有促进电子传导的特性以及 MWCNT 巨大的表面积。加速了甲烷气体在修饰电极上的氧化。实验表明，甲烷在修饰电极上是一种吸附控制过程。通过机理研究，确定甲烷发生反应的产物为甲醇，建立了对甲烷气体的检测方法。甲烷在该电极上的线性关系为 $I_p = 0.05972$ [$CH_4$] $+ 46.6939$，相关系数 $R$ 为 $0.9977$，相对标准偏差为 $1.80\%$（$n=5$）。此外，上述修饰电极有望用于空气中甲烷气体的检测，目前此项工作还在进一步的研究中。

# 3.4　粗糙钯电极电氧化甲烷

## 3.4.1　引言

由于铂电极具有良好的电催化性能而广泛用于甲烷的电氧化，但是铂价格昂贵，钯与铂同属一族，化学性质相似，价钱却便宜很多。F. Hahn 在钯等贵金属电极上研究甲烷电氧化所用电解液为高氯酸水溶液，用表面增强红外光谱吸收技术研究证明，甲烷在电极表面氧化的最终产物为二氧化碳，而且检测到中间产物。但是反应时间长，需要 1h，吸附到钯电极表面的甲烷才能转化为二氧化碳，不适用于实际检测。

本节构建了粗糙钯电极，用 SEM 表征了氧化还原探针，在室温下电氧化甲烷，考察了温度对氧化反应的影响，还研究了甲烷在粗糙钯电极上的电氧化机理。

## 3.4.2　钯电极的制备和表征

### 3.4.2.1　具有电化学活性的粗糙钯电极的制备

将预处理好的光滑钯电极浸泡在 2mmol/L $PdCl_2$ 盐酸溶液中，盐酸浓度为 2mol/L，一定时间后，在 0~1.5V 对电极进行循环伏安扫描，成功制得对甲烷具有强的电活性的纯钯电极。

### 3.4.2.2　粗糙电极的表征

将粗糙电极在通氮气除氧的 0.5mol/L $HClO_4$ 电解液中进行电化学循环伏安法（CV）表征，另外做 SEM 进行表面结构表征。此实验在室温下进行。

### 3.4.2.3　粗糙电极的循环伏安表征

光滑的钯电极浸泡在 2mmol/L $PdCl_2$ + 2mol/L HCl 中，不同的浸泡时间得到的电极粗糙程度不同，董川所在的课题组在常温下将粗糙的钯电极用循环伏安法在通氮气除氧的 0.5mol/L $HClO_4$ 进行表征。图 3-13 为浸泡不同时间的粗糙钯电极在 0.5mol/L $HClO_4$ 中的循环伏安图。从图 3-13 可以看出，浸泡时间为 20min 时，与光滑的钯电极的循环伏安图很相似，多于 40min 的循环伏安图在 1.1V 出现宽的还原峰，在 0.7V 出现宽的氧化峰，而浸泡 40min 的粗糙电极的循环伏安图在 0.674V 和 1.310V 出现钯的两个氧化峰，在 1.082V 出现还原峰，峰形较其他尖

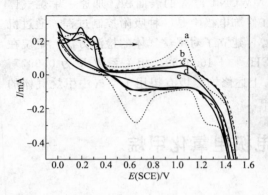

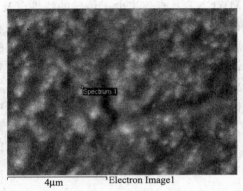

图 3-13　钯电极浸泡在含 0.5mol/L $HClO_4$
中的循环伏安图

a—40min；b—30min；c—50min；
d—60min；e—20min

图 3-14　浸泡在含 2mmol/L $PdCl_2$ 的
2mol/L HCl 中 40min 粗糙钯电极的
扫描电镜图（标尺为 $4\mu m$）

锐，峰电流较其他高，氧化峰电流高于还原峰电流，说明氧化态的导电性高于还原态的导电性。所以选择 40min 浸泡时间作为粗糙电极的制备时间。

### 3.4.2.4　粗糙钯电极的扫描电镜表征

扫描电子显微镜是一种高分辨的表面分析技术和方法，它能提供其表面形貌及分布的信息。图 3-14 为光滑钯电极浸泡在 2mmol/L $PdCl_2$＋2mol/L HCl 中 40min 的扫描电镜图。从图中可以清楚地看到钯电极的表面被粗糙，粒子的分布比较均一，粗糙钯电极成功制备。

### 3.4.2.5　氧化还原探针表征粗糙钯电极

钯电极的催化活性通过在通氮气除氧的 0.1mol/L $H_2SO_4$＋1mmol $Fe(CN)_6^{3-}$

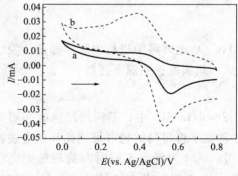

混合溶液中用循环伏安法进一步表征（图 3-15）可以看出粗糙钯电极的可逆性较光滑的钯电极要好。粗糙钯电极的峰电势差值 $\Delta E_p = 139mV$，光滑的钯电极 $\Delta E_p = 164mV$，峰电势差值越小，越容易转移电子。从图上还可以看到，粗糙钯电极的峰电流强度远大于光滑的钯电极，这是得益于表面高的粗糙度。

图 3-15　光滑钯、粗糙钯与电极在 1mmol
$Fe(CN)_6^{3-}$＋0.1mol/L $H_2SO_4$ 中的

循环伏安图

a—光滑钯；b—粗糙钯

粗糙钯电极实际表面积的计算采用 Randles-Sevcik 方程：

$$I_p = 2.69 \times 10^5 n^{3/2} A \sqrt{D}c \sqrt{v}$$

$$(3-2)$$

式中 $I_p$——循环伏安峰电流；

$\quad\quad n$——电子转移数；

$\quad\quad A$——电极的有效表面积；

$\quad\quad c$——电活性物质的浓度；

$\quad\quad v$——扫描速度；

$\quad\quad D$——扩散系数。

铁氰化钾在 0.1mol/L $H_2SO_4$ 中的扩散系数是从其在 0.1mol/L KCl 中的扩散系数计算出来的，为 $8.40 \times 10^{-6} cm^2/s$。粗糙钯电极有效的活性面积经计算是光滑钯电极的 2 倍。

### 3.4.3 甲烷在钯电极上的电化学行为研究

#### 3.4.3.1 光滑的钯电极对甲烷的电化学氧化

循环伏安法具有简单、方便的特点，得到的信息较多，广泛用来探讨反应机理。它是电化学测量中应用最广的一个重要方法，在研究电化学反应特性时，最先使用的方法往往就是循环伏安法。用循环伏安法研究了光滑钯电极在通氮气饱和的 0.5mol/L $HClO_4$ 中对甲烷的电氧化。如图 3-16 所示，可以看出光滑钯电极没有很好的电化学活性，在 0.296V 处有氢的吸附峰，0.800V 处有特别不明显的钯的氧化峰；曲线 b 为光滑的钯电极在通氮气饱和的 0.5mol/L $HClO_4$ 中通甲烷 3h 后的循环伏安图。通甲烷后第一次扫描发现氢的吸附峰被抑制，说明有别的物种出现在电极的表面。

通甲烷 3h 后氢峰分离为两个完整的峰，位于 0.300V 和 0.414V，可以得出氢的析出是一个多步反应过程，通过 Volmer-Heyrovsky-Tafel 路径，反应机理如下：

$$H_3O^+ + M + e^- \longrightarrow MH_{ads}^* + H_2O \tag{3-3}$$

$$MH_{ads}^* + MH_{ads}^* \longrightarrow H_2 + 2M \tag{3-4}$$

$$或\; MH_{ads}^* + H_3O^+ + e \longrightarrow H_2 + M + H_2O \tag{3-5}$$

式中，M 为电极表面原子；$H_{ads}^*$ 为吸附在电极表面 M 原子上的氢。

第一步氢原子吸附到电极表面（the Volmer reaction），接下来两个吸附的氢原子形成氢分子（the Tafel reaction）也就是第二步，或者通过进一步的电化学反应形成氢原子也就是第三步（the Heyrovsky reaction）。同时可以看到峰电位正移，说明由于甲烷的吸附使氢的析出变得困难。F. Hahn 报道多晶钯电极在 0.5mol/L $HClO_4$ 中通甲烷 1h 后在红外光谱上才能初次观察到有甲烷氧化的唯一产物 $CO_2$ 的谱，其峰电位在 0.8V，而镀钯的玻璃碳电极在通甲烷 3h 后红外光谱首次观察到其唯一产物 $CO_2$ 在 0.6V。在此实验中通甲烷 3h 后观察到比较明显的氧化峰出现在 0.790V。但是峰电流非常小，说明甲烷的氧化是一个慢反应过程，反应非常困难。因此难以用于现实应用。

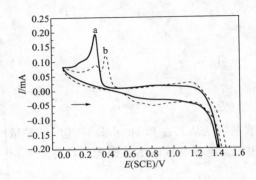

图 3-16　纯钯电极在通氮气后的
$0.5mol/L$ $HClO_4$ 中的和在此电解液中
通甲烷 3h 后的循环伏安图
（反向扫描，扫描速度为 100mV/s）
a—纯钯；b—通甲烷 3h

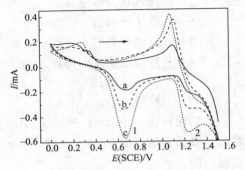

图 3-17　粗糙后的钯在通甲烷前及
通甲烷后 10min 和 60min 在 $0.5mol/L$
$HClO_4$ 中的循环伏安图
（反向扫描，扫描速度为 100mV/s）
a—通甲烷前；b—通甲烷后 10min；
c—通甲烷后 60min
1，2—氧化峰

### 3.4.3.2　粗糙钯电极对甲烷的电氧化

　　董川所在的课题组用循环伏安法研究了在常温下在通氮气除氧的 $0.5mol/L$ $HClO_4$ 电解液中粗糙钯电极对甲烷的电化学氧化，如图 3-17 所示。从图 3-17a 中可以看到，在 0.674V 和 1.310V 形成了峰 1 和峰 2 两个氧化峰，在 0.674V 氧化生成 PdOH（$Pd_2O$），在 1.310V PdOH（$Pd_2O$）将进一步氧化成 PdO。还原峰出现在 1.082V。通甲烷 10min 后，其循环伏安峰如图 3-17b 所示，甲烷氧化的起始电压在 0.4V，两个氧化峰分别负移至 0.655V 和 1.210V，显示出比光滑钯电极快的电子转移速率，而峰电位的负移和峰电流明显增大，显示出粗糙钯电极比光滑钯电极高的电催化活性。通甲烷 1h 后的循环伏安图如图 3-17c 所示，从图中可以看到，峰电流明显增大，峰电位移至 0.660V，说明甲烷在阳极扫描的过程中被氧化变得困难，可能是由于电极的表面吸附物质逐渐积累，使其活性位点降低所致。

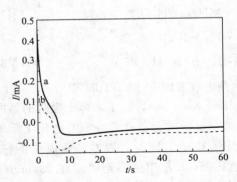

图 3-18　在恒电位条件下 $0.5mol/L$
$HClO_4$ 电解液中甲烷在光滑钯电极
和粗糙钯电极上的电流-时间曲线
（初始电压是 700mV）
a—光滑钯电极；b—粗糙钯电极

### 3.4.3.3　计时电流法检测甲烷

　　董川所在的课题组采用恒电位电流-时间曲线的方法研究了光滑钯电极和粗糙钯电极对甲烷的电氧化反应的催化作用。图 3-18 为在 700mV（相对于饱和甘汞电极）的恒电位条件下在 $0.5mol/L$ $HClO_4$ 溶液中，甲烷分别在光滑钯电极和粗糙钯电极上的电流-时间曲线，从图 3-18 中可以看出粗糙钯电极的电流较光滑钯电极的要高，所以粗糙钯电极的催化活性比光滑钯电极的要高。

### 3.4.3.4　差分脉冲法检测甲烷

差分脉冲法是一种灵敏的定量检测方法，董川所在的课题组采用差分脉冲法研究了粗糙钯电极对不同浓度甲烷的电氧化响应。图 3-19 为在通氮气除氧的 0.5mol/L HClO$_4$ 电解液中，浓度分别为 1.0%、3.0%、5.0%、10.0% 和 16.0%（甲烷在氮气中的体积比）的甲烷在粗糙钯电极上的差分脉冲图。从图 3-19 可以看出，当甲烷浓度从 1.0% 到 16% 逐渐增大时，峰电流随着甲烷浓度的增大而增大，峰电位则随着扫描时间的增加而有所正移，这可能是因为吸附产物在电极表面的积累使电极活性有所降低。通过峰电流与浓度的校正曲线，发现很高的线性，相关系数 $R$ 可达到 0.997。

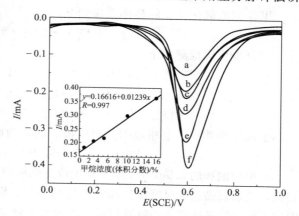

图 3-19　粗糙钯电极在通氮气除氧的 0.5mol/L HClO$_4$ 中对不同浓度甲烷响应的差分脉冲图（插图为甲烷浓度的校正曲线）

a—0.0；b—1.0%；c—3.0%；d—5.0%；e—10.0%；f—16.0%

由于粗糙钯电极对甲烷响应时间较短，并且对于不同浓度甲烷响应的线性较好，所以有望用于甲烷的现实检测。

### 3.4.3.5　温度对粗糙钯电极氧化甲烷的影响

在 45℃ 的通氮气除氧的 0.5mol/L HClO$_4$ 电解液中通入甲烷前后粗糙钯的差分脉冲图如图 3-20 所示，a 为未通甲烷的差分脉冲曲线，两个氧化峰，峰电势分别为 0.640V、1.200V；b 为通甲烷 1min 后的差分脉冲曲线，峰电势负移至 0.632V、1.192V，峰电流明显增大，说明甲烷在温度较高的环境中更容易被氧化。Dall'Antonia 报道认为温度增加使得氧化层的厚度增大，负扫时大量的 PdO 还原为对甲烷氧化具有很大催化作用的 Pd，使电极的催化活性增强，导致氧化甲烷的速度很快。

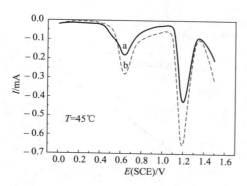

图 3-20　粗糙钯电极在 0.5mol/L HClO$_4$ 中通入甲烷气体的差分脉冲图（$T$=45℃）

a—氮气饱和；b—通甲烷 1min

### 3.4.3.6 粗糙钯电极对甲烷氧化的机理探讨

F. Hahn 等研究钯电极在 25℃下 $HClO_4$ 电氧化甲烷的机理，认为甲烷在钯电极上的电氧化是一个多步反应过程，其最终产物是二氧化碳，一氧化碳是中间产物。基于以前的工作及相关文献，推测甲烷氧化机理如下。

甲烷的电氧化反应的整体反应如下：

$$CH_4 + 2H_2O \longrightarrow CO_2 + 8H^+ + 8e^- \tag{3-6}$$

其分步反应推测如下：

$$CH_4 \longrightarrow CH_{3\,ads}^* + H^+ + e^- \tag{3-7}$$

$$CH_{3\,ads}^* + H_2O \longrightarrow CO_{ads}^* + 5H^+ + 5e^- \tag{3-8}$$

$$CO_{ads}^* + H_2O \longrightarrow CO_2 + 2H^+ + 2e^- \tag{3-9}$$

上面反应式中 * 是指吸附到钯电极表面的物质，而对于钯电极表面的反应有：

$$PdO \longrightarrow PdOH(Pd_2O) \longrightarrow Pd \tag{3-10}$$

在甲烷饱和的 0.5mol/L $HClO_4$ 中改变电位扫描速度，在 0～1.5V 范围内做循环扫描，观察扫描速度对峰电位和峰电流的影响。图 3-21（a）为在 100～1000mV/s 范围内不同的扫描速度下，随着扫描速度的增大峰 3 负移而峰 1 和峰 2 正移，显示出甲烷氧化反应的不可逆性。图 3-21（c）为 $I_p$-$v^{1/2}$ 的关系曲线，图 3-21（b）为 $I_p$-$v$ 的关系曲线，从图 3-21（c）可以看出峰 1 的峰电流与扫描速度的开方呈线性关系，

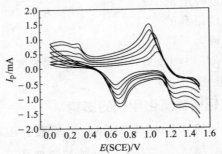

(a) 扫描速度为100mV/s、200mV/s、350mV/s、500mV/s、800mV/s、1000mV/s的循环伏安图

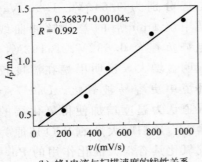

(b) 峰1电流与扫描速度的线性关系

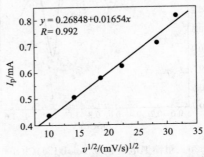

(c) 峰2电流与扫描速度的开方的线性关系

图 3-21 不同扫描速度下粗糙钯电极在 0.5mol/L $HClO_4$ 中的循环伏安图

说明甲烷氧化的第一步是扩散控制过程，从图 3-21（b）看出峰 2 的峰电流与扫描速度呈线性关系，说明甲烷氧化的第二步是吸附控制过程。表 3-1 为峰 1 的峰电流与扫描速度数据，表 3-2 为峰 2 的峰电流与扫描速度数据。

**表 3-1 峰 1 的峰电流与扫描速度的关系**

| 扫描速度 $v$/(mV/s) | 100 | 200 | 350 | 500 | 800 | 1000 |
|---|---|---|---|---|---|---|
| $v^{1/2}$/(mV/s)$^{1/2}$ | 10 | 14.14 | 18.71 | 22.36 | 28.28 | 31.62 |
| 峰电流 $I_p$/mA | 0.44 | 0.5058 | 0.5792 | 0.6244 | 0.7135 | 0.8178 |

**表 3-2 峰 2 的峰电流与扫描速度的关系**

| 扫描速度 $v$/(mV/s) | 100 | 200 | 350 | 500 | 800 | 1000 |
|---|---|---|---|---|---|---|
| 峰电流 $I_p$/mA | 0.51029 | 0.5452 | 0.6704 | 0.926 | 1.242 | 1.3712 |

通甲烷后氧化峰峰 1 和峰 2 增大，还原峰也增大，如图 3-22 所示。随着通甲烷时间的增加氧化峰电流增大，但是氧化峰随反应时间增大正移，这说明粗糙钯电极对甲烷的催化活性随扫描次数的增加而逐渐降低，负扫时 PdO 被还原为 Pd，峰 1 峰电流显著增大，峰 2 增大不明显，说明 PdO 对甲烷的催化活性较小，PdOH 对于甲烷的氧化具有强的催化活性。Pavese 认为在析氧电位区，由于 Pd 的部分溶解，能产生 $Pd^{2+}$，它能与吸附物种结合相互作用，提高电极的活性。为了进一步证实 $Pd^{2+}$ 的作用，在原实验溶

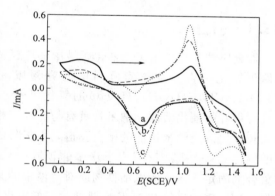

图 3-22 粗糙钯电极未通甲烷、通甲烷后未添加 $Pd^{2+}$ 和添加 $Pd^{2+}$ 的溶液中的循环伏安图
a—空白；b—甲烷；c—5mL 0.2mmol/L PdCl$_2$

液饱和甲烷 0.5mol/L HClO$_4$ 中加入 0.5mL 0.2mmol/L PdCl$_2$，所观察到的峰电流峰都明显增大，这就进一步证实了 $Pd^{2+}$ 的存在对活化 Pd 表面能起到明显的作用。

### 3.4.4 小结

本节制备了粗糙的钯电极，优化了粗糙时间，对粗糙钯电极进行了表征，研究了粗糙钯电极对甲烷的电氧化、检测，对温度影响及氧化机理进行了探讨。实验表明，在 2mmol/L 的 PdCl$_2$＋2mol/L HCl 中浸泡光滑钯电极 40min，制备的粗糙钯电极电化学活性最高，用 SEM 对粗糙钯电极的表面进行表征，发现表面被粗糙，粒子粒径较均一，同时用氧化还原探针铁氰化钾进行表征发现，粗糙钯电极较光滑钯电极有较高的电化学活性、较好的可逆性及较快的电子转移机理。在通氮气除氧

的高氯酸电解液中研究了粗糙钯电极的循环伏安行为。实验表明，粗糙钯电极不论氧化峰还是还原峰，峰电流较光滑的钯电极明显增大，这归根于粗糙钯电极大的比表面积。钯电极对甲烷的电氧化研究在通氮气除氧的高氯酸电解液中进行，研究发现，光滑的钯电极对甲烷的氧化需要 1h 以上，不适合现实检测，粗糙钯电极对甲烷具有好的电催化活性，氧化甲烷需要的时间很短，对于不同浓度的甲烷响应的线性较好，有望用于现实检测。温度不论对光滑的钯电极还是粗糙钯电极的活性都有一定影响，随着温度升高钯电极活性增强，在较高温度下粗糙钯电极对甲烷的催化活性增强，只需要通甲烷 1min，峰电流就明显增大。研究甲烷的电氧化机理得出，甲烷的氧化是多步反应过程，存在中间吸附产物，最终氧化的产物为二氧化碳，$Pd^{2+}$ 的存在对活化电极表面甲烷的电氧化具有明显促进作用。

## 3.5　甲烷在修饰金电极上的电氧化行为研究

### 3.5.1　引言

　　贵金属纳米粒子由于在催化领域中的广泛应用而成为最重要的研究对象之一，电催化氧化一直是化学家瞩目的研究领域。钯纳米修饰电极已经应用于 $O_2$、$CH_3OH$、$CH_3CH_2OH$、$HCHO$ 的氧化研究，纳米材料不仅可以抗催化剂中毒，而且有很好的催化活性。纳米管具有与金刚石相同的热导率和独特的力学性质、较大的长径比以及纳米尺度的中空孔道，由于其成熟的制备方法、稳定的性质以及较好的催化效果而被广泛应用于众多的领域。Nafion 可以将具有催化作用的络合剂或螯合剂固定，固定的电活性物质对溶液中的某些反应具有催化作用，能间接测定被催化物。碳纳米管与 Nafion 是两种好的电极修饰物质。2004 年陆毅江用钯纳米与单臂碳纳米管修饰叉指金电极检测甲烷，检测限达到 $6\mu L/L$。其检测原理是：Pd 是一个有 $s^0$ 轨道的过渡金属，氢原子倾向于吸引钯的电子形成 $Pd^+(CH_4)^-$，而单臂碳纳米管会传递电子给钯原子，增大了自身的电导率。由于甲烷吸附到钯上，增大了通过 P 型碳纳米管的电流，以此来检测甲烷浓度。李扬用 $NaBH_4$ 还原钯化合物，沉积钯纳米于多壁碳纳米管上，然后涂覆该混合物于玻璃或陶瓷电极上，在室温下测定了甲烷的电化学响应，检测限为 $2\%\sim4.5\%$，该电极可逆性和重现性都很好。

　　在异种金属表面形成的超薄金属沉积层在表面科学和异相催化方面具有重要的意义。这些双金属体系具有明显不同于每一种单独组分的性质。Kolb 等对钯在金属表面的电化学沉积进行了广泛研究，发现钯沉积层的结构形貌对超电势、电解液的组成、沉积方式等条件非常敏感。Tang 等运用循环伏安法和扫描隧道显微镜研究了 $0.1mol/L\ H_2SO_4+0.1mol/L\ PdSO_4$ 中钯在金电极上的沉积过程。Guerin 等利用表面活性剂作模板把薄层电沉积到多晶金电极表面上，还研究了其对氢吸附和脱附的性质。张锦涛等用循环伏安法将钯纳米电沉积到铂电极、金电极的表面，还通过研究甲醇的电催化氧化来测定钯沉积层的催化活性。Lim 等用循环伏安法将钯纳米电沉积到 MWCNTs-Nafion 修饰的玻璃碳电极上，成功制备修饰钯纳米电极。

本节用循环伏安法制备了钯纳米金电极，利用电化学方法研究了该电极对甲烷的电催化氧化。

## 3.5.2 修饰金电极的制备和表征

### 3.5.2.1 修饰金电极的制备

选定 0.5mmol/L $H_2PdCl_4$＋0.2mol/L $KNO_3$ 混合溶液作为钯沉积的电解液，扫描范围在－0.35～0.8V 之间进行连续循环扫描，然后将电极取出，用二次水冲洗后，存放在水溶液中备用。将钯薄膜覆盖的金电极，放在 0.1mmol/L $H_2SO_4$ 中进行电化学（CV）表征，另取相同的样品进行 SEM 表征以确定薄膜的微观结构，电化学实验在室温下通氮气除氧的电解液中进行。然后，将 5% Nafion 溶液用无水乙醇稀释为 0.5% Nafion 溶液，然后将分散好的 0.1% MWCNTs-DMF 溶液加入其中超声分散 20min，即得均一稳定的黑色溶液，在 4℃下保存。将处理好的电极用氮气吹干，取分散好的 MWCNTs-Nafion 溶液取数微升涂覆到金电极表面，室温下挥发溶剂即可。这样 MWCNTs-Nafion 修饰电极就制备好了。由于 Nafion 有助于 MWCNTs 的分散，这样形成的膜比直接把多壁碳纳米管涂覆到电极上更均一稳定，另外由于 Nafion 优良的成膜能力使得形成的 MWCNTs-Nafion 膜黏附能力强，不易脱落。将修饰 MWCNTs-Nafion 的金电极浸在 0.5mmol/L $H_2PdCl_4$＋0.2mol/L $KNO_3$ 混合溶液中，在扫描速度 25mV/s，扫描范围在－0.35～0.8V 之间进行连续循环扫描，然后将电极取出，用二次水冲洗后，存放在水溶液中备用。

将上述处理好的工作电极放在通氮气除氧的 0.1mol/L $H_2SO_4$ 中，在 0.1～1.35V 电压范围内进行循环伏安扫描，只有得到的曲线与金电极在 $H_2SO_4$ 溶液中的特征曲线相符，才可以进行下一步实验，本节参照相关文献直接通过循环电位扫描技术在含有 $Pd^{2+}$ 的溶液中进行反复的循环电位扫描，制备纳米结构钯薄膜修饰的金电极，简写为 Pd/Au 电极。

### 3.5.2.2 修饰金电极的 TEM 表征

**(1) Pd/Au 电极的 TEM 表征** 图 3-23 为纳米结构钯薄膜修饰的金电极的 TEM 图像，从图中可以清楚地发现在金电极基底上形成了不同尺寸的钯粒子薄膜，最大粒子约 100nm，最小的粒子只有约十几纳米，通过观察可以确认纳米结构钯薄膜修饰的金电极已经成功制备。

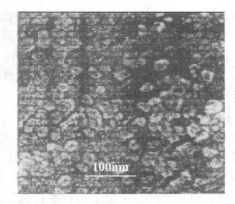

图 3-23 纳米结构钯膜修饰金
电极（Pd/Au）的 TEM 图
（标尺为 100nm）

**（2）MWCNTs-Pd/Au 电极的 TEM 表征** 众所周知，由化学沉积法制备的多壁碳纳米管伴随有很多金属催化剂等杂质，为了使钯纳米能够很好地沉积到多壁碳纳米管上，把多壁碳纳米管在混酸中进行了纯化处理。图 3-24（a）为纯化了的多壁碳纳米管的透射电镜图，可以看到碳纳米管表面非常干净，非常长，呈高度缠绕的网状结构，沉积钯纳米的多壁碳纳米管如图 3-24（b）所示，可以看到钯纳米粒子在多壁碳纳米管上分散得很好，球形的粒子沉积在多壁碳纳米管上，平均尺寸是5～10nm。

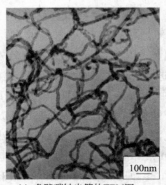
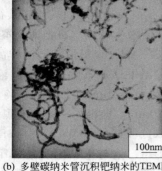

(a) 多壁碳纳米管的TEM图　　　　(b) 多壁碳纳米管沉积钯纳米的TEM图

图 3-24　多壁碳纳米管和多壁碳纳米管沉积钯纳米的 TEM 图

### 3.5.2.3　Pd/Au 电极的循环伏安表征

采用循环伏安法对新鲜制备的修饰金电极（Pd/Au 和 MWCNTs-Pd/Au 电极）进行了表征，图 3-25（a）为多壁碳纳米管钯纳米修饰的金电极，图 3-25（b）为钯薄膜修饰的金电极，图 3-25（c）为钯电极，图 3-25（d）为金电极在通氮气除氧的 $0.1mol/L\ H_2SO_4$ 电解液中的循环伏安图。从图中可以看出，MWCNTs-Pd/Au 电极、Pd/Au 电极、钯电极和金电极的循环伏安行为不同。MWCNTs-Pd/Au 电极的双电层区域正扫在 0.37～0.63V 之间，负扫在 0.33～0.61V 之间，氧化区域从正扫的 0.63V 到负扫的 0.86V；Pd/Au 电极的双电层区域正扫在 0.30～0.53V 之间，负扫在 0.30～0.60V 之间，氧化区域从正扫的 0.60V 到负扫的 0.85V。三个电极在负扫过程中的还原峰分别为：Au 电极 0.775V，Pd/Au 0.756V，MWC-NTs-Pd/Au 0.716V。已在图上标出，通过比较，可以确定电极的还原峰为钯氧化物的还原峰，三条循环伏安曲线最明显的差别是氢的吸附峰和脱附峰的位置和形状，图 3-25（c）中钯电极的氢吸附和脱附及氢析出过程无法分开，正扫过程中形成一个大包，无法分开，负扫过程中由于吸收的氢的还原，形成了一个以 0.27V 为中心的还原峰，图 3-25（d）中金电极在电位范围内没有显示出氢峰。图 3-25（b）中 Pd/Au 电极在电势扫描范围内展示了一个氢还原峰，峰电位负于钯的还原峰，峰形相似，但是不同于裸金电极的还原峰。图 3-25（b）为 MWCNTs-Pd 修饰的金电极，在0.176V 出现氢的吸附峰，峰电位较负于其他电极，在 0.716V 出现钯氧化物的

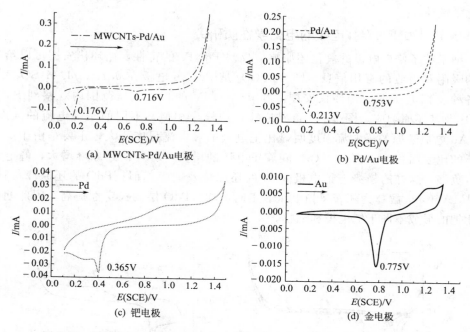

(a) MWCNTs-Pd/Au电极　　　　(b) Pd/Au电极

(c) 钯电极　　　　(d) 金电极

图 3-25　MWCNTs-Pd/Au、Pd/Au 电极、钯电极、金电极在通氮气除氧的
0.1mol/L $H_2SO_4$ 中的循环伏安图（正向扫描，扫描速度为 20mV/s）

还原峰，峰电流较钯膜修饰的金电极电流强度大一些，电势负一些。说明修饰
MWCNTs 于电极上可以提高电子转移速率。

黄明湖等研究认为，在 0.5mmol/L $H_2PdCl_4$ ＋0.2mol/L $KNO_3$ 混合溶液中，一定电位范围 $-0.35\sim0.8V$ 进行连续的循环电位扫描就可以在金基底形成纳米或

微米尺寸的钯粒子，连续循环扫描 12 圈的图如图 3-26 所示。Guerin 课题小组研究表明，在酸性溶液中大的钯粒子可以显示出较为标准的氢吸附和脱附的电化学行为，该实验研究表明，钯修饰到金电极出现的氢峰与普通钯出现的氢峰相似。为了排除由于 $SO_4^{2-}$ 和 $HSO_4^{-}$ 在电极表面的吸附造成的伪象，用 $HClO_4$ 作替代电解液，研究表明尖峰没有变化，因此研究认为这个尖峰应该是钯膜对氢的吸附峰，显然纳米结构钯薄膜与钯电极具有相似的

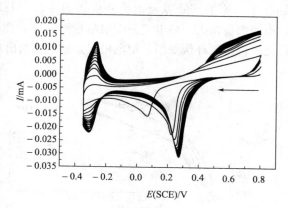

图 3-26　在 0.5mmol/L $H_2PdCl_4$ ＋0.2mol/L $KNO_3$
混合溶液中，在 $-0.35\sim0.8V$ 之间连续扫描 12 圈，
电沉积钯膜于直径为 4mm 的金盘电极上
循环伏安图（扫描速度为 25mV/s）

电化学性质。

### 3.5.2.4　PdNPs/Au 电极的电化学性质研究

纳米粒子修饰电极的氧化还原响应反映 PdNPs 的特性，循环伏安图可以给出氢的吸附和吸收的有用信息，图 3-27(a) 是 Pd/Au 电极在 0.1mol/L $H_2SO_4$ 中，在 0～1.35V 的扫描电压范围内观察到 PdO、$PdO_2$ 及其还原响应。图 3-27(a) 与 (b) 的峰形相似，不同的是峰电流的强度，Pd/Au 电极还原的峰电流强度明显比钯电极的峰电流强度要大，主要是由于纳米粒子的比表面积大。图 3-28(a) 随着正电压的增大，PdO 的还原峰增大，峰电势稍有负移，这样的趋势与钯电极 PdO 的还原峰及钯膜相似。PdO 的还原峰负移，Dall'Antonia 解释为随着反扫电压的正向增加，PdO 层的稳定性提高。因此期待氧化钯的形成不同于钯电极和钯膜。

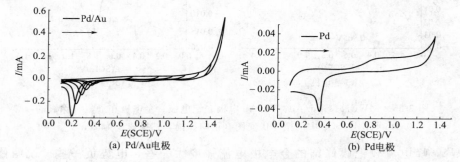

(a) Pd/Au电极　　　　(b) Pd电极

图 3-27　Pd/Au 电极在各种反扫电压下和 Pd 电极在 0.1mol/L $H_2SO_4$ 中的
循环伏安图（扫描速度均为 50mV/s）

在氢吸附和吸收的电压区间的反向扫描如图 3-28 所示，图 3-28(a) 与 (b) 的区别在于还原的开始以及电流强度，图 3-28(a) Pd/Au 电极从约 -0.15V 开始还原，电流明显增大，而电流强度限制在 -0.2V，图 3-28(b) 为钯电极在 -0.2～0.3V 扫描范围内的循环伏安图，钯电极起始的还原约出现在 0V，还原电流一直增大。

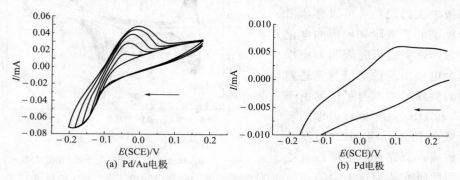

(a) Pd/Au电极　　　　(b) Pd电极

图 3-28　Pd/Au 电极和 Pd 电极在 0.1mol/L $H_2SO_4$ 中的循环伏安图
（扫描初始电压为 0.28V，扫描速度为 20mV/s，
电极的几何面积为 7.056cm²）

### 3.5.3 甲烷在修饰金电极上的电催化氧化

采用差分脉冲法对金电极、钯电极、钯纳米修饰的金电极、MWCNTs-Pd 纳米修饰的金电极对甲烷的电化学氧化进行研究，图 3-29 为在通氮气除氧的 $0.1mol/L\ H_2SO_4$ 电解液中，通甲烷 20min 后扫描的差分脉冲图，甲烷在金电极上的氧化始于 0.90V，在 1.146V 达到最大电流，很明显金电极的活性要强于钯电极，然而钯纳米修饰的金电极比金电极和钯电极对甲烷催化的活性更强一些，其标志是甲烷的氧化峰电流要比金电极与钯电极的氧化峰电流强，峰电位始于 0.86V，峰电流在 1.114V 达到最大，说明金基底形成的钯纳米膜对甲烷的氧化具有高的催化作用。MWCNTs-Pd 纳米修饰的金电极与前几种电极相比催化活性最高，峰电流强度最大，峰电位始于 0.84V，在 1.106V 峰电流达到最大，钯纳米修饰的金电极对甲烷氧化的机理为：①纳米结构钯为甲烷的电氧化提供更多的活性点；②两种混合物的协同作用为甲烷的电氧化提供了重要的催化活性。MWCNTs-Pd/Au 对甲烷氧化的机理除上述原因外还有碳纳米管的催化作用。

由以上分析可以得到如下结论，四种电极对甲烷的电氧化的催化活性顺序为：MWCNTs-Nafion-Pd/Au＞Pd/Au＞Pd＞Au。

采用恒电位电流-时间曲线的方法研究了钯电极、金电极、钯纳米修饰的金电极以及 MWCNTs-Nafion 钯纳米修饰的金电极对甲烷的电氧化反应的催化作用。图 3-30 为在 1.1V（相对于饱和甘汞电极）的恒电位条件下在 $0.5mol/L\ HClO_4$ 溶液中，甲烷分别在钯电极、金电极、钯纳米修饰的金电极以及 MWCNTs-Nafion 钯纳米修饰的金电极的电流-时间曲线，从图中可以看出，MWCNTs-Nafion 钯纳米修饰的金电极电流最高，接下来是钯纳米修饰的金电极，然后是钯电极和金电极，电流越高，催化活性也越高。

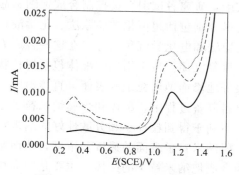

图 3-29 Au 电极、Pd/Au 电极、
MWCNTs-Nafion-Pd/Au 电极在通氮气
除氧的 $0.1mol/L\ H_2SO_4$ 中的循环伏安图
--- MWCNTs-Nafion-Pd/Au；⋯⋯ Pd/Au；
—— Au

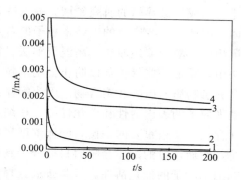

图 3-30 在恒电位条件下 $0.5mol/L\ HClO_4$
电解液中甲烷在钯电极、金电极、钯纳米
修饰的金电极和多壁碳纳米管-Nafion
钯纳米修饰的金电极的电极电流-时间曲线
（初始电压是 1.1V）
1—Pd；2—Au；3—Pd/Au；
4—MWCNTs-Nafion-Pd/Au

### 3.5.4 小结

在金属金基底上制备纳米结构的超薄钯薄膜。采用连续的电位扫描方法（即在含有 $Pd^{2+}$ 的溶液中进行多次循环电位扫描）将钯沉积到金基底上，制备了纳米结构钯薄膜修饰的金电极（Pd/Au 电极）。将修饰了多壁碳纳米管 Nafion 混合物的金电极，按相似的方法沉积钯纳米薄膜，制备了多壁碳纳米管钯纳米修饰的金电极（MWCNTs-Pd/Au 电极）。利用透射电镜、循环伏安法对制备的 Pd/Au、MWC-NTs-Pd/Au 电极的结构特点和电化学特性进行了表征。与其他电化学方法相比较，该方法简单易操作，无须使用任何表面活性剂作为模板诱导纳米结构的形成。

Pd/Au 和 MWCNTs-Pd/Au 电极的电催化活性研究中，利用循环伏安法、计时电流法研究了新鲜制备的 Pd/Au 电极和 MWCNTs-Pd/Au 电极对甲烷的电化学氧化的催化活性。两种方法所得到的实验结论完全一致，均证明 MWCNTs-Pd/Au 电极比 Pd/Au 电极具有更高的催化活性。金电极、钯电极、钯纳米修饰的金电极以及 MWCNTs-Pd/Au 电极对甲烷的电氧化的催化活性顺序为：MWCNTs-Pd/Au>Pd/Au>Pd>Au。

## 3.6 烷基胺-钯纳米的合成及其响应甲烷的研究

### 3.6.1 引言

金属纳米粒子（NPs）持续地受到人们的关注，主要是因为其特殊的光学、磁学、电学的性能等方面潜在的应用价值。尤其是金属纳米粒子高的比表面积，使其具有较高的电催化活性，目前，贵金属纳米粒子的制备、特性研究和纳米器件的构建已经成为最热门的研究领域。在这些领域中，研究者试图直接控制合成钯纳米晶体。因此，一些广泛的钯纳米粒子的合成技术分别包括超声化学还原法、化学液相沉积法、醇回流还原法、高温分解法、氢还原法和电化学沉积法等。在这些合成方法中，需加一些保护剂以防止钯纳米粒子的聚集沉淀。最常用到的配体包括树枝状高分子物质、硫醇和聚合物。因为配体能很好地修饰纳米粒子的表面，直接地影响纳米粒子的表面活性和催化性能。在纳米材料制备过程中，配体和金属纳米粒子之间存在一个很重要的平衡，配体浓度较低，不利于得到粒径小和分散性好的纳米粒子，然而过量的配体会阻碍目标分子到达金属纳米粒子表面的速度和浓度，从而影响纳米粒子的催化活性。烷基胺被选择作为合成钯纳米粒子的配体，主要是因为烷基胺线型的分子结构和好的催化效果。Rao 等已经报道使用相转移的方法合成了十二胺稳定的钯纳米粒子，但是合成的钯纳米粒子有不同程度的聚合。

在本节中，主要探索使用烷基胺系列作为配体，通过化学还原的方法合成钯纳米粒子，系统地研究烷基胺的碳链长度对钯纳米粒子粒径和分散性的影响，烷基胺配体分别包括正己胺（$C_6$-$NH_2$）、十二胺（$C_{12}$-$NH_2$）和十八胺（$C_{18}$-$NH_2$）。另外，钯纳米粒子修饰钯电极在 0.50mol/L $H_2SO_4$ 中甲烷气体的电化学催化氧化活性主要取决于配体碳链的长度。实验结果表明，配体碳链越长，纳米粒子对甲烷的电催化氧化活性越高，钯纳米粒子修饰钯电极对甲烷气体的电催化氧化有望构建一个室温下的甲烷气体传感器。

## 3.6.2　钯纳米粒子的合成与表征

### 3.6.2.1　钯纳米粒子的合成

烷基胺稳定的钯纳米粒子通过水和甲苯两相法合成。采用一个经典的合成过程，17.7mg（0.1mmol/L）的 $PdCl_2$ 在搅拌下溶解在 20mL 水溶液中。根据设计的 $PdCl_2/C-NH_2$ 物质的量浓度比例分别溶解烷基胺（$C_6-NH_2$、$C_{12}-NH_2$、$C_{18}-NH_2$）配体于 20mL 甲苯溶液中。在甲苯溶液中加入 $PdCl_2$ 水溶液，强烈搅拌 1h，这时反应体系为一个白色的乳浊液。把一份 5mL 硼氢化钠（37mg，1mmol/L）水溶液在 5min 内加入强烈搅拌的反应体系中，溶液立即变为黑色，表明钯纳米粒子已经形成。黑色的甲苯层通过分液漏斗与水相分离，甲苯溶液在旋转蒸发仪中蒸发为黑色固体物质。最后的钯纳米粒子产物用二次水和丙酮溶液洗涤三次以除去未反应的配体。合成的钯纳米粒子在 25℃ 真空干燥箱内干燥过夜。该类钯纳米粒子可以溶解在甲苯、苯、氯仿等非极性有机溶剂中并稳定存在，但是不会溶解于醇、水等极性溶剂中。根据设计，共合成了五种钯纳米粒子，分别被标记为：$PdCl_2/C_6-NH_2$ 1∶7、$PdCl_2/C_{12}-NH_2$ 1∶7、$PdCl_2/C_{18}-NH_2$ 1∶5、$PdCl_2/C_{18}-NH_2$ 1∶7 和 $PdCl_2/C_{18}-NH_2$ 1∶9。

### 3.6.2.2　钯纳米粒子的表征

所有的钯纳米粒子样品被溶解于甲苯溶液中，修饰于碳膜覆盖的铜网上并在室温下晾干，准备好的纳米粒子样品用 JEOL JSM-1010 TEM 透射电子显微镜（TEM）表征。X 射线粉末衍射（XRD）实验数据通过一台 Rigaku D-Max-2500 粉末 X 射线衍射仪来获得（λ=1.54056Å❶）。紫外-可见吸收光谱用型号为 TU-1901 紫外-可见分光光度计记录。傅里叶转换红外光谱（FTIR）在一台 Perkins Elmer Paragon 500 FTIR Spectrometer 上获得，纳米粒子样品通过滴涂钯纳米的氯仿溶液于 KBr 盐片上并在室温下晾干，波数范围是 500~4000cm$^{-1}$，分辨率为 4cm$^{-1}$。氢核磁共振谱（$^1H$ NMR）在频率为 300MHz 的 Bruker Avance DRX-300 NMR 光谱仪器上获得，样品的化学位移相对于四甲基硅烷而获得。钯纳米粒子的质谱（MS）实验在 Bruker Autoflex MALDI-TOF 质谱仪上进行，约 1mg 钯纳米粒子样品溶解在 1.0mL 甲苯溶液中。取 2μL 甲苯溶液样品与 2μL 1.0mol/L DHB（甲醇：水=1∶1）混合沉积于 MALDI 靶片上并在空气中干燥。样品在 337nm 下通过氮气脉冲的激光照射。样品的热重分析（TGA）实验通过 Perkins Elmer TGA6 热

---

❶　1Å=0.1nm。

重分析仪进行，约 3.5mg 的样品被放入一个陶瓷小坩埚中，温度以 10℃/min 的升温速度从室温升到 500℃。

**(1) 透射电子显微镜（TEM）** 所使用的配体在控制钯纳米粒子粒径和分散性方面起到重要作用，进而影响钯纳米粒子的电化学活性。一般来讲，和纳米粒子表面有较强的相互作用力的配体有助于制备分散性好和粒径小的纳米粒子。考察了不同类型的烷基胺配体来制备钯纳米粒子。TEM 表征如图 3-31 所示。通过粒径分析显示，钯纳米粒子的平均直径分别为：（a）1∶7 $PdCl_2/C_6-NH_2$（20±2.0）nm；（b）1∶7 $PdCl_2/C_{12}-NH_2$（6.0±0.8）nm；（c）1∶7 $PdCl_2/C_{18}-NH_2$（5.6±0.8）nm。1∶7 $PdCl_2/C_6-NH_2$ 条件下合成钯纳米粒子发生了明显的聚集，形成了较大的颗粒，这说明钯原子没有被正己胺配体很好地保护。当相同的摩尔比被使用在不同类型的配体时，纳米粒子的粒径随着配体（$C_n-NH_2$）中烷基链长度的增

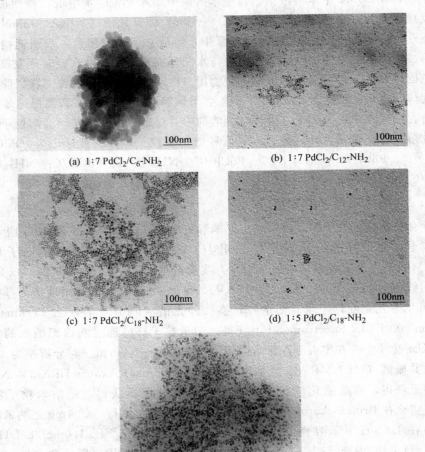

(a) 1∶7 $PdCl_2/C_6-NH_2$

(b) 1∶7 $PdCl_2/C_{12}-NH_2$

(c) 1∶7 $PdCl_2/C_{18}-NH_2$

(d) 1∶5 $PdCl_2/C_{18}-NH_2$

(e) 1∶9 $PdCl_2/C_{18}-NH_2$

图 3-31　钯纳米粒子的 TEM 图

加而降低。较长的 $C_n$-$NH_2$ 碳链能够降低钯原子相互接触的概率，从而减少其增长的机会。在所有使用的烷基胺中，十八胺有助于制备粒径最小的钯纳米粒子，由此可以推断十八胺更好地阻止了钯原子的聚合。因此，十八胺被选择为理想的钯纳米的配体。同时，在合成过程中也考察了钯纳米粒子和配体之间不同摩尔比条件下的合成效果。TEM 结果显示，1:5、1:7 和 1:9 $PdCl_2$/$C_{18}$-$NH_2$ 条件下合成钯纳米粒径分别为 $(6.5\pm0.9)$nm、$(5.6\pm0.8)$nm 和 $(5.2\pm0.8)$nm，由此可以看出，$PdCl_2$/C-$NH_2$ 的初始摩尔比也能对钯纳米粒子的粒径分布产生较大影响。虽然增加摩尔比有助于合成粒径较小的钯纳米粒子，但是，当 $PdCl_2$/C-$NH_2$ 的摩尔比达到 1:7 和 1:9 时，制备的钯纳米粒子的直径没有太大的差别。这很可能是因为当配体在钯纳米粒子的表面形成饱和单层或多层，继续增加配体对钯纳米粒子核的直径已经不能造成进一步的影响。所以，当摩尔比达到 1:7 之后，钯纳米粒子的直径不会有明显差别，反而因为过多的配体存在影响了钯纳米粒子的电催化活性。

**（2）X 射线粉末衍射（XRD）**　图 3-32 是钯纳米粒子 1:7 $PdCl_2$/$C_{18}$-$NH_2$ 样品的 XRD 图。XRD 图显示出不同的峰，在 $40.0°$、$45.6°$、$68.3°$ 和 $78.0°$ 的这些峰分别归为（111）、（200）、（220）和（311）面的特征显示，表明钯纳米晶体结构为 $Fm3m$ 型面心立方结构。因此，XRD 结果表明钯纳米粒子具有较好的纳米晶体结构。

**（3）紫外、红外和核磁光谱表征**

图 3-33 是不同类型的钯纳米甲苯溶液（0.5mg/mL）的紫外-可见吸收光谱。在 300nm 处光谱图被进行了归一化处理，

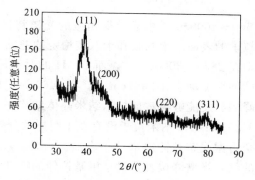

图 3-32　钯纳米粒子 1:7 $PdCl_2$/$C_{18}$-$NH_2$
样品的 XRD 图

从图中可以看出，所有的光谱都呈现了一个较宽的从可见区到紫外区单调递增的吸收光谱，这与文献所报道的结论是相一致的。图中曲线 a~e 由上至下分别为 1:7 $PdCl_2$/$C_6$-$NH_2$、1:7 $PdCl_2$/$C_{12}$-$NH_2$、1:5 $PdCl_2$/$C_{18}$-$NH_2$、1:7 $PdCl_2$/$C_{18}$-$NH_2$ 和 1:9 $PdCl_2$/$C_{18}$-$NH_2$ 钯纳米粒子，从 a 至 e 吸收光谱依次减小，结合 TEM 结果，钯纳米粒子直径越大，光谱吸收能力越强。这可能是因为相同质量浓度的溶液中，粒径大的钯纳米溶液中钯占的比例更高一些。然而，所有钯纳米粒子溶液的吸收光谱呈现一个共同点是从紫外区到可见区快速地下降。这种现象与其他过渡金属纳米粒子类似。事实上，当存在稳定剂或者还原剂的时候，金属阳离子和纳米簇在胶体溶液中很可能出现光谱峰重叠等现象，使解释起来比较困难。

为了证明配体和纳米粒子的相互作用，采用傅里叶转换红外光谱表征所合成的钯纳米粒子，以 1:7 $PdCl_2$/$C_{18}$-$NH_2$ 作为代表样品进行表征。结果如图 3-34 所示。钯纳米粒子的红外光谱与纯的十八胺（$C_{18}$-$NH_2$）配体的红外光谱在波数

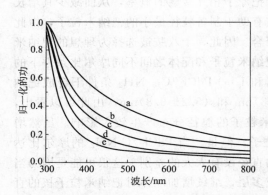

图 3-33 钯纳米粒子的紫外-可见吸收光谱图
a—1∶7 PdCl$_2$/C$_6$-NH$_2$；b—1∶7 PdCl$_2$/C$_{12}$-NH$_2$；
c—1∶5 PdCl$_2$/C$_{18}$-NH$_2$；d—1∶7 PdCl$_2$/C$_{18}$-NH$_2$；
e—1∶9 PdCl$_2$/C$_{18}$-NH$_2$

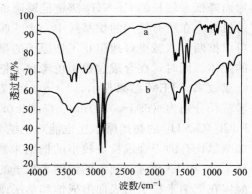

图 3-34 十八胺和十八胺稳定的钯纳米粒子
PdCl$_2$/C$_{18}$-NH$_2$ 1∶7 的红外光谱图
a—十八胺；b—十八胺稳定的

为 500～4000cm$^{-1}$内显示很相似的光谱特征，这表示十八胺成功地结合在了钯纳米粒子的表面。十八胺和十八胺稳定的钯纳米粒子典型的亚甲基的 C—H 键不对称振动在 2850～3000cm$^{-1}$，而 C—H 的对称振动在 2920cm$^{-1}$和 2850cm$^{-1}$，同时甲基的伸缩振动也在 2951cm$^{-1}$。在 1460cm$^{-1}$的峰属于 CH$_2$ 的面内剪式振动，而且，该峰的分裂能够灵敏地指示纳米晶体结构包裹在烷基链之间。这个峰是很尖锐的，在 C$_{18}$-NH$_2$-Pd 纳米粒子没有发生明显的分裂，由此可以推断，烷基链分子并没有完全占据或布满钯纳米粒子表面。另外，C$_{18}$-NH$_2$ 稳定的钯纳米粒子中亚甲基基团的红外光谱峰位置相对于甲基拉伸的峰基本没有发生变化。这表明在钯纳米粒子形成过程中配体中的烷基链保持了其完整的结构，没有发生明显的变化。在十八胺和 C$_{18}$-NH$_2$-Pd 纳米粒子中，在 1636cm$^{-1}$观察到的振动应该归属于氨基基团上 N—H 的弯曲振动。比较两种物质的红外光谱，发现 C$_{18}$-NH$_2$ 和 C$_{18}$-NH$_2$-Pd 纳米粒子在 3350cm$^{-1}$属于 N—H 伸缩振动的红外光谱峰有明显差别，其原因很可能是因为钯原子的存在严重影响了 N—H 键的伸缩振动，钯纳米粒子表面与氨基基团的靠近或者结合使其内部的电子云密度发生移动，从而引起 N—H 振动频率的改变。这种解释和核磁光谱的实验数据是一致的。因此，能够证明，配体十八胺是通过其氨基基团上的氮原子结合在钯纳米粒子的表面，从而起到对钯纳米粒子的稳定作用。

　　配体十八胺和 C$_{18}$-NH$_2$-Pd 纳米粒子在 CDCl$_3$ 的 $^1$H NMR 光谱如图 3-35 所示，钯纳米粒子的 $^1$H NMR 光谱相对于单纯的十八胺配体特征性地变宽，尤其是这些靠近氨基和钯纳米粒子的亚甲基质子（c-CH$_2$）被分裂为几个较小的峰，并且略有向低场移动。相反，其余的亚甲基质子（b-CH$_2$）和甲基质子（a-CH$_3$）及纯的十八胺配体中的位置相比没有发生较明显的变化，这是因为它们离开钯纳米粒子核的距离较远。这些离钯纳米粒子核较远的质子只发生与单纯配体中几乎相同的化学位移。而这种质子峰的变宽是归因于质子自旋-自旋弛豫加宽、偶极子变宽和质子的

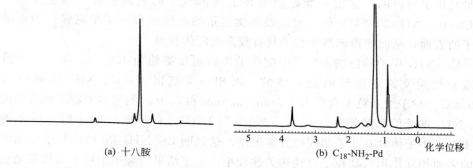

图 3-35　配体十八胺和 $C_{18}-NH_2-Pd$ 在 $CDCl_3$ 的 $^1H$ NMR 光谱图

（$CDCl_3$ 表示氘代氯仿）

化学位移。此外，$d-NH_2$ 中质子的化学位移由 2.67 向较高磁场 2.33 的移动被明显地观察到，这是因为钯纳米粒子表面的电子诱导氨基上电子云密度线性地增加，因此氨基上的质子具有更大的屏蔽功能，从而化学位移发生更难。总之，钯纳米粒子的 $^1H$ NMR 光谱数据进一步证实了配体 $C_{18}-NH_2$ 成功地结合在了钯纳米粒子的表面，而且主要是氨基上的氮原子和钯原子发生了电子的相互作用。

**（4）热重和质谱分析**（TGA 和 MS）　热重分析主要用于检测配体稳定的金属纳米粒子中有机物所占的份额，并且研究该纳米材料的热稳定性等性质。热重分析主要集中于 $PdCl_2/C_{18}-NH_2$ 1∶5、1∶7 和 1∶9 的钯纳米粒子的分析。从钯纳米粒子的 TGA 实验可以看到，整个粒子质量的损失是由于在某一温度下纳米粒子表面有机配体的分解所导致的。因此，能够通过计算样品质量的减少而得到其中配体的质量，进而估算样品中钯的含量。一般来说，较小的纳米粒子周围附着有较多的配体。图 3-36 分别显示了初始 $PdCl_2/C_{18}-NH_2$ 摩尔比 1∶5、1∶7 和 1∶9 钯纳米粒子的 TGA 分析图，从质量上，预计配体 $C_{18}-NH_2$ 在整个纳米粒子中的质量份额与它的纳米粒子的粒径相关。TGA 的实验结果表明，1∶5 $PdCl_2/C_{18}-NH_2$ 纳米粒子的质量损失为 44.9%，1∶7 $PdCl_2/C_{18}-$

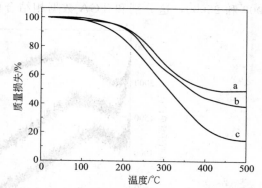

图 3-36　$PdCl_2/C_{18}-NH_2$ 摩尔比分别为

1∶5、1∶7 和 1∶9 钯纳米粒子的 TGA 分析图

a—1∶5；b—1∶7；c—1∶9

$NH_2$ 纳米粒子的质量损失为 55.1%，1∶9 $PdCl_2/C_{18}-NH_2$ 纳米粒子的质量损失为 82.9%，分别与粒径 6.5nm、5.6nm 和 5.0nm 对应。这表明较大的钯纳米粒子包含较少的配体。TGA 实验结果与相关文献中所提到的纳米粒子越小所含配体的质量份额越多是一致的。另一方面，1∶9 $PdCl_2/C_{18}-NH_2$ 纳米粒子中所含的配体的

数量是出乎意料的，这很可能是因为在钯纳米粒子的表面形成了多层配体。当 $PdCl_2/C_{18}-NH_2$ 的摩尔比较小时，很可能过量的配体堆积到了单层保护的钯纳米粒子的表面，从而使得该纳米粒子具有较多的配体含量。

$C_{18}-NH_2$ 保护的钯纳米粒子中配体的解析温度都约为 $420\sim450℃$，这个分解温度和相关文献中提到的是一致的，据相关文献报道，$C_{18}-NH_2$ 的燃点约为 $346.8℃$。对于纳米粒子直径为 6.5nm、5.6nm 和 5.0nm 的钯纳米粒子响应的配体 $C_{18}-NH_2$ 的分解温度分别为 214℃、203℃ 和 163℃。粒径为 6.5nm 和 5.6nm 的钯纳米粒子中配体具有几乎相同的分解温度，这说明 $C_{18}-NH_2-Pd$ 纳米粒子中纳米粒子的表面相互作用与其粒子直径相关性较小，这个结果与金纳米粒子的情况是正好相反的，在金纳米粒子中，越小的纳米粒子具有越高的分解温度，由于其配体和纳米粒子表面较强的相互作用。在纳米粒子的配体解析过程中，最外层的配体先解析出来，接着靠近纳米粒子核的部分才开始分解。但遗憾的是，TGA 曲线没有能够明显展现出多层分解过程的差别。另外，TGA 实验过程中，温度高于 530℃（没显示）之后，一个质量增加的过程被观察到，这表明，在有机物配体分解完之后，残留的 Pd 被氧化为 PdO。所有的 TGA 实验数据完全支持初始 $PdCl_2/C_{18}-NH_2$ 摩尔比越高，则生成的纳米粒子的粒径越大的结论。

图 3-37 显示了 1∶5、1∶7 和 1∶9 $PdCl_2/C_{18}-NH_2$ 摩尔比条件的钯纳米粒子的质谱图。宽的质谱峰约 36.9kDa、约 28.1kDa 和约 23.5kDa[1] 是分别来源于 1∶5、1∶7 和 1∶9 $PdCl_2/C_{18}-NH_2$ 摩尔比合成的钯纳米粒子。由图可知，1∶5、1∶7 和 1∶9 $PdCl_2/C_{18}-NH_2$ 摩尔比合成的钯纳米粒子的分子量约分别为 32000、30000 和 25000，这分别和 TGA 数据相结合可以大概估计出这些纳米粒子中分别

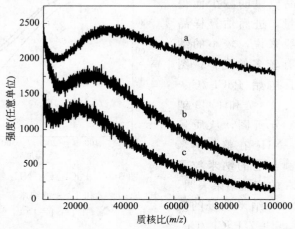

图 3-37　$PdCl_2/C_{18}-NH_2$ 摩尔比为 1∶5、1∶7 和 1∶9 的钯纳米粒子的质谱图
a—1∶5；b—1∶7；c—1∶9

---

[1] 1Da＝一氧原子的 16 分之一。

包含钯原子和配体分子的个数。经计算，1：5、1：7 和 1：9 $PdCl_2/C_{18}-NH_2$ 摩尔比合成的钯纳米粒子的组成分别为 $Pd_{201}L_{47}$、$Pd_{150}L_{52}$、$Pd_{201}L_{47}$、$Pd_{44}L_{76}$（其中 L 为 $C_{18}-NH_2$）。这些结果与之前的 TEM 的实验结果是一致的，即较高的 $PdCl_2/C_{18}-NH_2$ 摩尔比将产生较大的纳米粒子。

### 3.6.3　钯纳米粒子修饰钯电极的制备

多晶钯电极（3mm 直径，Chenghua，Shanghai，China）首先使用 $\alpha-Al_2O_3$（$0.05\sim3\mu m$）粉末打磨光亮，然后分别用二次蒸馏水和丙酮超声清洗。洗涤干净的钯电极在氮气下吹干。取 $11\mu L$ $0.50mol/L$ 的钯纳米甲苯溶液滴于钯电极表面，放置于室温条件下晾干。准备好的钯纳米修饰电极用于进一步的电化学实验中。

### 3.6.4　甲烷在钯纳米修饰电极上的电催化氧化研究

#### 3.6.4.1　配体碳链长度对钯纳米粒子活性的影响

图 3-38 显示了钯电极和钯纳米粒子修饰钯电极的电化学行为和甲烷存在时钯纳米粒子的电催化氧化活性。在 $0.50mol/L$ $H_2SO_4$ 电解液中在导入甲烷之前先鼓吹氮气 15min，所有的电化学循环伏安扫描电势范围为 $-0.2\sim+1.40V$，再返回到 $-0.2V$。在氮气除氧的电解液中，裸的钯电极在 $0.02V$（相对于 Ag/AgCl）有一个较宽的阳极峰，在 $+1.00V$ 有一个小的阴极峰被观察到，如图 3-38(a) 所示，这些分别对应着氢气（$H_2$）在钯电极上的解吸附和电化学氧化，同时还有钯的氧化过程。相对而言，在烷基胺保护的钯纳米粒子修饰的钯电极上 $H_2$ 的阳极峰不能找到和观察到。这表明 $C-NH_2-PdNPs$ 修饰钯电极对 $H_2$ 吸附和解吸附是不容易的，因为烷基胺配体在钯纳米粒子表面的存在。$C-NH_2-PdNPs$ 修饰钯电极有一对较小的钯氧化峰（PdO 或者 $PdO_2$）在 $+0.60V$ 和 $+1.15V$。当电位扫描在 $-0.20\sim+1.40V$ 的范围内，在阳极扫描时该修饰电极 $+0.15\sim+0.40V$ 产生一个还原峰。对于 $PdCl_2/C_6-NH_2=1:5$ 和 1：9 的钯纳米粒子修饰钯电极，在 $0.20V$ 的还原峰是相对应钯纳米粒子的电沉积。而对于 1：7 $PdCl_2/C_{12}-NH_2$ 和 $PdCl_2/C_{18}-NH_2$ 的钯纳米粒子，阴极峰非常宽，这是由于 $H^+$ 和 $PdO/PdO_2$ 还原峰的交叠所导致。当电解质溶液被 $CH_4$ 气体饱和之后，在钯纳米粒子修饰的钯电极上能观察到甲烷的氧化现象。如图 3-38(e) 所示，1：7 $PdCl_2/C_{18}-NH_2$ 修饰钯电极的循环伏安扫描在约 $0.68V$（相对于 Ag/AgCl）有一个宽的甲烷氧化峰，而还原峰出现在相反扫描曲线的 $-0.06V$，该电极的氧化和还原峰是分别由几个峰重叠而成的，这表明钯纳米电化学氧化甲烷是一个多步骤的过程。较宽的氧化和还原峰大概与电极表面吸附的甲烷的氧化和还原有关。同时，1：7 $PdCl_2/C_{12}-NH_2$、1：5 和 1：9 $PdCl_2/C_{18}-NH_2$ 的修饰电极具有较小的氧化和还原峰。它们的循环伏安曲线相对裸的钯电极倾斜度更大一些，这说明烷基胺保护的钯纳米粒子能够增加工作电极的

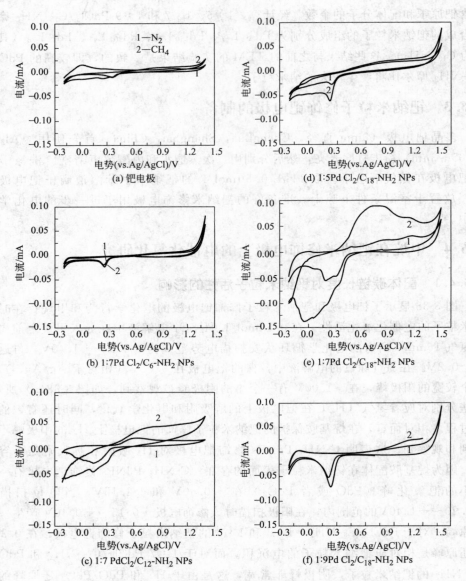

图 3-38　钯电极和钯纳米粒子修饰钯电极的电化学行为和
电催化氧化甲烷气体的循环伏安曲线（扫描速度为 20mV/s）

导电性。这是由于电子在钯纳米粒子上更容易传递。而在 1∶7 $PdCl_2/C_6-NH_2$ 修饰的钯电极上只能观察到非常小的甲烷的氧化峰。结果表明，具有较短烷基链（如 $C_6$）的配体稳定的钯纳米粒子对甲烷的氧化是削弱的。当烷基胺的碳链增加到 $C_{12}$ 或者 $C_{18}$ 后，在修饰电极上甲烷的氧化更容易发生。而在 $C_{18}-NH_2$ 稳定的三种钯纳米粒子中，1∶7 $PdCl_2/C_{18}-NH_2$ 条件下合成的钯纳米粒子对甲烷气体的氧化具有更好的电化学活性。这很可能对于 1∶9 $PdCl_2/C_{18}-NH_2$ 的钯纳米粒子而言是因为其具有多层配体，较多的配体堆积于钯纳米粒子的表面，从而阻碍甲烷分子与钯原子的充分接触，因此导致对甲烷弱的氧化行为。总之，配体烷基胺的数目和碳链的长度对钯纳米粒子的电催化活性是有影响的。随着配体碳链长度的增加，憎水性的甲烷分子能够更好地吸附到 C-NH$_2$ 稳定的钯纳米粒子表面，从而提高催化氧化的活性。然而，当在钯纳米粒子表面堆积过多的烷基胺配体时，将限制钯纳米粒子表面的电化学活性位点。过多的 C$_{18}$-NH$_2$ 的配体很可能降低纳米粒子电子转移的能力。

### 3.6.4.2　粒径对钯纳米粒子催化活性的影响

除了配体的影响之外，对甲烷气体的氧化还受到纳米粒子粒径大小的影响。能够观察到纳米粒子的粒径越小，甲烷的氧化电流越高。比如，不同直径纳米粒子的纳米修饰电极氧化甲烷产生的阳极电流峰的大小顺序为：5.6nm＞6.0nm＞6.5nm＞20nm。但是粒径最小的纳米粒子（5.0nm）并不符合这个变化趋势，这是因为在它的表面含有更多层的配体堆积，从而降低了纳米粒子的催化活性。实际上，烷基胺稳定的钯纳米粒子对甲烷的催化氧化活性主要是由甲烷吸附在烷基内并扩散到纳米粒子表面和钯纳米粒子的比表面积所控制的。因此，低于单层保护的钯纳米粒子，粒径越小的粒子能够展现出越好的电化学活性，所以，选择粒径为 5.6nm 的 C$_{18}$-NH$_2$-PdNPs 做进一步的研究。

### 3.6.4.3　修饰电极对甲烷响应的性能分析

为了研究钯纳米粒子修饰电极对甲烷气体的电催化氧化特性，不同量的直径为 5.6nm 的 1∶7 PdCl$_2$/C$_{18}$-NH$_2$ 钯纳米粒子（0.50mmol/L）修饰于钯电极表面（$\phi=3$mm）。该电极在 0.68V 显示了甲烷气体的氧化峰，结果显示于图 3-39。当使用的量较少时，氧化电流较低。随着使用量增加，甲烷的氧化电流峰也增大。当纳米粒子的修饰量为 11$\mu$L 时，对甲烷的氧化电流峰达到最大值，随后，修饰量增加，氧化电流峰反而有所下降，这表明电极表面厚的沉积层反而会降低其对甲烷的氧化能力。因此，选择 11$\mu$L 0.50mmol/L 的钯纳米粒子甲苯溶液作为最佳的电极修饰量。

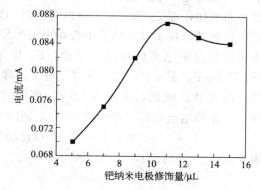

图 3-39　钯纳米修饰电极的使用量
对甲烷催化氧化活性的影响

### 3.6.4.4　机理探讨

图 3-40(a) 显示 C$_{18}$-NH$_2$-Pd 纳米粒子（5.6nm）修饰钯电极在饱和了甲烷的 0.50mol/L H$_2$SO$_4$ 电解液中的循环伏安曲线，扫描速度分别为 10mV/s、20mV/s、50mV/s、80mV/s 和 100mV/s。在甲烷氧化峰电流和扫描速度的平方根（$v^{1/2}$）

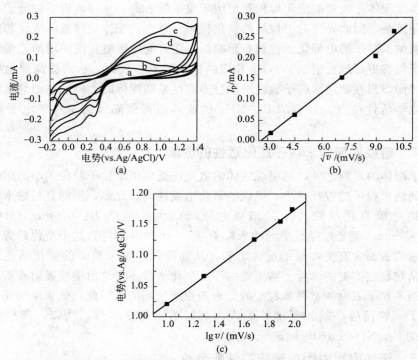

图 3-40　钯纳米修饰钯电极与甲烷氧化的氧化峰电流和扫描速度的关系

之间发现了一个较好的线性关系，如图 3-40（b）所示，这表明在钯纳米修饰电极上甲烷的氧化是一个扩散控制过程。另外，氧化峰电势（$E_p$）随着扫描速度（$v$）的增加而增加，在 $E_p$ 和 $\lg v$ 之间也能发现一定的线性关系 [图 3-40（c）]。这个结果显示，钯纳米粒子修饰的钯电极对甲烷的催化氧化是一个不可逆的过程。对于一个不可逆反应的电子转移过程来说，$E_p$ 与 $\lg v$ 的关系应该是一条直线，所以斜率＝$RT/2\alpha nF$，其中，$\alpha$ 和 $n$ 分别是电子转移系数和电子转移数，$R$、$T$ 和 $F$ 是通常的物理常数。因此，由图 3-40（c）可以计算得到直线的斜率是 154，而 $\alpha n＝0.08$。氧化峰电流（$I_p$）和速度（$v$）之间的关系式为：

$$I_p = 0.4958 \times 10^{-3} nF^{3/2}(RT)^{-1/2}(\alpha n)^{1/2}ACD^{1/2}v^{1/2} \tag{3-11}$$

式中　$A$——电极面积，$cm^2$；

　　　$D$——系数，取 $2.2 \times 10^{-5} cm^2/s$。

电子转移数计算得 $n＝4.13 \approx 4$。据相关文献报道，甲醇在钯纳米和钯纳米材料上的催化氧化就是四电子转移过程，因此，认为甲烷气体在钯纳米表面首先被氧化为甲醇，接着甲醇在电解过程中生成 $PdO/PdO_2$，表面被进一步氧化为甲醛。所以，甲烷在 $C_{18}$-$NH_2$-Pd 纳米修饰钯电极上的氧化机理可以综合如下：

$$CH_4 + PdO \longrightarrow CH_3OH + Pd（或 CH_4 + PdO_2 \longrightarrow CH_3OH + PdO）$$
$$CH_3OH + PdO \longrightarrow HCHO + H_2O + Pd$$

$$（或 CH_3OH + PdO_2 \longrightarrow HCHO + H_2O + PdO）$$

因为甲烷氧化是一个多步的过程，在实验中观察到的电化学氧化峰是一个宽峰，如图 3-38（e）所示。反应生成的不稳定的甲醛能够解释为什么电化学扫描的阴极峰是多步的，而且整个反应是一个不可逆的过程。事实上，在该修饰电极上甲醇也能够给出一个宽的阳极峰和多步的阴极峰。

图 3-41 显示典型的钯电极和钯纳米修饰钯电极电催化甲烷的电流-时间曲线，在 $0.50mol/L$ $H_2SO_4$ 溶液中甲烷气体饱和之后，钯纳米修饰的钯电极显然比裸钯电极有明显高的氧化电流响应曲线。这表明该修饰电极对甲烷气体具有强的电催化活性和更稳定的响应。因此，按照 $1：7$ $PdCl_2/C_{18}-NH_2$ 条件合成钯纳米粒子是一种理想的室温下电催化氧化甲烷气体的纳米材料，制备的钯纳米粒子

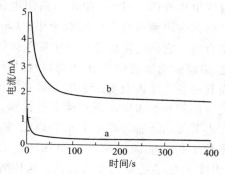

图 3-41 钯电极和钯纳米修饰钯电极
电催化甲烷的电流-时间曲线
a—钯电极；b—钯纳米修饰钯电极

修饰钯电极能够重复使用，对甲烷气体有稳定的电化学响应，并且保存 6 个月其催化活性基本不会下降。

### 3.6.5 小结

本节提出了一种简单、可控制的合成钯纳米粒子的化学方法，该方法能够在室温的水-油两相条件下较快速地实现。粒径较小的钯纳米粒子具有较好的电化学活性。通过 UV-vis、TEM、XRD、$^1H$ NMR、MS 和 TGA 等表征技术表明，纳米粒子对甲烷气体的催化活性主要与其配体中烷基链的长度有关。同时，对甲烷的电催化氧化活性与配体使用的摩尔比不同生成的纳米粒子的粒径大小也相关。然而，在纳米粒子和配体形成的保护层之间的一个平衡不得不考虑。实验结果表明，$1：7$ $PdCl_2/C_{18}-NH_2$ 合成条件下制备的钯纳米材料作为主要的电极修饰材料用于电化学催化氧化甲烷，相对于裸钯电极和其他材料修饰的钯电极，该修饰电极对甲烷显示出一个快速、高活性和稳定的响应。$C_{18}-NH_2$ 稳定的钯纳米粒子能够提供一个非水性的表面和高比表面积，为进一步应用于电催化和气体传感器奠定了基础。

# 3.7 钯-多壁碳纳米管纳米复合物
## 制备及甲烷传感器的研制

### 3.7.1 引言

金属/碳纳米管掺杂的材料吸引了众多研究者的兴趣，因为它在纳米电子器件和气体传感器方面具有高灵敏的性质。金属和碳纳米管（CNT）已被应用在气体

传感器方面，尤其是惰性气体的检测方面。当过渡金属被适当地修饰和填装碳纳米管之后，能和甲烷或者二氧化碳气体发生相互作用，从而用于气体的检测。Lu 等采用真空喷射溅镀技术将贵金属钯（Pd）修饰到了单壁碳纳米管的表面，实现了室温下甲烷气体的检测。Pal 等采用电沉积的方法制备了碳纳米管和纳米纤维材料，将其应用到甲烷气体的响应中。Casalbore-Miceli 等沉积一个取代的聚噻吩导电聚合物，它的电阻值会根据甲烷气体的浓度而发生变化。最近，李阳等报道制备了钯-多壁碳纳米管纳米复合物，将其沉积于叉指金电极，用于室温下检测甲烷。然而其制备方法涉及复杂和较为昂贵的仪器设备。而且，该气体传感器对甲烷响应浓度范围较窄，未能实现连续定量检测。

本节提出一种简单的方法合成钯-多壁碳纳米管纳米复合物，该复合物中的钯纳米粒子和多壁碳纳米管之间用 1,6-己二胺连接，而钯纳米粒子采用硼氢化钠（$NaBH_4$）化学还原的方法制备。这种纳米复合物被进一步应用于构建甲烷传感器中的敏感膜，传感器对甲烷气体的响应可以通过检测传感材料的电阻值来实现，在室温条件下该纳米材料对甲烷气体表现出较好的电化学响应。

### 3.7.2　MWCNT—NH$_2$/PdNPs 纳米复合物的合成与表征

#### 3.7.2.1　MWCNT—NH$_2$/PdNPs 纳米复合物的合成

MWCNTs 首先在空气中加热到 530℃，30min 后除去其中的碳单质。接着 MWCNTs 在混酸中进行氧化处理。在 $HNO_3$（68%）/$H_2SO_4$（98%）（1∶3 体积比）混酸中 60℃下加热 4h，带有羧基的多壁碳纳米管（MWCNT—COOH）经过过滤和二次蒸馏水洗涤到中性（pH＝7），然后在真空干燥下烘干。MWCNT—COOH 通过共价连接酰氯于多壁碳纳米管表面（MWCNT—COCl）。该产物作为一个中间产物是为了进一步化学功能化多壁碳纳米管。MWCNT—COCl 的合成方法如下：150mg 的 MWCNT—COOH 溶解在 30mL $SOCl_2$ 和 DMF（20∶1 体积比）的混合溶液中，在 70℃下搅拌 24h。剩余的 $SOCl_2$ 和 DMF 在抽真空条件下除去。1,6-己二胺通过在 MWCNT—COCl 的 DMF 溶液中加热到 100℃反应 2 天，直到其中的 HCl 气体完全释放，冷却到室温之后，氨基功能化的多壁碳纳米管（MWCNT—NH$_2$）用无水乙醇洗涤 5 次除去未反应的 1,6-己二胺。50.0mg 的 MWCNT—NH$_2$ 和 17.8mg 的氯化钯（$PdCl_2$）的水溶液中通过滴加 5.0mL $NaBH_4$（38.0mg）水溶液还原混合溶液中的 $PdCl_2$，在 5min 的强烈搅拌下，目标产物 MWCNT—NH$_2$/PdNPs 生成。所有的反应过程如图 3-42 所示。固体纳米复合物经过二次蒸馏水洗涤后放入真空干燥箱中过夜干燥。

#### 3.7.2.2　MWCNT—NH$_2$/PdNPs 纳米复合物的表征

纳米复合物的扫描电子显微镜（SEM）表征是在 JEOL JSM-6700F 上进行，操作电压为 10kV。傅里叶转换红外光谱（FTIR）数据是在 Perkins Elmer Paragon 500 FTIR Spectrometer 上获得，所使用的波数范围是 500～4000cm$^{-1}$，分辨率为

$$MWCNT \xrightarrow{HNO_3/H_2SO_4} MWCNT—COOH \xrightarrow{SOCl_2} MWCNT—COCl + SO_2 + HCl$$

$$\Big\downarrow H_2NCH_2CH_2CH_2CH_2CH_2CH_2NH_2$$

$$MWCNT—CONHCH_2CH_2CH_2CH_2CH_2CH_2NH_2 + HCl$$

$$\Big\downarrow PdCl_2/NaBH_4$$

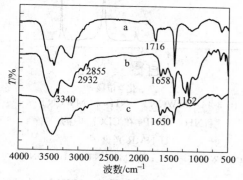

图 3-42　MWCNT—NH₂/PdNPs 合成过程示意

$4cm^{-1}$。纳米粒子样品通过滴涂钯纳米的氯仿溶液于 KBr 盐片上并在室温下晾干。氢核磁共振谱（$^1H$ NMR）在频率为 $300MHz$ 的 Bruker Avance DRX-300 NMR 光谱仪器上获得，所用的溶液为氯仿。样品的化学位移值相对于标准物质四甲基硅烷而获得。

**（1）MWCNT/Pd 纳米复合物的性能分析**　MWCNTs 使用—COOH、—NH₂等基团功能化并且和 PdNPs 一起固定化。每种产物分别利用 IR、$^1H$ NMR 和 SEM 等技术进行了表征。图 3-43 显示的是 MWCNT—COOH、MWCNT—NH₂ 和 MWCNT—NH₂/PdNPs 的红外光谱。对于 MWCNT—COOH 特征峰在 $1716cm^{-1}$ 位置显现相关 C＝O 的基频振动，而对于 MWCNT—NH₂，其中的 C＝O 的伸缩振动位移到了 $1658cm^{-1}$，而且在 $1162cm^{-1}$ 观察到了相关 C—N 振动的氨基的特征峰。在 $3340cm^{-1}$ 位置的峰是由于 N—H 键的伸缩振动而产生的。而 $2855cm^{-1}$ 和 $2936cm^{-1}$ 位置的峰是—CH₂—的特征振动，它们是来自于 1,6-己二胺中烷基链。当 PdNPs 和 MWCNT—NH₂ 通过己二胺嫁接到一起形成 MWCNT—

图 3-43　MWCNT—COOH、MWCNT—NH₂
和 MWCNT—NH₂/PdNPs 的红外光谱图
a—MWCNT—COOH；b—MWCNT—NH₂；
c—MWCNT—NH₂/PdNPs

NH₂/PdNPs 之后，纳米复合物中的 N—H 在 $3340cm^{-1}$ 的伸缩振动峰加宽，这表明钯纳米粒子和氨基中的氮原子发生了强烈的相互作用。另外，在 $1162cm^{-1}$ 处的 C—N 键加宽和变弱的原因可以推断是因为钯纳米粒子对 C—N 键电子云产生了影响所导致的。这些结果显示钯纳米粒子被成功地嫁接到了 MWCNT—NH₂ 的表面。

图 3-44 显示 MWCNT—NH₂ 和 MWCNT—NH₂/PdNPs 在 CDCl₃ 中的 $^1H$ NMR 光谱。对于 MWCNT—NH₂，一个较小的化学位移出现在 $\delta 2.7$，相对应于 CH₂—N 键。在 $\delta 0.8 \sim 0.9$ 和 $1.2 \sim 1.8$ 位置的化学位移峰分别与—CH₂—和—CONHCH₂—基团相对应。对于 MWCNT—NH₂/PdNPs 复合物，三个单峰在

δ0.9~1.8出现，对应的是—CH₂—基团，该位移在钯纳米粒子存在下仍能清楚地观察到。质子峰 CH₂—N 轻微地向低场移动到 δ2.8，并且分裂为较宽的双重峰，这是由于氨基中氮原子的孤对电子受到了来自钯纳米粒子电子云的影响，从而降低了与其相邻的亚甲基（—CH₂—）的电子云密度。核磁谱中质子峰的加宽主要是由于钯纳米粒子的影响产生了电子快速的自旋弛豫所导致。由于不同的结合位点和不同纳米尺寸的影响，从而产生了不同的化学位移，这清楚地表明了纳米粒子和配体之间的相互作用。因此¹H NMR 谱证实 PdNPs 通过氨基成功地嫁接到了 MWCNT—NH₂ 表面。

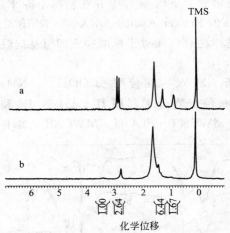

图 3-44　MWCNT—NH₂ 和 MWCNT—
NH₂/PdNPs 在 CDCl₃ 中的
¹H NMR 光谱图
a—MWCNT—NH₂；b—MWCNT—NH₂/PdNPs

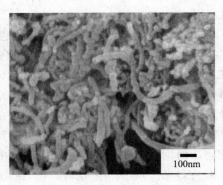

图 3-45　MWCNT—NH₂/PdNPs 纳米
复合物的扫描电镜图

　　扫描电子显微镜照片（SEM）如图 3-45 所示，显示了 MWCNT—NH₂/Pd-NPs 纳米复合物的整体形态和形貌。纳米簇状的钯纳米分散附着在 MWCNT—NH₂ 表面，这表明钯纳米粒子和多壁碳纳米管进行了成功的嫁接。

　　**（2）MWCNT—NH₂/PdNPs 纳米复合物的电化学行为**　循环伏安法是一种简单灵敏的评价修饰电极的技术。合成的纳米复合物 MWCNT—NH₂/PdNPs 修饰于金电极表面，检测该纳米材料的电化学行为和催化能力。图 3-46（a）~（c）显示典型的各种 Au 电极在 0.50mol/L H₂SO₄ 溶液中的循环伏安曲线，扫描速度为 20mV/s。从图可知，裸 Au 电极分别在 1.35V 和 0.88V 产生一对小的氧化和还原峰［图 4-46(a)a］，而且甲烷存在和不存在没有明显的差别。相似的 CV 曲线［图 3-46(b)］也在 MWCNT—NH₂ 修饰的 Au 电极上观察到，只是它们的电流比裸 Au 电极的更高一些。这很可能是因为 MWCNTs 具有较好的导电性。相反，MWCNT—NH₂/PdNPs 材料修饰 Au 电极的 CVs［图 3-46(c)a］在 1.25V 显示出更宽、更高的阳极氧化电流峰，在 1.05V 处出现一个肩峰，而且在 0.90V 位置出现

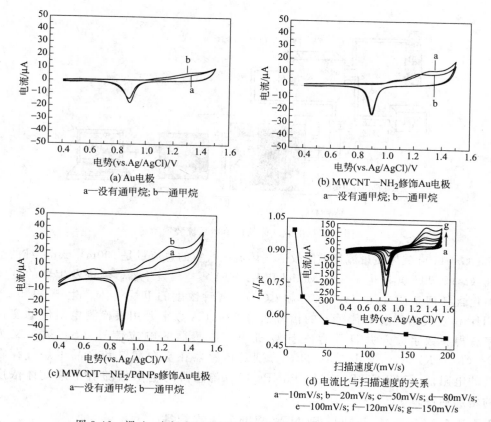

(a) Au电极
a—没有通甲烷; b—通甲烷

(b) MWCNT—NH₂修饰Au电极
a—没有通甲烷; b—通甲烷

(c) MWCNT—NH₂/PdNPs修饰Au电极
a—没有通甲烷; b—通甲烷

(d) 电流比与扫描速度的关系
a—10mV/s; b—20mV/s; c—50mV/s; d—80mV/s;
e—100mV/s; f—120mV/s; g—150mV/s

图 3-46　裸 Au 电极和 Pd 纳米修饰的 Au 电极对甲烷气体的响应

一个尖的阴极还原电流峰。在 MWCNT—NH₂/PdNPs 修饰的 Au 电极上钯氧化物 PdO₂（1.25V）和 PdO（1.05V）的形成是氧化峰电流增加的主要原因。在甲烷气体存在的情况下，MWCNT—NH₂/PdNPs 修饰的 Au 电极的氧化和还原峰的电流相比 Au 电极和 MWCNT—NH₂ 修饰 Au 电极更高。可能的原因是 $CH_4$ 在钯氧化物表面更容易发生氧化。此外，阳极峰和阴极峰电流的比率（$I_{pa}/I_{pc}$）随着扫描速度的增加而降低［图 3-46(d)］，表明钯氧化物表面有更好的催化甲烷的活性点。

## 3.7.3　甲烷气体传感器构建及对甲烷的检测分析

因为氧化铟锡（ITO）玻璃具有好的导电性（约 $10\Omega \cdot cm$），可作为纳米材料的固体支撑基质。钯/多壁碳纳米管纳米复合物能够很好地溶解在甲苯溶液中。$80\mu L$ $0.50mmol/L$ 的 MWCNT—NH₂/PdNPs 甲苯溶液修饰在 ITO（1cm×2cm）基质上，在室温下晾干。图 3-47 显示甲烷气体传感器的结构和整个构建过程。传感器系统主要由一个自制气室、一个 ITO 作为基质的传感器元件和一个直流电源（电压为 1.25V）组成。气室的容积为 100mL，气体流量通过一个 Ecotech

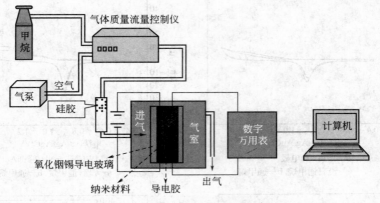

图 3-47　甲烷气体的传感器系统装置示意

Gas Gal 1100 气体质量流量控制仪。气体流入气室的总流量是 $100m^3/min$。纯的空气（>99.99%）产生于一台 Model BML-9551 零空气发生器，经过发生器的空气不包含任何杂质气体（烃、CO 和 $CO_2$）。各种浓度的甲烷气体产生于 99.99% $CH_4$ 和空气的配置。传感器的信号通过 34410A 数字万用表检测电阻值的变化来获得。数字输入并且保存在计算机中。传感器的响应信号（$S$）被定义为 $S=(R_0-R)/R_0$，其中，$R_0$ 和 $R$ 分别是传感器在空白载气和样品甲烷气存在下的电阻值。MWCNT—$NH_2$/PdNPs/ITO 传感器的电阻值随着甲烷气体浓度的增加而降低。

### 3.7.3.1　MWCNT—$NH_2$/PdNPs 修饰电极的制备

　　所用的电化学循环伏安法（CV）实验均在 Chenhua CHI660 电化学工作站进行，Pt 丝（直径 1mm）为对电极，Ag/AgCl 电极为参比电极。工作电极是金（Au）电极。高纯 $CH_4$（99.99%）和 $N_2$ 通入 0.50mol/L $H_2SO_4$ 的电解池中，流速控制为 100mL/min，时间为 15～30min。对工作电极的修饰采用滴涂法，取一定量的 MWCNT—$NH_2$/PdNPs 甲苯溶液滴于电极表面，在室温条件下晾干，MWCNT—$NH_2$/PdNPs 在电极表面形成一层均匀薄膜。

### 3.7.3.2　传感器的构建及其对甲烷重复响应

　　从电化学检测可以看出，MWCNT—$NH_2$/PdNPs 纳米复合物在室温条件下对甲烷气体呈现出好的电催化氧化活性。因此，沉积该纳米复合物于 ITO 玻璃基质上构建一个室温下甲烷气体的传感器系统。图 3-48 显示传感器在室温条件下以空气作为载气对 3.0% $CH_4$ 响应的五个重复响应，应用到的外加电源为 1.25V。当 MWCNT—$NH_2$/PdNPs 与 $CH_4$ 在操作电压条件下相互作用时，传感器元件薄膜的电阻值增加，导致传感器响应信号 $S=(R_0-R)/R_0$ 的增加。传感器对甲烷气体显示出好的响应，而且该响应是可逆的和可重复的。这说明设计的钯纳米材料传感器实现室温下甲烷气体的检测是有希望的。

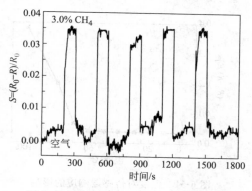

图 3-48 传感器对 3.0% CH₄ 响应的
五个重复响应

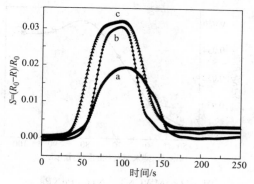

图 3-49 传感器在不同载气条件下
对 3.0% CH₄ 的响应
a—氮气；b—干燥的空气；c—潮湿的空气

### 3.7.3.3 甲烷气体传感器性能优化

**(1) 载气的选择** 研究了不同载气对传感器响应 3.0% CH₄（体积分数）的影响。所研究的三种不同载气分别是氮气（$N_2$）、干燥的空气（＞99.99%）和潮湿的空气。图 3-49 显示甲烷气体传感器在不同载气条件下对 3.0% CH₄ 的响应。首先载气使得传感器获得一个稳定的基线值，然后不同载气下的 3.0% CH₄ 通入传感器中 50s，接着再通入空白的载气。传感器的响应信号随着 3.0% CH₄ 气体的通入而增加，表明传感器对 CH₄ 有好的响应，而且传感器的响应可以基本上每次都恢复到基线，证明传感器有好的可逆性。该传感器对干燥或潮湿的空气显示快速的、较高的信号响应，而对氮气载气下的甲烷相对响应较慢，响应信号较低，这是因为氮气在传感器响应甲烷的反应过程中起到一个重要的作用，氮气的存在有利于 MWCNT—NH₂/PdNPs 纳米复合物中的钯纳米形成钯氧化物，从而对甲烷气体的氧化起到更好的催化作用。另外，由于潮湿的空气化学吸附到 MWCNT—NH₂/PdNPs 表面，从而增加了传感器传感元件膜的导电性。虽然相对于干燥的空气而言，潮湿的空气能够微弱地增加传感器对甲烷气体的响应信号，但是使用一种硅胶干燥剂，可以避免湿度对传感器的影响。

**(2) 纳米复合物使用量的影响** 气体传感器系统对甲烷气体的响应灵敏度与纳米复合物固定的量有关。其结果如图 3-50 所示。较多的钯纳米粒子固定于 ITO 表面有利于增加传感器对甲烷气体的接触反应的面积，从而有利于提高反应的灵敏度。但另一方面，如果过量的钯纳米复合物可能导致传感器元件具有一个高的空白电阻值，使响应的灵敏度下降。从图 3-50 可以看到，纳米材料的固定量超过 80μL 后，传感器对甲烷气体的响应下降，这是因为传感薄膜增厚影响传感器元件的响应灵敏度。所以，80μL 0.50mmol/L 的 MWCNT—NH₂/PdNPs 溶液为最佳纳米材料固定量。

**(3) 温度的影响** 温度对传感器的影响如图 3-51 所示。在传感器对干燥空气

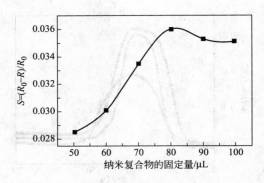

图 3-50  MWCNT—NH$_2$/PdNPs
固定量对传感器的影响

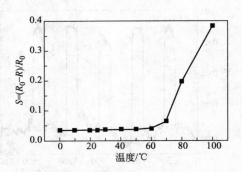

图 6-51  温度对传感器响应的影响

作为载气的 3.0% CH$_4$ 的响应中，温度在 0～60℃ 之间，传感器的响应基本恒定。当温度超过 60℃ 后，传感器对甲烷的响应值随着温度的升高快速增大。然而，为了获得高的灵敏度而提高检测温度是不可取的，因此，所有的实验过程都在室温（25℃）下进行。

$$2Pd+O_2 \Longleftrightarrow 2PdO \qquad\qquad (1)$$
$$PdO \Longleftrightarrow Pd+O \qquad\qquad (2)$$
$$O+e^- \Longleftrightarrow O^- \qquad\qquad (3)$$
$$CH_4+4O^- \Longleftrightarrow CO_2+2H_2O+4e^- \qquad\qquad (4)$$

**(4) 机理探讨**  MWCNT—NH$_2$/PdNPs 基传感器显示出不同载气条件下对甲烷响应的差异。这证明 O$_2$ 或者 H$_2$O 在 MWCNT—NH$_2$/PdNPs 表面甲烷气体的催化氧化过程中起到重要作用。因此，不仅需要考虑 CH$_4$ 和 Pd、MWCNTs 分子间的相互作用，同时在 CH$_4$ 和 O$_2$ 之间的电催化氧化反应也应考虑。与相关文献相比，研究的传感器对甲烷的响应更灵敏。通常的解释是在实际工作电压下，钯原子首先和氧分子之间形成弱的化学键。而钯氧化物（PdO）能够进一步游离出来氧原子（反应 1 和 2），游离的氧原子在分离过程中从钯原子或者钯氧化物的表面（反应 3）获得负电荷，当甲烷分子和传感元件接触时，活性氧原子将 CH$_4$ 很快氧化为 CO$_2$（反应 4）。

传感器对甲烷气体的整个响应过程涉及一个混合机理。当外加电流通过传感器薄膜时，分子间相互作用和电催化氧化同时发生。当 MWCNT—NH$_2$/PdNPs 基传感器对甲烷气体响应时，电阻值增加，原因主要归结如下。首先，CH$_4$ 分子吸附到 PdNPs 粒子的表面，形成一个较弱化学键作用的化合物 Pd$^{\delta+}$(CH$_4$)$^{\delta-}$，CH$_4$ 是一个电负性的分子，在纳米复合物中的多壁碳纳米管能够把电子给予 Pd$^0$ 原子。因此，最后导致 MWCNTs 的电子密度增加，从而增加了纳米复合物的导电性。同时，吸附到 PdNPs 表面的氧分子能够促使其生成钯氧化物，在钯氧化物表面 CH$_4$ 很容易被氧化为 CO$_2$。这个结果和 MWCNT—NH$_2$/PdNPs 修饰 Au 电极催化氧化甲烷的电化学实验结果是一致的。

**(5) 甲烷检测标准曲线**　图 3-52(a) 为 MWCNT—NH$_2$/PdNPs 基传感器对干燥空气氛围、室温环境中浓度 0～16.0% 不同甲烷气体响应的梯度变化曲线。在每一个甲烷浓度下，传感器可以迅速达到一个稳定的平台。实验发现，在甲烷气体浓度 0～16.0% 范围内，传感器的响应信号和甲烷的浓度呈现一个较好的线性关系，其中线性方程及相关系数为：$(S_0 - S)/S_0 = y = 0.00969 [CH_4] + 0.0066$，$R = 0.9967$，其中，$S_0$ 和 $S$ 分别为传感器对空白载气和甲烷样品气的响应信号值。传感器的检测限为 0.167%（$S/N = 3$）。图 3-52(b) 为传感器对甲烷气体的响应时间和恢复时间。响应时间随着甲烷气体浓度的增加而降低，对 1.0% 和 16.0% CH$_4$ 响应的时间分别是 35s 和 18s。相反，恢复时间随着 CH$_4$ 浓度的增加而延长。

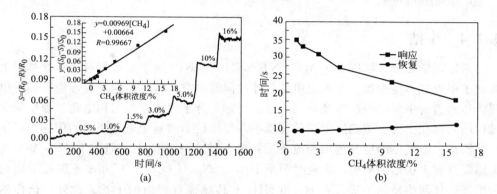

图 3-52　传感器对不同浓度甲烷的梯度响应及传感器的响应和恢复时间

**(6) 干扰测试**　在甲烷气体检测过程中，存在一些气体对传感器响应甲烷的干扰，因此研究了可能存在的潜在干扰气体对甲烷气体检测的干扰。H$_2$、N$_2$、NH$_3$、CO 和 CO$_2$ 被选择为传感器干扰实验中的干扰物。模拟样品 3.0% CH$_4$ 气体样品中分别包含干扰物气体：10.0% H$_2$，75.7% N$_2$，5.0% NH$_3$，10.0% CO 和 10.0% CO$_2$，这些样品是在空气为载气的 3.0% CH$_4$ 中按照比例加入干扰物配制而成的。干扰实验结果列在表 3-3 中。从表 3-3 可知，N$_2$、CO 和 CO$_2$ 不会对传感器产生任何的影响，但是 H$_2$ 和 NH$_3$ 对传感器造成一些干扰。10.0% H$_2$ 存在时能够对传感器造成约 2.6% 的负误差，这是因为 H$_2$ 很容易吸附到钯原子的表面。5.0% NH$_3$ 也能对传感器的检测造成 2.1% 的负误差，这是因为 NH$_3$ 分子能够化学吸附到 MWCNTs 表面，从而把电子转移给缺电子的 MWCNTs，所以增加了传感器传感元件的电阻值。然而幸运的是，H$_2$ 和 NH$_3$ 在瓦斯气体中的含量是很小的。

表 3-3　传感器干扰实验结果

| 干扰气体名称 | 体积浓度/% | 干扰产生的信号[CH$_4$]/%① | RSD/% | 干扰气体名称 | 体积浓度/% | 干扰产生的信号[CH$_4$]/%① | RSD/% |
|---|---|---|---|---|---|---|---|
| N$_2$ | 75.7 | −0.33 | 1.67 | H$_2$ | 10.0 | −2.60 | 3.00 |
| CO | 10.0 | 1.00 | 3.00 | NH$_3$ | 5.0 | −2.10 | 1.00 |
| CO$_2$ | 10.0 | −0.67 | 2.65 | | | | |

① 三次测量的平均值。

**(7) 人工合成气样品分析**　已知浓度的空气为载气的甲烷实际样品被应用在设计的甲烷气体传感器的检测中。实际样品的响应结果显示在表 3-4 中。结果证明传感器可以提供一个精确的方法检测空气中的甲烷样品气体。

表 3-4　实际样品的测试

| 样品 CH₄ 体积浓度/% | CH₄ 响应值/%[①] | RSD/% | 样品 CH₄ 体积浓度/% | CH₄ 响应值/%[①] | RSD/% |
|---|---|---|---|---|---|
| 1.00 | 0.90 | 3.94 | 7.00 | 7.15 | 2.50 |
| 3.00 | 3.03 | 1.35 | 10.0 | 10.2 | 3.34 |
| 5.00 | 5.13 | 2.70 | 12.0 | 12.1 | 3.12 |

① 三次测量的平均值。

### 3.7.4　小结

采用化学还原方法制备了 MWCNT—NH₂/PdNPs 纳米复合材料，在此基础上构建了甲烷气体传感器。在响应甲烷气体的同时研究了传感器的响应性能和响应机理。传感器对甲烷的响应涉及一二元混合机理，分子间相互作用和电化学催化氧化过程同时存在于传感器响应甲烷的过程中。相比已知的基于电阻变化的传感器，该传感器扩大了气体的检测范围和改善了检测条件。MWCNT—NH₂/PdNPs 基甲烷传感器具有更快速的响应，响应时间小于 35s。N₂、CO 和 CO₂ 几乎不能显示出对传感器的任何明显的干扰，而 H₂ 和 NH₃ 对传感器有轻微的干扰。此外，该传感器对湿度和较高的环境温度比较敏感。因此，实际的煤矿环境中检测甲烷气体的工作还需要进一步的深入研究。

# 3.8　钯-富勒烯纳米复合物的制备及其对甲烷的电催化研究

### 3.8.1　引言

Kroto 等在 1985 年发现了富勒烯，由于它独特的结构及电学、光学性质，被广泛研究。特别是在化学、生物和纳米科学方面也得到了应用。富勒烯的每一个原子都处于表面，通过这类物质的电子传递对于吸收的分子有很高的灵敏度，尤其是作为电子接受器，基于其独特的空间和电子结构，富勒烯有很好的电化学行为。最近，水溶液中的富勒烯膜的电化学行为已有报道，指出部分还原的富勒烯膜有良好的导电性，因此它可对电极进行修饰，此外它也显示出有很好的电催化性质。过渡金属或半导体纳米粒子的化学、电学、光学和催化性质与其粒子大小密切相关。富勒烯 [C₆₀] 作为纳米粒子的支撑基体，已经被应用在了一些新功能化材料的制备中，然而，这些材料大多数应用在液体样品或极性气体分子的检测中，对非极性样品检测的报道甚少。

人们对于新的纳米结构物质和在室温下检测甲烷的方法的发展有越来越多的兴趣。这是因为其独特的性质和对于全球变暖的影响，甲烷是一种重要的分析气体。目前绝大多数的甲烷传感器涉及高的工作温度，这一点对于爆炸性气体测定是不利的。

钯纳米粒子已经被报道用于甲烷的催化氧化。例如，负载在碳纳米管的钯纳米粒子已应用于周围环境中的甲烷检测。然而，用钯纳米粒子或用表面活性剂修饰的碳纳米管的方法涉及苛刻的前处理，使其进一步应用受到限制。编者现提出了一种简单的方法制备钯-富勒烯［$C_{60}$］新纳米复合物。将 $C_{60}$ 修饰到玻璃碳（GC）电极，然后将钯纳米粒子电沉积在 $C_{60}$/GC 电极上，得到 PdNPs-$C_{60}$/GC 电极。在 0.5mol/L $H_2SO_4$ 电解液中研究其电化学行为及电催化氧化甲烷，发现 PdNPs-$C_{60}$ 将钯纳米和 $C_{60}$ 独特性质相结合，由此产生了良好的电催化行为。

### 3.8.2　富勒烯［$C_{60}$］表面的 PdNPs 沉积及表征

选用直径 3mm 的玻璃碳电极作为工作电极，工作电极是用较好的铝粉（小于 0.05$\mu$m）在悬浮液中人工连续地磨，直到得到光滑的镜面。修饰的 PdNPs-$C_{60}$/GC 电极是用两步的方法制备的。20$\mu$L 的富勒烯溶液通过每次滴 3~5$\mu$L 溶液分批滴到干净的 GC 电极的表面。电极放置一夜干燥。在 $C_{60}$/GC 电极沉积钯纳米粒子是通过在 0.50mol/L $H_2SO_4$ 中加入 1.0mmol/L $PdCl_2$ 电解液进行的电化学沉积。沉积前，电解质溶液用高纯氮气进行除氧 15min，在 $-0.5$~$+0.8$V（相对于 Ag/AgCl）的电势范围内用 $C_{60}$/GC 电极进行 15 次循环伏安扫描。

电沉积纳米复合物（PdNPs-$C_{60}$）用 TEM 进行表征。图 3-53 是 PdNPs-$C_{60}$ 纳米复合物的 TEM 图像。从图中可以观察到树枝状富勒烯和球状的 PdNPs。PdNPs 均一地负载于富勒烯的表面，它的平均粒子大小是（10$\pm$1.5）nm，较直接电沉积法制备的钯纳米粒子的粒径小。电沉积的钯纳米粒子能够很好地与 $C_{60}$ 结合附着在 GC 电极表面。

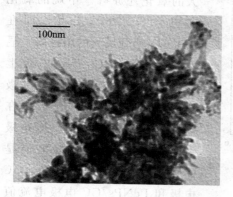

图 3-53　电沉积钯纳米复合物
（PdNPs-C60）的透射电镜图（TEM）

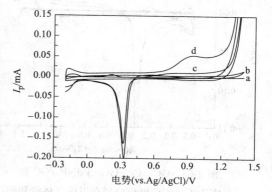

图 3-54　GC、$C_{60}$/GC 电极、PdNPs/GC 和
PdNPs-$C_{60}$/GC 电极的循环伏安曲线
a—GC 电极；b—$C_{60}$/GC 电极；c—PdNPs/GC 电极；
d—PdNPs-$C_{60}$/GC 电极

图 3-54 是 GC、$C_{60}$/GC、PdNPs/GC 和 PdNPs-$C_{60}$/GC 电极的循环伏安曲线，它们都是在除去空气的 0.50mol/L $H_2SO_4$ 溶液中，扫描电势范围是在 $-0.2 \sim +1.40V$ 下测定的。在 GC 电极和 $C_{60}$/GC 电极测定时没有明显的氧化还原电流。对于 PdNPs/GC 和 PdNPs-$C_{60}$/GC 电极，阳极钯氧化物从 $+0.80V$ 开始形成，在 $+0.94V$ 处产生最高氧化电流峰。阴极扫描过程中还原峰大约在 $+0.33V$ 出现，这是相应钯纳米表面 $H^+$/$H_2$ 电对的氧化还原峰。在 PdNPs-$C_{60}$/GC 上 $H^+$/$H_2$ 电对的还原电流比在 PdNPs/GC 大，显示出 PdNPs-$C_{60}$ 纳米复合物是一种极好的电导性材料，这种材料使电极和纳米复合物之间的电子转移变得更有效。

在室温下电催化氧化甲烷是一个热点课题，对快速、便捷地检测周围环境中的甲烷有重要的意义。所有的电化学分析都是在 CHI660 电化学工作站进行的，这个电化学工作站是采用传统的三电极系统，Pt 电极是对电极，Ag/AgCl 电极是参比电极，PdNPs-$C_{60}$/GC 电极是工作电极。在每一次测量前，溶液都用高纯的氮气吹 15min 除去溶液中的氧气。甲烷氧化的测定是在甲烷气体饱和的 5mL 0.50mol/L $H_2SO_4$ 溶液中进行的。甲烷氧化的计时电流技术是在 $+0.94V$（相对于 Ag/AgCl）的固定电势下，用不同浓度的甲烷气体饱和 0.50mol/L $H_2SO_4$ 溶液 20min 后进行的测定。

图 3-55 是 GC 电极、$C_{60}$/GC 电极、PdNPs/GC 电极、PdNPs-$C_{60}$/GC 电极在 99.99% $CH_4$ 气体饱和的 0.50mol/L $H_2SO_4$ 溶液中测定的循环伏安曲线。对于 GC 电极和 $C_{60}$/GC 电极，没有明显的氧化还原电流被观察到；在 PdNPs/GC 电极上有很小的氧化还原峰；对于 PdNPs-$C_{60}$/GC 电极，出现了很大的氧化还原峰。甲烷的氧化在电势 $+0.80V$ 开始，而在 $+0.94V$ 达到最大的阳极峰。显然，在 PdNPs-$C_{60}$/GC 电极上测定的氧化电流要比其他电极测定的氧化电流值大。在 $+0.94V$ 用 PdNPs-$C_{60}$/GC 电极对 $CH_4$ 测定的氧化峰电流是 GC 电极的 14.9 倍，是 $C_{60}$/GC 电极和 PdNPs/GC 电极电流值的 5 倍。因此，用 PdNPs-$C_{60}$/GC 电极测定甲烷有高的灵敏度。

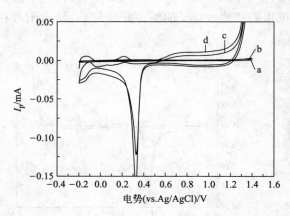

图 3-55 GC、$C_{60}$/GC、PdNPs/GC 和 PdNPs-$C_{60}$/GC 电极分别在甲烷气体饱和的 0.50mol/L $H_2SO_4$ 溶液中测定的循环伏安曲线
a—GC 电极；b—$C_{60}$/GC 电极；c—PdNPs/GC 电极；d—PdNPs-$C_{60}$/GC 电极

### 3.8.3　甲烷检测及稳定性研究

#### 3.8.3.1　甲烷的电化学氧化

图 3-56 是在＋0.94V 且恒定电流下在不同体积浓度甲烷（0.50%～16.0%）饱和的 0.50mol/L $H_2SO_4$ 溶液中 PdNPs-$C_{60}$/GC 电极的响应电流-时间曲线。随着甲烷浓度的增加，氧化峰电流也逐渐增加。但电流峰值与甲烷浓度呈非线性关系（曲线 a）。而在 0.50mol/L $H_2SO_4$ 溶液用 $N_2$ 饱和 PdNPs-$C_{60}$/GC 电极的氧化峰电流保持一个恒定的基线（曲线 b）。图 3-57 显示 GC、$C_{60}$/GC、PdNPs/GC 和 PdNPs-$C_{60}$/GC 电极在＋0.94V 对 99.99% $CH_4$ 的计时电流响应曲线，由图可知，PdNPs-$C_{60}$/GC 电极对甲烷气体有最高的响应和好的稳定性。实验结果证明，PdNPs-$C_{60}$ 纳米复合物对于甲烷氧化有好的电催化作用，在甲烷气体的检测中有潜在的应用价值。

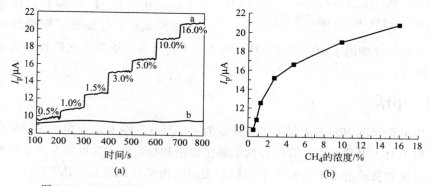

图 3-56　PdNPs-$C_{60}$/GC 电极对不同浓度甲烷响应的电流-时间曲线

a—$CH_4$ 饱和；b—$N_2$ 饱和

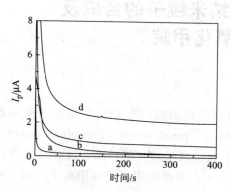

图 3-57　GC、$C_{60}$/GC、PdNPs/GC 和
PdNPs-$C_{60}$/GC 电极在＋0.94V 对
99.99% $CH_4$ 的计时电流响应曲线
a—GC；b—$C_{60}$/GC；c—PdNPs/GC；
d—PdNPs-$C_{60}$/GC

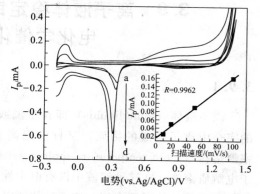

图 3-58　PdNPs-$C_{60}$/GC 电极不同的扫描速度
（10～100mV/s）对 3.0% $CH_4$ 的响应
a—10mV/s；b—20mV/s；c—50mV/s；
d—100mV/s

### 3.8.3.2 机理探讨

　　图 3-58 是在甲烷饱和的 0.50mol/L $H_2SO_4$ 溶液中，PdNPs-$C_{60}$/GC 电极的不同扫描速度（10～100mV/s）的影响。氧化和还原电流都随着扫描速度的增加而增加。插图为在 +0.90V，扫描速度和氧化峰电流的线性关系，随着扫描电流的增加，氧化峰电流增加，揭示出 PdNPs-$C_{60}$/GC 电极催化氧化甲烷的电极反应主要由表面控制的过程决定。同时如图 3-59 所示，PdNPs-$C_{60}$/GC 电极催化氧化甲烷的阳极氧化峰电流和阴极还原峰电流的比（$I_{pa}/I_{pc}$）随着扫描速度的增加而减少，这证实了甲烷的氧化主

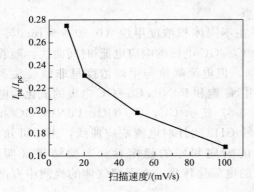

图 3-59　PdNPs-$C_{60}$/GC 电极对 3.0% $CH_4$
响应的扫描速度和峰电流比的关系

要发生在钯氧化物的表面。然而，PdNPs-$C_{60}$/GC 电极对甲烷氧化的详细机理有待进一步研究。

## 3.8.4　小结

　　采用电化学沉积的方法制备了一种新的 PdNPs-$C_{60}$纳米复合物，这种复合物在周围环境中对于甲烷的氧化有很好的电催化作用和稳定性。这可能是由于钯纳米粒子及其氧化物快速的电子转移速率和超大表面的内部特征所致。PdNPs-$C_{60}$是一种有潜在应用价值的纳米材料，可以直接应用于化学催化反应和传感器等领域。

# 3.9　离子液体稳定钯纳米粒子的合成及电化学催化氧化甲烷

## 3.9.1　引言

　　离子液体（ionic liquids）即在室温或室温附近温度（-30～50℃）下呈液态的完全由离子构成的物质，又称室温离子液体（room temperature ionic liquid）、室温熔盐（room temperature molten salts）、有机离子液体等。离子液体并不等同于电解质溶液，在这种溶液中没有电中性的分子，全部是阴离子和阳离子。离子液体与经典熔盐的区别在于，离子液体可以存在于温度较低的情况下，这也大大扩展了经典熔盐的应用范围。

　　有关离子液体的报道可以追溯到 1914 年，Sugden 将乙胺与 20% 的硝酸反应后，减压除去水分，得到油状液体，熔点为 80℃。元素分析的结果表明，其组成

符合 $C_2H_5N_2O_3$，证明它是一种液体盐，即第一个离子液体——硝基乙胺。但 Sugden 的研究结果未被认可。到 1951 年，Hurley 和 Wier 将 1-溴丁烷与吡啶反应生成的 N-丁基吡啶溴代盐与无水三氯化铝混合，生成一种室温下为液体的物质。1976 年，Osteryoung 等利用离子液体具有良好的导电性质，以它作为电解液，研究了六甲基苯的电解行为。1986 年，Seddon 等采用 N,N-二烷基取代咪唑与三氯化铝组成的离子液体作为非水溶剂，研究了过渡金属配合物的电子吸收波谱。1992 年，Wikes 等报道了对水和空气都更稳定的 1-乙基-3-甲基咪唑四氟硼酸盐（[EMIM]$BF_4$）的制备。从此，离子液体逐渐受到国内外化学工作者的重视，到了 20 世纪末至 21 世纪初，离子液体的介绍与应用的报道大量出现。目前，离子液体的研究已经成为化学界的热点课题之一。

　　纳米材料由于具有其特殊的结构，因此具有很多特殊的力学、光学、电学、磁学以及生物学特征，近年来以室温离子液体作为溶剂进行无机纳米材料的制备已经引起广泛关注。

　　利用功能化了的室温离子液体还可以制备出具有特殊尺寸的金属纳米材料。Kim 等通过具有硫醇功能团的咪唑基室温离子液体合成了金和铂纳米粒子，改变室温离子液体中硫醇的数量和位置可以分别合成出面心堆积的金（2.0～3.5nm）和铂（2.0～3.2nm）纳米粒子，所使用的原料为金和铂的氯元素配合物。Itoh 等在具有硫醇官能团的咪唑基室温离子液体中合成出直径为 5nm 的室温离子液体改性的金纳米粒子，通过改变室温离子液体的阴离子，即改变室温离子液体的憎水性和亲水性，经室温离子液体改性的纳米粒子的光学特性也随之发生变化。此外，张晟卯等在 [BMIM]$BF_4$ 中合成了银纳米粒子，以硝酸银作为银源，对苯二酚 [BMIM]$BF_4$ 作为主要溶剂同时加入少量乙醇，硝酸银与对苯二酚的摩尔比约为 1：1.1，常温下搅拌 3h，分离得到银纳米粒子，所制备的纳米微粒具有立方相结构，粒径约为 20nm。通过对所制得的银纳米粒子进行热重分析，可以发现，在温度达到 330℃时样品出现了剧烈减重，到 440℃时变为恒重，失重达 27.9%。对照常见离子液体分解温度发现，330℃与纯室温离子液体 [BMIM]$BF_4$ 的分解温度接近，机理分析得知，由于新制备的金属银纳米粒子具有良好的表面活性，因此对离子液体产生强吸附，而被吸附的离子液体又很好地阻止了银纳米颗粒的进一步聚集，即防止了银纳米颗粒的进一步增大。由此可见，室温离子液体在整个体系中不仅起到反应溶剂的作用，还作为修饰剂，修饰在金属纳米微粒的表面，很好地防止了金属粒子的团聚，从而制得具有较好粒度的金属纳米材料。

　　本节中首先合成了 1-丁基-3-甲基咪唑樟脑磺酸钠离子液体（[BMIM]CS），以此离子液体作为溶剂和稳定剂，采用化学还原法合成了钯纳米粒子。通过电化学、红外光谱和透射电镜技术表征可知，所合成的钯纳米粒子具有较好的分散性，纳米粒子的平均粒径为（12±1）nm。将该钯纳米材料作为电极修饰材料，在电化学催化氧化甲烷气体方面做了初步的探索，实验结果表明，钯纳米修饰电极对甲烷气体有一定的电催化氧化效果。但是，一些后续的完善和定性实验工作需要继续进行。

## 3.9.2 离子液体及复合物的合成与表征

### 3.9.2.1 离子液体的合成

在文献的基础上，首先合成离子液体 1-丁基-3-甲基咪唑溴（［BMIM］Br）。在 250mL 三颈瓶中加入重蒸过的、无色透明的 1-甲基咪唑 4.1g（0.05mol），油浴加热至 70℃，缓慢滴加溴代正丁烷 6.85g（0.05mol），持续搅拌，温度保持在 70～80℃ 之间。滴加完毕，继续搅拌反应 2h，得到黄色黏稠状液体。自然冷却至室温后，加入丙酮 100mL 搅拌，放冷，抽滤，得到 ［BMIM］Br 的白色固体。

$$H_3C-N\diagup\diagdown N + Br\diagdown\diagdown\diagdown \longrightarrow N^+\diagup\diagdown N\diagdown\diagdown\diagdown \quad Br^-$$

上步得到的 ［BMIM］Br 固体放入 1L 塑料容器中，再加入 100mL 蒸馏水，使固体充分溶解。将樟脑磺酸钠（$C_{10}H_{15}O_4SNa$）12.7g 溶解在 100mL 蒸馏水中，和上述溶液进行混合，在室温下强烈搅拌 24h。反应结束后有微量沉淀析出，离心分离固体为 NaBr，溶液为离子液体 ［BMIM］CS。溶液中放入适量活性炭脱色，过滤后将滤液旋转蒸发，得到无色透明的黏稠液体。

$$N^+\diagup\diagdown N\diagdown\diagdown\diagdown \quad Br^- + C_{10}H_{15}O_4SNa \longrightarrow N^+\diagup\diagdown N\diagdown\diagdown\diagdown \quad C_{10}H_{15}O_4S^- + NaBr$$

### 3.9.2.2 离子液体稳定钯纳米粒子的合成

上述离子溶解于大量水中，旋转蒸发蒸干得到固体，做进一步的表征。同时称量 50mg 固体离子液体溶于 150mL 蒸馏水中。在另一烧瓶中准确称取 0.178g（1.0mmol/L）$PdCl_2$ 溶解在 50mL 蒸馏水中。将两份溶液混合，在 40℃ 下强烈搅拌 2h，当溶液的颜色由亮黄色变为暗红色之后加入还原剂硼氢化钠（$NaBH_4$ 大于10 倍的 $PdCl_2$）。溶液立即变为黑色的溶液，继续搅拌 20min，离心。溶液用氮气吹干，做红外光谱和透射电镜分析。同时固体纳米粒子 5mg 超声分散于 5mL 挥发性的非极性氯仿溶液中修饰钯电极。

### 3.9.2.3 钯纳米粒子的表征

所有的钯纳米粒子样品被超声分散于甲苯溶液中，滴一滴于碳膜覆盖的铜网上并在室温下晾干，准备好的纳米粒子样品用透射电子显微镜（TEM）表征。透射电镜所使用的仪器为 JEOL JSM-1010 TEM。傅里叶变换红外光谱仪（FTIR）在一台 Perkins Elmer Paragon 500 FTIR Spectrometer 上获得，所使用的波数范围是 $500～4000cm^{-1}$，分辨率为 $4cm^{-1}$。纳米粒子样品通过滴涂钯纳米的氯仿溶液于 KBr 盐片上并在室温下晾干。多晶钯电极（3mm 直径）首先使用 $\alpha$-$Al_2O_3$（$0.05～3\mu m$）粉末打磨光亮，然后分别用二次蒸馏水和丙酮超声清洗。洗涤干净的钯电极在氮气下吹干。取 $11\mu L$ 5.0mmol/L 的纳米甲苯溶液滴于钯电极表面，放置于室温条件下晾干。准备好的钯纳米修饰电极用于进一步的电化学实验中。

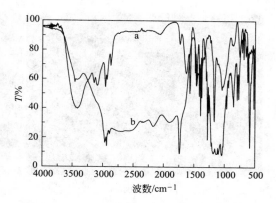

图 3-60　离子液体 ［BMIM］CS 和离子液体稳定的钯纳米 ［BMIM］CS-PdNPs 的红外光谱图

a— ［BMIM］CS；b— ［BMIM］CS-PdNPs

**（1）红外光谱**（FT-IR）　图 3-60 曲线 a 为 1-丁基-3-甲基咪唑樟脑磺酸钠（［BMIM］CS）离子液体的红外光谱，其中在 $3200 \sim 3000 cm^{-1}$ 处出现的谱带，是芳香环 C—H 伸缩振动。在 $3170 cm^{-1}$、$3125 cm^{-1}$ 左右为芳香环上 C—H 基团的特征峰；在 $2930 cm^{-1}$、$2870 cm^{-1}$ 左右为脂肪链上 C—H 基团的特征峰；在 $1575 cm^{-1}$、$1465 cm^{-1}$ 左右的吸收峰是芳香环骨架振动的特征吸收峰；在 $1430 cm^{-1}$、$1380 cm^{-1}$ 左右为不对称的 $CH_3$ C—H 键的特征峰，在 $1187 cm^{-1}$ 是—$SO_3$—基团的特征峰。但是在该离子液体中合成了钯纳米粒子之后，因为钯纳米粒子的影响，整个材料的红外光谱发生了明显的变化（图 3-60 曲线 b）。可能与钯纳米粒子紧密地附着在离子液体中烷基链的表面有关，所以在 $1700 \sim 2700 cm^{-1}$ 之间出现了光透过率的大幅度下降。同时—$SO_3$—基团的振动光谱也发生了明显的变化，这可能是因为钯纳米粒子更多地吸附了带负电荷的—$SO_3$—在其表面，从而使得其红外光谱变宽。据推测离子液体在钯纳米粒子的合成过程中起到了重要的稳定和分散作用。

**（2）透射电子显微镜**（TEM）　根据红外光谱的表征，发现在合成钯纳米前后，离子液体的红外光谱发生了明显的变化。因此，进一步采用透射电子显微镜（TEM）表征纳米材料是非常必要的。图 3-61 显示的是 1-丁基-3-甲基咪唑樟脑磺酸钠离子液体稳定的钯纳米粒子（［BMIM］CS-PdNPs）的透射电镜照片。由图可知，材料中存在球状的钯纳米粒子，而且纳米粒子的分散均匀，平均粒径大小约为 $(12 \pm 1) nm$。

**（3）电化学特性**　合成的钯纳米材料修饰于钯电极表面，在通氮气 20min 除氧的 0.5mol/L $H_2 SO_4$ 电解液中检测其循环伏安响应，扫描速度为 20mV/s。结果如图 3-62 所示，在电压扫描范围 $-0.2 \sim 1.4 V$ 之间，裸的钯电极和钯纳米修饰的钯电极都能观察到特征的电化学活性。正向扫描的阳极曲线，在 0.9V 处观察到了钯的氧化峰，而且钯纳米的氧化峰电流明显比裸钯电极的更高一些，这说明钯纳米更多地进行了氧化反应。在阴极扫描过程中，0.3V 电势处出现了钯氧化物的还原峰，还原电流更大一些。从图中可以初步看出，钯纳米修饰的钯电极具有更好的电化学氧化和还原活性。

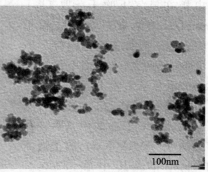

(a) 标尺为200nm　　　　　　　　　　(b) 标尺为100nm

图 3-61　离子液体稳定的钯纳米粒子的透射电镜照片

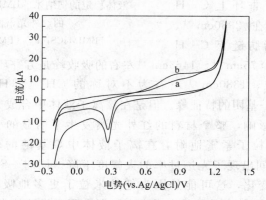

图 3-62　裸的钯电极和钯纳米修饰的钯电极在通氮气 20min 除氧的
0.5mol/L $H_2SO_4$ 中的循环伏安曲线
a—Pd；b—PdNPs

## 3.9.3　钯纳米修饰电极对甲烷气体的响应

### 3.9.3.1　钯纳米修饰电极的制备

所有的电化学实验在 0.5mol/L $H_2SO_4$ 中进行，在每次测试之前用高纯氮气（$N_2$）吹 20min。电化学测试采用经典的三电极体系，Ag/AgCl 为参比电极，Pt 柱电极为对电极，一定量的钯纳米粒子溶液采用滴涂法修饰钯电极作为工作电极。

### 3.9.3.2　甲烷在钯纳米修饰电极上的电化学行为初探

图 3-63 显示 ILs-PdNPs/Pd 电极对 $N_2$ 和 $CH_4$ 在硫酸电解液中的响应情况。结果显示该修饰电极在 $N_2$ 饱和前后，其电化学行为基本没有变化。但是，99.99% $CH_4$ 的气体饱和溶液之后，修饰电极的氧化峰电流有了明显增加，这表明甲烷气体在修饰电极表面发生了明显反应。为了进一步证明钯纳米修饰电极对甲烷气体的电化学催化氧化的作用，采用计时电流法，其结果如图 3-64 所示。修饰电

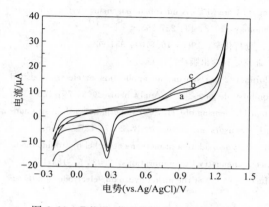

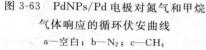

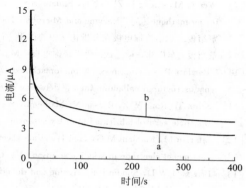

图 3-63　PdNPs/Pd 电极对氮气和甲烷
气体响应的循环伏安曲线
a—空白；b—N₂；c—CH₄

图 3-64　PdNPs/Pd 电极的 $I$-$t$ 曲线
a—无 CH₄；b—99.99% CH₄

极在无甲烷存在时的响应电流值较小，而甲烷气体饱和反应电解质之后，修饰电极具有较高和稳定的电流输出。这证明 PdNPs/Pd 电极对甲烷气体有较好的电化学响应。

## 3.9.4　小结

首先合成了 1-丁基-3-甲基咪唑樟脑磺酸钠离子液体，通过红外光谱表征发现该离子液体被成功制备，在此基础上，利用该离子液体既作为溶剂又作为稳定剂合成了钯纳米粒子。通过红外光谱和透射电子显微镜表征，结果显示该纳米材料具有较好的分散性和 $(12\pm1)$nm 的粒子直径。该纳米材料修饰钯电极后显示了较好的电化学活性，对甲烷气体有明显和稳定的电化学催化氧化作用。该纳米材料在催化反应和气体传感器方面有潜在的应用价值。

## 参 考 文 献

[1] Fleischmann M, Pletcher D. The electrochemical oxidation of some aliphatic hydrocarbons in acetonitrile [J]. Tetrahedron Lett, 1968, 9 (60): 6255-6258.

[2] Otagawa T, Zaromb S, Stetter J R. Electrochemical oxidation of methane in nonaqueous electrolytes at room temperature [J]. Electrochem Soc, 1985, 132 (12): 2951-2957.

[3] Ottagawa T, Zaromb S, Stetter J R. Transient response of electrochemical biosensors with asymmetrical sandwich membranes [J]. Sens Actuators, 1985, 8 (1): 65-72.

[4] Rego R, Mendesi A. Carbon dioxide/methane gas sensor base on the permselectivity of polymeric membranes for biogas monitoring [J]. Sensors and Actuators B, 2004, (103): 2-6.

[5] Damgaard L R, Revsbech N P. A microscale biosensor for methane containing methanotrophic bacteria and an internal oxygen reservoir [J]. Anal Chem, 1997, 69 (13): 2262-2267.

[6] Damgaard L R, Revsbech N P, Reichardt W. Use of an oxygen-insensitive microscale biosensor for methane to measure methane concentration profiles in a rice paddy [J]. Appl Environ Microbiol, 1998, 64: 864-870.

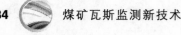
［7］ Wen G M, Zheng J, Zhao C G, Shuang S M, Dong C, Choi M F. A microbial biosensing system for monitoring methane ［J］. Enzyme and Microbial Technology, 2008, 43: 257-261.

［8］ 董绍俊. 化学修饰电极在分析化学中的作用 ［J］. 分析化学, 1988, 16 (10): 951-960.

［9］ 董绍俊, 车广礼, 谢远武. 化学修饰电极 ［M］. 北京: 科学出版社, 1995.

［10］ Bartlett P N, Guerin S. A micromachined calorimetric gas sensor: an application of electrodeposited nanostructured palladium for the detection of combustible gases ［J］. Anal Chem, 2003, 75: 126-132.

［11］ Sahm T, Rong W Z, Barsan N, Madler L, Weimar U. Sensing of $CH_4$, CO and ethanol with in situ nanoparticle aerosol-fabricated multilayer sensors ［J］. Sensors and Actuators B, 2007, 127: 63-68.

［12］ Jafarian M, Mahjani M G, Heli H, et al. Electrocatalytic oxidation of methane at nickel hydroxide modified nickel electrode in alkaline solution ［J］. Electrochemistry Communications, 2003, 5: 184-188.

［13］ Briggs G W D, Snodin P R. Ageing and the diffusion process at the nickel hydroxide electrode ［J］. Electro Acta, 1982, 27 (5): 565-572.

［14］ Bard A J, Faulkner L R. Electrochemical Methods ［M］. New York: Fundamentals and Application, Wiley, 1980.

［15］ Hahn F C A. Melendres anodic oxidation of methane at noble metal electrodes: an "in situ" surface enhanced infrared spectroelectrochemical study. Electrochimica Acta, 2001, 46: 3525-3534.

［16］ Mhadeshwar A B, Vlachos D G. A catalytic reaction mechanism for methane partial oxidation at short contact times, reforming, and combustion, and for oxygenate decomposition and oxidation on platinum ［J］. Ind Eng Chem Res, 2007, 46: 5310-5324.

［17］ Keita B, Benaibssa M, Nadjo L, et al. Dioxygen and hydrogen peroxide electrocatalytic reduction: evidence for a cooperativity of Mo and Cu centres in substituted heteropolyanions ［J］. Electrochem Commun, 2002, 4 (8): 663-668.

［18］ Safavi A, Maleki N, Tajabadi F, et al. High electrocatalytic effect of palladium nanoparticle arrays electrodeposited on carbon ionic liquid electrode ［J］. Electrochemistry Communications, 2007, 9: 1963-1968.

［19］ Zhang J T, Huang M H, Ma H Y. High catalyticactivity of nanostruetured Pd thin films electrochemically deposited on polyerystalline Pt and Au substrates towards electro-oxidation of methanol ［J］. Electrochemistry Communications, 2007, 9: 1298-1304.

［20］ Goodman D W, Rodriguez J A. The nature of the metal-metal bond in bimetallic surfaces ［J］. Science, 1992, 257 (5072): 897-903.

［21］ Kibler L A, Kleinert M, Kolb D M, et al. Initial stages of Pd deposition on Au (hkl) Part II: Pd on Au (100) ［J］. Surface Science, 2000, 461 (1-3): 155-167.

［22］ Kibler L A, El-Aziz A M, Hoyer R, et al. Tuning reaetion rates by lateral strain in a palladium monolayer ［J］. Angewandte Chemie International Edition, 2005, 44 (14): 2080-2084.

［23］ Zhang J T, Huang M H, Ma M Y, et al. High catalytic activity of nanostructured Pd thin films electrochemically deposited on polycrystalline Pt and Au substrates towards electro-oxidation of methanol ［J］. Electrochemistry Communications, 2007, 9: 1298-1304.

［24］ Lim S H, Wei J, Lin J, et al. A glucose biosensor based on electrodeposition of palladium nanoparticles and glucose oxidase onto Nafion-solubilized carbon nanotube electrode ［J］. Biosensors and Bioelectronics, 2005, 20: 2341-2346.

［25］ Wang J, Musameh M, Lin Y. Solubilization of carbon nanotubes by Nafion toward the preparation of amperometric biosensors ［J］. J Am Chem Soc, 2003, 125: 2408-2409.

［26］ Badetti E, Caminade A M, Majoral J P, Moreno-Mañas M, Sebastián R M. Palladium (0) nanoparticles stabilized by phosphorus dendrimers containing coordinating 15-membered triolefinic macrocycles in periphery [J]. Langmuir, 2008, 24 (5): 2090-2101.

[27] Naka K, Sato M, Chujo Y. Stabilized spherical aggregate of palladium nanoparticles prepared by reduction of palladium acetate in octa(3-aminopropyl) octasilsesquioxane as a rigid template [J]. Langmuir, 2008, 24 (6): 2719-2726.

[28] Schmid G, Harms M, Malm J O, Bovin J O, van Ruitenbeck J, Zandbergen H W, Fu W T. Ligand-stabilized giant palladium clusters: promising candidates in heterogeneous catalysis [J]. J Am Chem Soc, 1993, 115: 2046-2048.

[29] Reetz M T, Quaiser S A. A new method for the preparation of nanostructured metal clusters [J]. Angew Chem, Int Ed, 1995, 34: 2240-2241.

[30] Bradley J C, Ma Z. Contactless electrodeposition of palladium catalysts [J]. Angew Chem, Int Ed, 1999, 38: 1663-1666.

[31] Son S U, Jang Y, Yoon K Y, Kang E, Hyeon T. Facile synthesis of various phosphine-stabilized monodisperse palladium nanoparticles through the understanding of coordination chemistry of the nanoparticles [J]. Nano Lett, 2004, 4: 1147-1151.

[32] Ye H, Scott R W J, Crooks R M. Synthesis, characterization, and surface immobilization of platinum and palladium nanoparticles encapsulated within amine-terminated poly (amidoamine) dendrimers [J]. Langmuir, 2004, 20: 2915-1920.

[33] Narayanan R, El-Sayed M A. Effect of catalysis on the stability of metallic nanoparticles: suzuki reaction catalyzed by PVP-palladium nanoparticles [J]. J Am Chem Soc, 2003, 125: 8340-8347.

[34] Liu J, He F, Durham E, Zhao D, Roberts C B. Polysugar-stabilized Pd nanoparticles exhibiting high catalytic activities for hydrodechlorination of environmentally deleterious trichloroethylene [J]. Langmuir, 2008, 24: 328-336.

[35] Shen C, Hui C, Yang T, Xiao C, Tian J, Bao L, Chen S, Ding H, Gao H. Monodisperse noble-metal nanoparticles and their surface enhanced raman scattering properties [J]. Chem Mater, 2008, 20: 6939-6944.

[36] Yu L, Jin X, Zeng X. Methane interactions with polyaniline/butylmethylimidazolium camphorsulfonate ionic liquid composite [J]. Langmuir, 2008, 24: 11631-11636.

[37] Hahn F, Melendres C A. Anodic oxidation of methane at noble metal electrodes: an "in situ" surface enhanced infrared spectroelectrochemical study [J]. Electrochim Acta, 2001, 46: 3525-3534.

[38] Coronado E, Ribera A, García-Martinez J, Linares N, Liz-Marzán L M. Kinetics of the termolecular reaction of gas phase Pd atoms with methane [J]. J Mater Chem, 2008, 18: 5682-5688.

[39] Vasilyeva S V, Vorotyntsev M A, Bezverkhyy I, Lesniewska E, Heintz O, Chassagnon R. Synthesis and characterization of palladium nanoparticle/polypyrrole composites [J]. J Phys Chem C, 2008, 112: 20269-20275.

[40] Ibañez F J, Zamborini F P. Reactivity of hydrogen with solid-state films of alkylamineand tetraoctylammonium bromide-stabilized Pd, PdAg, and PdAu nanoparticles for sensing and catalysis applications [J]. J Am Chem Soc, 2008, 130: 622-633.

[41] Zhang Y, Shuang S M, Dong C, Lo C K, Paau M C, Choi M M F. Application of HPLC and MALDI-TOF MS for studying As-synthesized ligand protected gold nanoclusters products [J]. Anal Chem, 2009, 81: 1676-1685.

[42] Liu J, Alvarez J, Ong W, Román E, Kaifer A E. Phase transfer of hydrophilic, cyclodextrin-modified gold nanoparticles to chloroform solutions [J]. J Am Chem Soc, 2001, 123: 11148-11154.

[43] Pan W, Zhang X, Ma H, Zhang J. Electrochemical synthesis, voltammetric behavior, and electrocatalytic activity of Pd nanoparticles [J]. J Phys Chem C, 2008, 112: 2456-2461.

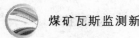

[44]  Yin Z, Zheng H, Ma D, Bao X. Porous palladium nanoflowers that have enhanced methanol electro-oxidation activity [J]. J Phys Chem C, 2009, 113: 1001-1005.

[45]  Bexryadin A, Lau C N, Tinkham M. Quantum suppression of superconductivity in ultrathin nanowires [J]. Nature, 2000, 404: 971-974.

[46]  Hrapovic S, Liu Y, Male K B, Luong J H T. Electrochemical biosensing platforms using platinum nanoparticles and carbon nanotubes [J]. Anal Chem, 2004, 76: 1083-1088.

[47]  Wang D, Li Z C, Chen L W. Templated synthesis of single-walled carbon nanotube and metal nanoparticle assemblies in solution [J]. J Am Chem Soc, 2006, 128: 15078-15079.

[48]  Zhan J H, Bando Y, Hu J Q, Xu F F, Golberg D. Unconventional gallium oxide nanowires [J]. Small, 2005, 1: 883-888.

[49]  Jena B K, Raj C R. Synthesis of flower-like gold nanoparticles and their electrocatalytic activity towards the oxidation of methanol and the reduction of oxygen [J]. Langmuir, 2007, 23: 4064-4070.

[50]  Basu P K, Bhattacharyya P, Saha N, Saha H, Basu S, The superior performance of the electrochemically grown ZnO thin films as methane sensor [J]. Sens Actuators B, 2008, 133: 357-363.

[51]  Chen X, Guo Z, Huang J, Meng F, Zhang M, Liu J. Fabrication of gas ionization sensors using well-aligned MWNT arrays grown in porous AAO templates [J]. Colloids and Surfaces A: Physicochem Eng Aspects, 2008, 313-314: 355-358.

[52]  Arab M, Berger F, Picaud F, Ramseyer C, Glory J, Mayne-L'Hermite M. Direct growth of the multi-walled carbon nanotubes as a tool to detect ammonia at room temperature [J]. Chem Phys Lett, 2006, 433: 175-181.

[53]  Kroto H W, Heath J R, O'Brien S C, Curl R F, Smalley R E. $C_{60}$: Buckminsterfullerene [J]. Nature, 1985, 318: 162-163.

[54]  Mauter M S, Elimelech M. Environmental applications of carbon-based nanomaterials [J]. Envronment Science & Technology, 2008, 42 (16): 5843-5859.

[55]  Nakamura E, Isobe H. Functionalized fullerenes in water. The first 10 years of their chemistry, biology, and nanoscience [J]. Acc Chem Res, 2003, 36: 807- 817.

[56]  Robinson J T, Perkins F K, Snow E S, Wei Z Q, Sheehan P E. Reduced graphene oxide molecular sensors [J]. Nano Lett, 2008, 8: 3137-3140.

[57]  Thompson B C, Fréchet J M J. Polymer-fullerene composite solar cells [J]. Angew Chem, Int Ed, 2008, 47: 58-63.

[58]  Goyal R N, Gupta V K, Bachheti N, Sharma R A, Electrochemical sensor for the determination of dopamine in presence of high concentration of ascorbic acid using a fullerene-$C_{60}$ coated gold electrode [J]. Electroanalysis, 2008, 20: 757-764.

[59]  Sun N J, Guan L H, Shi Z J, Zhu Z W, Li N Q, Li M X, Gu Z N. Electrochemistry of fullerene peapod modified electrodes [J]. Electrochem Commun, 2005, 7: 1148-1152.

[60]  Bartlett P N, Guerin S. A micromachined calorimetric gas sensor: an application of electrodeposited nanostructured palladium for the detection of combustible gases [J]. Anal Chem, 2003, 75: 126-132.

[61]  Simonet J. Alkyl iodides as vectors for the facile coverage of electrified conductors by palladium nano-particles [J]. Electrochemistry Communications, 2009, 11: 134-136.

[62]  Heller I, Kong J, Heering H A, Williams K A, Lemay S G, Dekker C. Individual single-walled carbon nanotubes as nanoelectrodes for electrochemistry [J]. Nano Lett, 2005, 5: 137-142.

[63]  Zhou M, Guo J, Guo L P, Bai J. Electrochemical sensing platform based on the highly ordered mesoporous carbon-fullerene system [J]. Anal Chem, 2008, 80: 4642-4650.

[64]  Nagaraju D H, Lakshminarayanan V. Electrochemical synthesis of thiol-monolayer-protected clusters of

gold [J]. Langmuir, 2008, 24: 13855-13857.

[65] Jiao Y, Wu D, Ma H, Qiu C, Zhang J, Ma L. Electrochemical reductive dechlorination of carbon tetra-chloride on nanostructured Pd thin films [J]. Electrochem Commun, 2008, 10 (10): 1474-1477.

[66] Quinn B M, Dekker C, Lemay S G, Electrodeposition of noble metal nanoparticles on carbon nanotubes [J]. J Am Chem Soc, 2005, 127: 6146-6147.

[67] Appleby D, Hussey C L, Seddon K R, Turp J E. Room-temperature ionic liquids as solvents for elec-tronic absorption spectroscopy of halide complexes [J]. Nature, 1986, 323: 614-616.

[68] 邹汉波，董新法，林维明. 离子液体及其在绿色有机合成中的应用 [J]. 化学世界，2004，45: 107-113.

[69] Anderson J L, Armstrong D W, Wei G T. Ionic liquids in analytical chemistry [J]. Anal Chem, 2006, 78: 2892-2902.

[70] Kim K S, Demberelnyamba D, Lee H. Size-selective synthesis of gold and platinum nanoparticles using novel thiol-functionalized ionic liquids [J]. Langmuir, 2004, 20: 556-560.

[71] Itoh H, Naka K, Chujo Y. Synthesis of gold nanoparticles modified with ionic liquid based on the imid-azolium cation [J]. J Am Chem Soc, 2004, 126: 3026-3027.

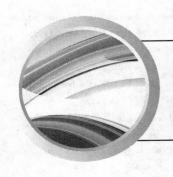

# 第 4 章
# 模式滤光瓦斯传感器

## 4.1 光化学传感器

### 4.1.1 光化学传感器的概念

分析化学最重要的任务之一就是要选择性获取物质的化学信息。传统的做法是采样后带到实验室检测。但是随着科学研究和现代工业的发展，这种模式越来越不适应实际工作的要求。许多分析任务都需要在现场即时完成，但不可能将精密分析仪器都搬到现场。这就需要有一个选择性获取化学信息和将这些化学信息传导到精密分析仪器的"界面"。化学传感器就是这样的"界面"。当今的科学研究和工业控制与监测对分析化学提出了 T 原位（in situ）、在体（in vivo）、实时（real time）、在线（on line）的要求，这种要求在生命科学的研究中尤为重要。化学传感器（chemical sensors）重要分支之一的光化学传感器（optical chemical sensors）在实现上述要求时具有优势。

### 4.1.2 光化学传感器的现状

光化学传感器按传感器的复杂程度来分，可以分为三大类：普通光学波导传感器、化学修饰传感器和生物修饰传感器三类。普通光学波导传感器是依靠分析对象本身固有的可检测的光学性质来获得信号。这类传感器具有通用性，但其本身没有化学识别功能。为了解决这个问题，多数光化学传感器都在光学波导的适当位置固定了一层化学试剂来提高分析对象的识别能力，这层化学试剂称为敏感层，这类传感器被称为化学修饰传感器。若在光学波导传感器或化学修饰传感器上再修饰一层生物敏感层，此敏感层与分析对象相互作用能产生被光学波导传感器或化学修饰传感器检测到的光学信号，这类传感器被称为生物修饰传感器。

普通光学波导传感器虽然其本身没有化学识别功能，但其具有通用性。对普通光学波导传感器的新型传感模式的研究在不断进行，模式滤光光纤化学传感器是1999 年由美国华盛顿大学 Robert E. Svnovec 新近发展起来的处于探索阶段的一类新型光纤化学传感模式，它改变了将检测器置于光纤末端检测透射光强的传统检测模式，他们将检测器置于光纤侧面，极大地降低了背景干扰，$S/N$ 得到了很大改善。湖南大学周激雷发展了这种新型传感模式，将其拓展成多维数据的检测，并与分离技术结合的同步分离分析新型光化学传感器。其他如表面等离子体共振（SPR）、激光诱导的光谱检测、消失波检测、多维数据的检测、时间和空间分辨的光谱检测等都是现在活跃的研究领域。这些先进的检测方法同样可以用到化学修饰传感器和生物修饰传感器上。经过光纤的直接光谱也能通过消失波吸收光谱来检测芳香族化合物，一根用聚合物作包层的 10cm 纤维可从 10mL 样品中将芳香族化合物分离开来，检测限达 $(1\sim18)\times10^{-6}$。传感器的响应与消失场的相互作用有关。光纤表面加强的拉曼散射（SERS）被耦合到光纤上，从而使这种传感器能用于典型污染物的环境监测。

## 4.2　模式滤光传感器

　　模式滤光传感器属于光化学传感器的一种，所谓模式滤光，是指分析对象进入光纤包层引起光纤芯包界面折射率发生变化，导致光纤中传播的部分光不满足传导条件而从光纤侧面漏出的那部分光学信号，如图 4-1 所示。模式滤光检测为光纤化学与生物传感器获取光学信息提供了一条新途径。该领域的大量工作主要是围绕光纤具有传光和传感的功能展开的。光纤之所以能发挥传光和传感作用，主要是由于它的载光能力取决于光纤纤芯和周围包层的相对折射率。如果光

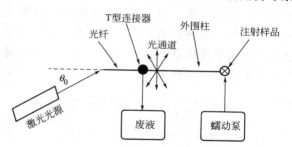

图 4-1　模式滤光光纤化学传感器原理示意

纤周围包层的折射率发生了变化，那么光纤中传播光的性质也将发生相应变化。若分析物参与了包层折射率的改变，则可根据这一变化来检测分析物。

　　基于折射率变化的模式滤光光纤化学传感器是一种浓度型且非破坏性的通用型检测技术。该技术有望用于气相色谱、液相色谱和流动注射分析，尤其在过程分析和环境监测等方面具有广阔的应用前景。

### 4.2.1　光纤化学传感器的工作原理、分类及优点

　　传感器是一种能感受规定的被测量并按一定的规律将它转换成可用信号的器件或装置。根据感受对象的不同，传感器可以分为物理传感器和化学传感器两大类。物理传感器是检测物理量的传感器，是利用某些物理效应把被测的物理量转化成便于处理的能量形式的信号装置。化学传感器则是检测各种化学信息的传感器，是利用化学吸附、电化学反应等现象，对待测化学物质的形状或分子结构进行选择性俘获，然后将俘获的化学量转换为有效电信号的装置。在化学传感器中，以光纤为传

输手段的传感器即为光纤化学传感器。

光纤化学传感器的基本工作原理是：由光源发出的光经过光纤送入调制区（固定有敏感试剂），被测物质与试剂相互作用引起光的强度、波长、频率、相位、偏振态等光学特性发生变化，被调制的信号光经光纤送入光探测器和一些信号处理装置，最终获得待分析物的信息。

按照工作原理的不同，光纤化学传感器可分为传光型和传感型两种基本类型。在传光型传感器中，光纤仅作为传播光的媒介，对被分析物的"感觉"是依靠其他敏感物质来完成的；这类传感器的灵敏度和测量精度较低，但结构简单、可靠性强、技术上易实现、成本低。在传感型传感器中，光纤除作为传播光的媒介外，还与化学传感系统结合作为传感媒介，将"传"和"感"两种功能合为一体，利用被分析物与化学传感试剂的化学作用引起传输光的某些特性发生变化并用光纤来检测这种变化；这类传感器的结构紧凑、灵敏度较高，但需采用一定的技术对光纤进行处理，因而这类传感器的制作难度较大、成本较高。

由于光纤在信息传输过程中具有许多独特的性质，如传输损耗低、材料性能稳定等，光纤化学传感器具有其他常规传感器无可比拟的优点，如灵敏度高、响应速度快、防电磁干扰、超高绝缘、无源性、防燃防爆、体积小、可灵活柔性绕曲等。利用光纤化学传感器的优点，人们可以制造任意形状、尺寸小巧、传感各种不同信息的光纤化学传感器，将它们用于远距离遥控遥测及强电磁干扰、易燃、易爆、高温等恶劣环境中的测量。

## 4.2.2　光纤化学传感器的研究进展

自 1980 年 Peterson 等研制出第一个用于测定生理 pH 值的光纤化学传感器以来，光纤化学传感器的研究就日益受到人们的广泛关注。目前，国内外已有多篇关于光纤化学传感器研究进展和发展趋势的综述报道。

近年来，光纤化学传感器正朝着高灵敏、高选择、高稳定及实用化、多功能化、智能化等方向发展。就分析对象而言，光纤化学传感器的研究主要集中于一些常见的气体、离子、有机物质、生物组分等，应用范围涉及环境、工业、生物科技、食品、药物、医学等相关领域。由此可见，光纤化学传感器已被广泛应用于与人们生活息息相关的各个方面。

光纤化学传感器测定的常见离子包括阳离子如 $H^+$、$K^+$、$Ca^{2+}$、$Na^+$、$Zn^{2+}$、$Cu^{2+}$、$Hg^{2+}$ 等和阴离子如 $Cl^-$、$NO_3^-$、$PO_4^{3-}$ 等。光纤化学传感器测定的常见有机物质包括农用化学品中的杀虫剂、有机磷试剂等，神经性试剂中的多环芳烃，医药品中的糖类等。光纤化学传感器测定的常见生物组分包括 DNA、蛋白质、抗体、毒素、病毒、唾液等。

除此之外，光纤化学传感器还可应用于测定气体，如氢气、氧气、二氧化碳、氨气、甲烷及其他一些碳氢化合物气体等。光纤气体传感器研究是目前国际上检测瓦斯的最新研究动向。

#### 4.2.2.1　光纤化学甲烷传感器

由于甲烷是一种化学惰性的物质，这使得对它的检测变得相当困难。目前，检测甲烷的方法主要有催化燃烧法、色谱法、电化学方法、红外光谱法等。催化燃烧法基于可燃气体接触到加热的催化元件发生反应，放出的热量导致温度变化来实现甲烷的检测，然而该方法存在催化元件易中毒、需经常更换等缺陷。色谱法是一种有效分离复杂混合物的工具，但其体积较大、价格昂贵，很难在现场监测中得到应用。电化学方法通过电极表面对甲烷的作用所引起的电化学信号来测定甲烷，这种方法由于灵敏度高而受到许多分析工作者的重视。红外光谱法是基于分子振动能级跃迁光谱的一种测定方法，这种方法具有通用性，近些年，已有多种基于甲烷在红外区的特征吸收谱线的光纤化学传感器被研制成功。

一些分析工作者通过甲烷在中红外区的特征吸收谱研制光纤化学甲烷传感器。Zotova 等研制了 $3\sim3.6\mu m$ 的 InAs、InGaAsSb 和 InAsSb 激光二极管和 $3.05\sim3.6\mu m$ 的 $InAsSbP/In_{1-x}Ga_xAS_{1-y}Sb_y$ 激光二极管，还研究了这些激光二极管的性质，在此基础上将它们作为光纤化学传感器的光源，对浓度为 1.07％和 2.1％的甲烷进行了测定。

更多的分析工作者基于甲烷在近红外区的特征吸收谱研制光纤化学甲烷传感器。光纤气体传感器是目前国际上检测瓦斯的最新方法，这主要是由于该方法具有体积小、操作简便、灵敏度高、防燃防爆、可灵活绕曲等优点，非常易于实现远距离在线实时遥测，特别适合在恶劣危险的环境中应用，是一种最有可能实现实际应用的技术，因而受到了人们的广泛关注。目前，已有一些分析工作者结合甲烷在近红外区的特征吸收谱和特殊的化学修饰方法研制了各种形式的光纤化学甲烷传感器。Gladyshev 等报道了一种采用可调波长的单频率二极管激光器，在波长为 $1.65\mu m$ 测定甲烷的光纤传感方法，该方法可用于在 $0.7\sim1.7\mu m$ 有特征吸收的任何气体。玉田课题组研究了一种易于实现的光谱吸收型的光纤化学甲烷传感器，基于朗伯-比尔定律，采用双光路结构，大大提高了传感器的灵敏度和测量精度，而且采用类似的方法可将该传感器用于大气和工业污染中其他气体浓度的测量。上述光纤化学甲烷传感器均属传光型的，这使它们在检测的选择性、灵敏度等指标方面受到了一定的限制。为了进一步提高光纤化学传感器在甲烷测定选择性和灵敏度等性能指标上的优势，发展传感型的光纤化学甲烷传感器势在必行。

目前已报道的既传光又传感的光纤化学瓦斯传感器主要通过测量光纤末端信号来监测瓦斯浓度。这种方法的测量背景较高，使其灵敏度在一定程度上受到了限制。Stewart 等研制了基于 D 型修饰光纤的渐逝波光纤化学甲烷传感器；他们还设计了可以实现多点检测的光纤传感器，甲烷检测的最低浓度（5％）为它的爆炸下限。Archenault 等用聚环氧乙烷作为光纤涂层构建光纤化学甲烷传感器，可检测到低于爆炸下限的甲烷浓度。Benounis 等报道了一种基于渐逝波原理的光纤化学甲烷传感器，该传感器主要通过甲烷与涂在光纤表面透明的聚硅氧烷涂层中的两种穴番超分子（穴番-A 或穴番-E）对甲烷的包合作用所引起的光强度变化来测定甲烷，其中采用穴番-A 涂层构建的光纤化学传感器的检出限为 2％（体积分数）甲烷，而用穴番-E 的检出限为 6％甲烷。许宏高等研制了以 $1.65\mu m$ 波段的发光二极管为光源，内径为 $650\mu m$，内壁纳米镀金可弯曲的毛细管作为气体吸收腔的光纤甲烷传感器，实现了对甲烷气体的实时监测。刘文琦等研制了一种新型透射式光纤甲烷传感器，他们制备了一种纳米级多孔透射膜，利用这种多孔膜来增强甲烷对光线的吸收；当不存在这种透射膜时，检测的光强度变化不明显。

#### 4.2.2.2　基于模式滤光检测的光纤化学传感器

目前所研制的光纤化学传感器主要集中于传统的检测光纤末端透过光强度的模式，由于测量背景较高，在一定程度上限制了这类光纤传感器的检测灵敏度。为了解决上述问题，美国华盛顿大学 Synovec 研究小组提出了一种新型的光纤化学传感模式。它彻底改变了传统的将检测器置于光纤末端检测透过光强的检测模式，而将检测器改放在光纤侧面，测量光纤垂直方向信号，即模式滤光。与传统的检测模式相比，这种模式极大地降低了测量背景，在很大程度上改善和提高了检测的信噪比和灵敏度。

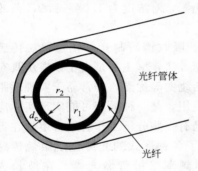

光纤管体

光纤

图 4-2　环状柱传感元件

结合色谱原理，Synovec 等提出了一套新型的模式滤光光纤化学传感装置，其关键部分为一环状柱传感元件，如图 4-2 所示。该传感元件由中间涂有薄层涂层的修饰光纤插入比其略粗的毛细管构成，光纤涂层在其中担当与色谱固定相类似的作用。待分离样品中的分析对象在流动相和固定相之间进行分配时，进入光纤包层的分析对象将改变它所处位置的涂层折射率，从而改变光纤的传光属性，导致部分光不满足全内反射形成漏模，从光纤侧面散射出来。在这种设想下，他们研究了基于模式滤光检测的气相色谱传感。将修饰有 $12\mu m$ 的氟化聚硅氧烷涂层、外径为 $228\mu m$ 的光纤插入内径为 $530\mu m$ 的毛细管中构成传感元件，在氮气为载气、120℃的条件下，在 6min 内分离了甲烷、苯、丁酮、氯苯的混合物；他们还对定浓度的苯、二氯甲烷、氯仿和三氯乙烯多次平行测定，测得这几种物质的检出限依次为 0.03％、0.5％、0.2％和 0.06％。此外，该研究组还进行了基于模式滤光检测的液相色谱传感的相关研究，用涂有 $15\mu m$ 厚的聚硅氧烷作直径为 $230\mu m$ 光纤的包层，将这根修饰光纤插入内径为 $300\mu m$ 的毛细管构成传感元件，用体积比为 60∶40 的甲醇和水为流动相，测得丁基苯的检测限为 $20\times10^{-6}$。另外，采用涂渍约 $0.1\mu m$ 的三氟聚硅氧烷作芯径为 $200\mu m$ 光纤的包层，然后将该光纤插入内径为 $250\mu m$ 的毛细管构成传感元件，用水为流动相，观察到甲苯、异丙苯的保留时间不同，在流动相流速为 $1\mu L/min$ 的条件下，测得定浓度异丙苯的检测限为 $500\times10^{-9}$。

在此基础上，湖南大学的王柯敏教授研究组进一步拓宽了模式滤光光纤化学传感器的研究。该研究组采用半导体激光器为光源，电荷耦合器件为检测器，构建了基于多通道模式滤光检测的光纤传感装置，如图 4-3 所示，开展了基于裸光纤和修

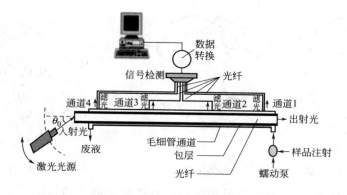

图 4-3  多通道模式滤光光纤化学传感器原理示意

饰光纤的模式滤光光纤化学传感器的研究。他们将基于裸光纤的模式滤光光纤化学传感器用于乙醇（测量范围 0～50％）、乙酸（测量范围 0～90％）、葡萄糖（测量范围 0.5％～20％）、乙二醇（测量范围 0～60％）等物质含量的测定，还用该装置测定了白酒样品中的乙醇、白醋样品中的乙酸、5％的葡萄糖注射液等的含量，获得了比较满意的结果。此外，他们还将毛细管电泳和多通道模式滤光检测技术相结合，在国际上首次研制出基于模式滤光检测原理的毛细管电泳仪。用 10mmol/L 的 HCl 溶液为前导缓冲溶液，用 10mmol/L 的 Tris 溶液为尾随缓冲溶液，用毛细管等速电泳的方式在毛细管的不同位置上观察了样品溶液中乙氨酸和丙氨酸的分离情况，实现了样品的同步分离分析。该研究组还开展了基于修饰光纤的多通道模式滤光光纤传感工作，基于 $C_{18}$ 和 $C_{12}$ 混合修饰的涂层光纤选择性地分离了由溴苯和甲苯组成的混合组分；他们还用模式滤光毛细管电泳仪进行了基于溶胶-凝胶包埋的牛血清白蛋白手性固定相对混旋色氨酸的手性拆分研究。

2003 年，香港浸会大学的蔡明发教授等研制了基于双光源诱导的多通道模式滤光光纤化学传感器，如图 4-4 所示，将它用于乙醇的测定（测量范围 0～80％），获得了比相关文献更低的检出限。

甲烷是一种化学惰性的物质。因此，不易选择一种合适的光纤涂层材料来实现对它的测定。据报道，穴番类化合物（图 4-5）可以在有机相和水相中与一些中性分子如卤代甲烷发生络合。这类化合物是一种非常重要的分子主体，可以用来结合一些非极性客体并可以用来解释主客体分子在溶液中的相互作用机理。在穴番类化合物中，穴番-A 的化学结构式如图 4-6 所示，在有机溶液中对甲烷具有较强的亲和能力，它曾被涂在光纤上构建基于光纤末端的光纤化学甲烷传感器，只是该方法的检出限较高，为 2％甲烷。

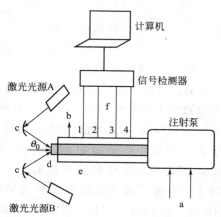

图 4-4  基于双光源的多通道模式滤光光纤化学传感器原理示意

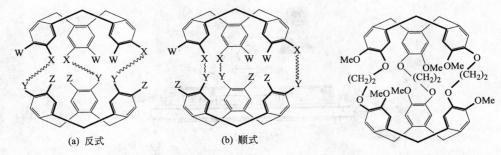

(a) 反式　　　　　　　　(b) 顺式

图 4-5　穴番顺反异构体的化学结构式　　　图 4-6　穴番-A 的化学结构式

本章采用穴番-A 修饰的涂层光纤构建基于模式滤光检测的化学瓦斯传感器，进一步提高瓦斯检测的灵敏度，同时拓宽该类传感器的应用范围，为瓦斯监测提供一种新技术。

# 4.3　模式滤光瓦斯传感器

## 4.3.1　原理

模式滤光检测理论由美国华盛顿大学的 Synovec 研究小组提出。模式滤光强度变化的理论方程为：

$$\Delta I_F = \frac{\alpha K_d C_{v,m} n_2 (n - n_2)}{n_1 NA} \tag{4-1}$$

式中　$\alpha$——比例常数；

　　$K_d$——分析物的分配系数；

　　$C_{v,m}$——分析物在流动相中的体积浓度；

　　$n_2$——光纤包层的折射率；

　　$n$——分析物的折射率；

　　$n_1$——光纤纤芯的折射率；

　　$NA$——光纤的孔径。

式 (4-1) 表明，当 $\alpha$、$K_d$、$C_{v,m}$、$n_1$ 和 $NA$ 为常数时，模式滤光强度变化 $\Delta I_F$ 与由被分析物的折射率 $n$ 所引起的光纤涂层的折射率 $n_2$ 变化有关。

当甲烷参与光纤涂层时，光纤涂层的折射率将增大（$n_2 \approx 1.42$），由于涂层折射率比甲烷的折射率（$n \approx 1.00$）大，$n_2(n - n_2)$ 将会是个负值。也就是说，模式滤光强度将随甲烷的引入而降低，据此现象即可实现对甲烷的检测。图 4-7 为模式滤光光纤甲烷传感器的原理示意。激光源（$\lambda = 635\,\text{nm}$，$1.5\,\text{mW}$，RS Stock No. 111-346，RS Components，Hong Kong，China）发出的光以一定的角度耦合到光纤中。三个检测窗口分别位于距离光源耦合的光纤端 97mm、127mm 和 157mm 处，其中通道 1 距离光源最近，通道 3 距离光源最远。三根塑料光纤（芯径为 1.00mm，总径长为 2.25mm，RS Components）置于毛细管侧面收集漏出的模式滤光信号，每个通道收集的光经相应的塑料光纤传到检测器线性阵列电荷耦合器件（CCD，Toshiba，Tokyo，Japan）上，收集到的信号经数据采集系统和计算机记录及处理。CCD 的最大信号强度值为 4096 个单位强度，像元数 2160 个。整个测量系统置于一个实验室自制的暗箱中来减少外界光对测定的影响。

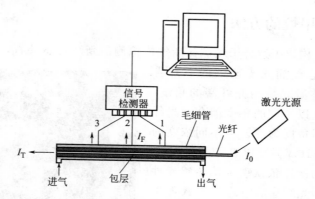

图 4-7　新型模式滤光光纤甲烷传感器的原理示意

（$I_0$ 为来自激光源的光，$I_T$ 为光纤末端的传播

光，$I_F$ 为被 CCD 检测到的模式滤光，

1～3 为三个选定的检测窗口）

### 4.3.2　光纤和毛细管处理

模式滤光瓦斯传感器所用的传感元件为一根涂有穴番-A 的涂层光纤和一根处理过的毛细管所构成的环状柱。

穴番-A 是一种新型超分子，它由两个形状像茶杯托的面彼此对应，通过—$(CH_2)_2$—共价连接起来，形成一个尺寸为 95Å³ 的空穴。Collet 等在有机溶液中研究了它对甲烷的包合能力，发现它可以与甲烷形成 1:1 稳定性和选择性均较好的包合物，它们之间的作用主要为尺寸的匹配性和分子间的范德华作用。穴番-A 的合成主要包括三步：①香草醛在氢氧化钠的醇溶液中与 1，2-二溴乙烷发生亲核取代反应生成二醛；②二醛在硼氢化钠的作用下被还原成二醇；③二醇在甲酸作用下发生成笼反应，经过柱分离即可得到产品。

涂层溶液的配制方法为：10mg 的穴番-A 粉末先溶于 0.6mL 的四氢呋喃和二氯甲烷的混合溶液中（体积比为 1:1），然后加入 0.1mL 的 K1000 和 0.015mL 的交联剂 K-11，混匀，室温保存，待用。

光纤和毛细管的处理过程为：首先，截取一根 25cm 长的光纤，剥去其保护层；然后将其浸入 3.0% 的铬酸洗液中 48h，除去涂层，用蒸馏水、乙醇和丙酮依次清洗，在 100℃ 的条件下干燥 15min；接着将它浸入涂层溶液中，采用溶胶-凝胶

图 4-8　处理后的带三个检测窗口的毛细管

法和浸涂技术涂层，提拉速度约为 12cm/min，所涂光纤长度约为 20cm；最后，将光纤插入一根 28cm 长已处理好的石英毛细管中，毛细管上烧有三个检测窗口，每个窗口长 4mm，相邻两窗口距离 30mm，如图 4-8 所示。

## 4.3.3　检测甲烷的方法

通过改装，构建了适合于煤矿瓦斯气体检测的新型传感装置，如图 4-9 所示。将涂层光纤小心地插入支架上的毛细管中，固定。调整激光源与光纤端的角度，使光源发出的光以一定的角度耦合到光纤中，此实验所用角度为 6°。当不同浓度的甲烷气体（0～16.0%）以 0.25L/h 的速度按由低到高的次序依次引入该传感元件时，甲烷就会与光纤涂层中的穴番-A 发生相互作用，导致光纤包层的折射率增大，部分光从光纤侧面漏出。这些漏出的光被置于光纤侧面的检测通道，经多个塑料光纤传输到检测器 CCD 中。这些采集到的

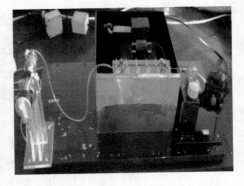

图 4-9　模式滤光瓦斯传感器的实物图

光信号经数据采集系统处理后被保存到计算机中，对不同浓度的甲烷进行测定。

## 4.3.4　装置测试

### 4.3.4.1　光纤涂层表征

分别切取一小段裸光纤和涂层光纤，用扫描电镜（SEM）和能量分散光谱（EDS）对其侧表面进行表征，结果如图 4-10 所示。由图 4-10(a) 可知，对裸光纤的测量主要得到硅和氧两种元素的含量，这主要是由于裸光纤的主要成分为二氧化硅。而涂层光纤测得 36.98% 的碳元素、24.90% 的氧元素和 38.12% 的硅元素（质量分数）[图 4-10(b)]。由于 EDS 不能准确测定氢元素的信号，因此，氢元素的含量未包括在其中。涂层光纤中碳元素的含量主要是由涂层中穴番-A 贡献的。这一结果表明，穴番-A 被成功地涂在光纤上。

此外，采用红外光谱对涂层也进行了表征。用红外光谱对不涂涂层的玻璃片和采用同法涂制的含穴番-A 涂层的玻璃片分别进行了测定。扣除不涂涂层的玻璃片的光谱背景后，涂含穴番-A 涂层的玻璃片的测定结果如图 4-11 所示。2870cm$^{-1}$、2964cm$^{-1}$ 和 2982cm$^{-1}$ 处的强吸收峰被指定为穴番-A 的吸收峰，该结果与文献报道的结果一致，2998cm$^{-1}$ 处的肩峰被指定为穴番-A 苯环上的氢吸收峰。这些结果表明，包含穴番-A 的涂层可以成功地涂在光纤上。

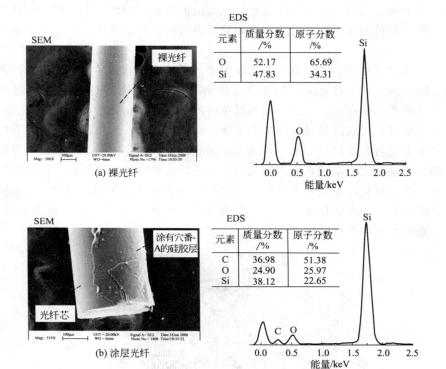

图 4-10　裸光纤和涂穴番-A 树脂的光纤的扫描电镜图和能量分散图
（插图分别为裸光纤和涂层光纤的元素组成，
氢元素因不能被准确计算未包括在内）

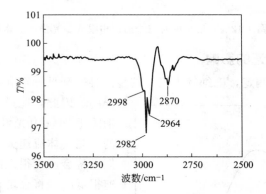

图 4-11　穴番-A 涂层光纤在玻璃片上
的差分红外光谱图

## 4.3.4.2　入射角度的影响

从理论上来说，模式滤光检测可以在由光纤和毛细管组成的环状柱两端之间的任意位置来测定。但是由于软件信号处理方面的缺陷和检测器电荷耦合器件尺寸的限制，仅有少数的几个通道可以作为测量通道进行检测。本书选择了三个通道进行测定。

激光源只有提供足够的模式滤光强度才利于检测，而光信号强度受光源入射角度的影响。因此，选择合适的测量角度是至关重要的。图 4-12 为在通氮气的条件下，模式滤光强度在三个通道中随入射角度的变化图。在每个通道中，太大或太小的入射角度都会引起信号强度的急剧下降。一方面，当入射角度太小时，光纤中传播的光的全反射数量将会很小，导致很少的光传播到每个通道，从而使信号强度降低；随着入射角度的增大，更多的入射光在光纤中传播，信号强度也随之增加。另一方面，当入射角度太大，光纤中传播的光的全反射数量在到达每个通道前将会很大。由图可知，当入射角度为 6° 时，各通道对应的光强度基本上都达到了最大值。因此，选择该角度进行后续工作。

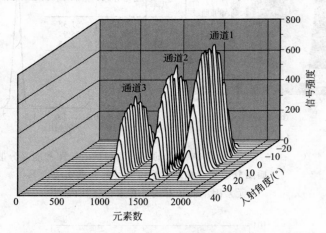

图 4-12　入射角度对三个通道中模式滤光强度的影响

### 4.3.4.3　气体流速的影响

对于模式滤光测定，毛细管中光纤的稳定性对降低噪声和提高灵敏度是非常重要的。因此，选择合适的流速来减小或消除毛细管中光纤的振动是十分必要的。当气体流速大于 0.45L/h，光纤的振动将会产生很大的噪声。而当气体流速很低时，将会延长响应时间。由于气体流速为 0.25L/h 时，检测的噪声较低且响应时间较短，因此选择该流速进行后续实验。在该流速条件下，传感器对甲烷的响应时间（$t_{95\%}$）约为 5min，如图 4-13 所示。

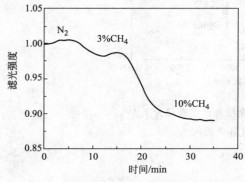

图 4-13　模式滤光瓦斯传感器的响应时间

### 4.3.5　传感器检测性能分析

图 4-14 为模式滤光传感器在入射角度为 6°、气体流速为 0.25L/h 的条件下对不同浓度甲烷标准气体的响应。由图可知，在每个通道中，模式滤光强度均随甲烷浓度的增大而降低。模式滤光强度从通道 1 至通道 3 依次下降，通道距离光源越远，所得光强度越低。与其他通道相比，通道 1 的光强度最大。这主要是由于该通道距离光源最近，光强度在光传播过程中损失最少所致。每个通道对甲烷都有类似的响应。当用不含穴番-A 的涂层光纤测定甲烷时，未观察到传感器对甲烷的明显响应。显而易见，传感器对甲烷的响应主要是由含穴番-A 的涂层对甲烷的选择性包合贡献的。

为研究检测通道对测定灵敏度的影响，响应值 $R$ 被引入：

$$R = \frac{I_{N_2}}{I_{CH_4}} \tag{4-2}$$

式中　$I_{N_2}$——传感器对氮气的响应；

　　　$I_{CH_4}$——传感器对某一浓度甲烷的响应。

图 4-15 为传感器对甲烷的特性曲线。三个通道的特性曲线都在 5%～16% $CH_4$ 范围内具有相似的线性关系。在三个通道中，通道 3 对甲烷的响应灵敏度最高。这主要是由于该通道距离光源最远，背景最低所致。该传感器的动态范围为 0～16.0% $CH_4$，检测限由较低的甲烷浓度（0.25%）的 3 倍信噪比计算获得，约为 0.15%。

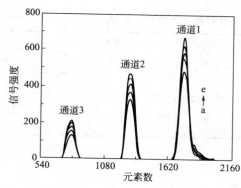

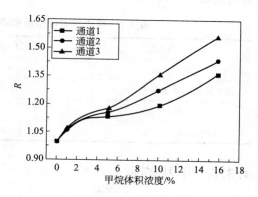

图 4-14　模式滤光甲烷传感器在三个通道中
　　　对不同浓度甲烷的响应
　　　a—0；b—1.0%；c—5.0%；
　　　d—10.0%；e—16.0%

图 4-15　模式滤光传感器在
　　　三个通道中的特性曲线

在相同的条件下，分别涂制 6 根不同的光纤，测量它们对 3.0% $CH_4$ 的响应。通道 1 的响应值的相对标准偏差为 4.7%，通道 2 的响应值的相对标准偏差为 6.2%，通道 3 的响应值的相对标准偏差为 3.9%。这些结果表明，该传感器具有良好的重现性。

光纤涂层的寿命通过比较新涂光纤及其在大气中保存 6 个月后涂纤的模式滤光强度随入射角度的变化来研究，如图 4-16 所示。由图可得，新涂光纤和保存 6 个月后涂纤的模式滤光强度在所选择的最佳入射角度附近范围的变化不是很大。这表明外界环境对基于所选最佳角度的模式滤光测定影响不大，说明该涂层具有较长的寿命。

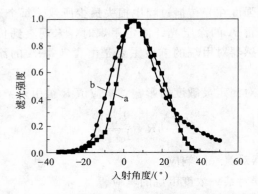

图 4-16　新涂光纤和在外界放置 6 个月的化学修饰光纤的
模式滤光强度随入射角度的变化
a—新涂光纤；b—6 个月后光纤

与现在已有的光纤瓦斯传感器相比，本书研究的模式滤光瓦斯传感器具有更好的检出限，见表 4-1。

表 4-1　模式滤光传感器和渐逝波传感器的分析性能比较

| 传感器性能 | 模式滤光传感器 | 渐逝波传感器 |
| --- | --- | --- |
| 测量的光信号 | $I_F$ | $I_T$ |
| 信号随甲烷浓度的变化趋势 | 下降 | 升高 |
| 响应时间/min | 5 | 2～3 |
| 检出限（体积分数）/% | 0.15 | 2 |

## 4.3.6　干扰测定

传感器的选择性通过研究它在最佳的条件下对氧气、氢气、二氧化碳等常见气体和二氯甲烷、四氯化碳等氯代甲烷的响应来评价，测定结果见表 4-2。由表可知，氧气、氢气和二氧化碳均不对测定产生明显干扰，而二氯甲烷和四氯化碳对测定造成一定程度的干扰。这主要是由于穴番-A 对氯代甲烷也存在一定的络合作用，二氯甲烷（$n=1.4244$）和四氯化碳（$n=1.4604$）的折射率都比光纤涂层（$n_2 \approx 1.42$）的折射率大。由式（4-1）可得，氯代甲烷的模式滤光强度由于氯代甲烷参与到光纤涂层中而获得比基线氮气更高的强度。

表 4-2　干扰物对传感器的影响

| 干扰组分 | 相当于甲烷的浓度/%[①] | RSD/% |
|---|---|---|
| $O_2$(99.99%) | −0.10 | 4.0 |
| $H_2$(99.99%) | 0.29 | 5.0 |
| $CO_2$(99.99%) | −0.30 | 2.6 |
| $CH_2Cl_2$(30.15%) | −2.80 | 5.9 |
| $CCl_4$(13.16%) | −2.37 | 4.3 |

① 三次测量的平均值。负值表示传感器的模式滤光强度较基线强度增加。

## 4.3.7　样品分析

　　用模式滤光传感器对已知浓度的甲烷样品进行测定，结果见表 4-3。测定结果表明，加氧气、氢气和二氧化碳等常见气体的甲烷样品的测定结果基本不受干扰组分的影响，而加二氯化碳、四氯化碳等常见氯代甲烷的甲烷样品的测定结果受干扰组分的影响。庆幸的是，这些干扰组分在煤矿气体样品中的含量微乎其微，因此，它们也将不会对甲烷的实际测定产生影响。为煤矿瓦斯的灵敏、准确、实时、在线检测提供了新手段，为实现瓦斯气体的多点检测提供了可能，具有广阔的应用前景，对煤矿安全生产运行和人身安全有着十分重要的理论和现实意义，为瓦斯监测网络化、小型化、智能化奠定了基础。

表 4-3　模式滤光传感器对甲烷样品的测定

| 甲烷体积浓度/% | 干扰组分加入量（体积分数） | $CH_4$ 测得值(体积分数)/%[①] | RSD/% |
|---|---|---|---|
| 3.0 | 不加 | 3.15 | 3.7 |
| | 10% $H_2$ | 2.58 | 0.4 |
| | 97%空气 | 2.71 | 1.9 |
| | 10% $CH_2Cl_2$ | −0.61 | 2.1 |
| | 10% $CCl_4$ | −1.82 | 1.2 |
| 5.0 | 不加 | 4.90 | 8.9 |
| | 10% $H_2$ | 4.50 | 1.6 |
| | 10% $CH_2Cl_2$ | −0.32 | 3.6 |
| | 10% $CCl_4$ | −0.64 | 0.7 |

① 三次测量的平均值。负值表示传感器的模式滤光强度较基线强度增加。

## 参 考 文 献

[1] Peterson J I, Goldstein S R, Fitzgerald R V, Buckhold D K. Fiber optic pH probe for physiological use [J]. Anal Chem, 1980, 52 (6): 864-869.

[2] Fritzsche M, Barreiro C G, Hitzmann B, et al. Optical pH sensing using spectral analysis [J]. Sens Actuators B, 2007, 128 (1): 133-137.

[3] Sanchez-Barragan I, Costa-Fernandez J M, Sanz-Medel A, et al. A ratiometric approach for pH opto-sensing with a single fluorophore indicator [J]. Anal Chim Acta, 2006, 562 (2): 197-203.

[4] Krause C, Werner T, Huber C, et al. pH-insensitive ion selective optode: a coextraction-based sensor for potassium ions [J]. Anal Chem, 1999, 71 (8): 1544-1548.

[5] Kurihara K, Ohtsu M, Yoshida T, et al. Micrometer-sized sodium ion-selective optodes based on a "tailed" neutral ionophore [J]. Anal Chem, 1999, 71 (16): 3558-3566.

[6] Safavi A, Bagheri M. Design and characteristics of a mercury (Ⅱ) optode based on immobilization of dithizone on a triacetylcellulose membrane [J]. Sens Actuators B, 2004, 99 (2-3): 608-612.

[7] Choi J W, Kim Y K, Lee I H, et al. Optical organophosphorus biosensor consisting of acetylcholinesterase/viologen hetero langmuir-blodgett film [J]. Biosens Bioelectron, 2001, 16 (9-12): 937-943.

[8] Patra D, Mishra A K. Fluorescence quenching of benzo [k] fluoranthene in poly (vinyl alcohol) film: a possible optical sensor for nitro aromatic compounds [J]. Sens Actuators B, 2001, 80 (3): 278-282.

[9] Tam J M, Song L, Walt D R. DNA detection on ultrahigh-density optical fiber-based nanoarrays [J]. Biosens Bioelectron, 2009, 24 (8): 2488-2493.

[10] Watterson J H, Piunno P A E, Krull U J. Towards the optimization of an optical DNA sensor: control of selectivity coefficients and relative surface affinities [J]. Anal Chim Acta, 2002, 457 (1): 29-38.

[11] Wei H, Guo Z, Zhu Z, et al. Sensitive detection of antibody against antigen F1 of yersinia pestis by an antigen sandwich method using a portable fiber optic biosensor [J]. Sens Actuators B, 2007, 127 (2): 525-530.

[12] Salama O, Herrmann S, Tziknovsky A, et al. Chemiluminescent optical fiber immunosensor for detection of autoantibodies to ovarian and breast cancer-associated antigens [J]. Biosens Bioelectron, 2007, 22 (7): 1508-1516.

[13] Kishen A, John M S, Lim C S, et al. A fiber optic biosensor (FOBS) to monitor mutans streptococci in human saliva [J]. Biosens Bioelectron, 2003, 18 (11): 1371-1378.

[14] Zalvidea D, Diez A, Cruz J L, et al. Hydrogen sensor based on a palladium-coated fibre-taper with improved time-response [J]. Sens Actuators B, 2006, 114 (1): 268-274.

[15] Guo L Ni, Q, Li J, et al. A novel sensor based on the porous plastic probe for determination of dissolved oxygen in seawater [J]. Talanta, 2008, 74 (4): 1032-1037.

[16] Chu C S, Lo Y L. Fiber-optic carbon dioxide sensor based on fluorinated xerogels doped with HPTS [J]. Sens Actuators B, 2008, 129 (1): 120-125.

[17] Tao S, Xu L, Fanguy J C. Optical fiber ammonia sensing probes using reagent immobilized porous silica coating as transducers [J]. Sens Actuators B, 2006, 115 (1): 158-163.

[18] Guo H, Tao S. Silver nanoparticles doped silica nanocomposites coated on an optical fiber for ammonia sensing [J]. Sens Actuators B, 2007, 123 (1): 578-582.

[19] Khijwania S K, Tiwari V S, Yueh F Y, et al. A fiber optic raman sensor for hydrocarbon detection [J]. Sens Actuators B, 2007, 125 (2): 563-568.

[20] Mccue R P, Walsh J E, Walsh F, et al. Modular fibre optic sensor for the detection of hydrocarbons in water [J]. Sens Actuators B, 2006, 114 (1): 438-444.

[21] Stewart G, Jin W, Culshaw B. Prospects for fibre-optic evanescent-field gas sensors using absorption in the near-infrared [J]. Sens Actuators B, 1997, 38-39 (1-3): 42-47.

[22] Culshaw B, Stewart G, Dong F, et al. Fibre optic techniques for remote spectroscopic methane detection—from concept to system realisation [J]. Sens Actuators B, 1998, 51 (1-3): 25-37.

[23] Benounis M, Jaffrezic-Renault N, Dutasta J P, et al. Study of a new evanescent wave optical fibre sensor for methane detection based on cryptophane molecules [J]. Sens Actuators B, 2005, 107 (1): 32-39.

[24] Synovec R E, Sulya A W, Burgess L W, et al. Fiber-optic-based mode-filtered light detection for small-volume chemical analysis [J]. Anal Chem, 1995, 67 (3): 473-481.

[25] Bruckner C A, Synovec R E. Gas chromatographic sensing on an optical fiber by mode-filtered light de-

tection [J]. Talanta, 1996, 43 (6): 901-907.

[26] Foster M D, Synovec R E. Liquid chromatographic sensing in water on a thin-clad optical fiber by mode-filtered light detection [J]. Anal Chem, 1996, 68 (8): 1456-1463.

[27] Wang K, Zhou L, Mao D, et al. Preparation and application of a novel chemical sensor based on mode-filtered light detection [J]. Sens Actuators B, 2000, 66 (1-3): 4-5.

[28] Zhou Z, Wang K, Yang X, et al. Synchronization of separation and determination based on multichannel mode-filtered light detection with capillary electrophoresis [J]. Analyst, 2001, 126 (11): 1838-1840.

[29] Yuan H, Choi M M F, Chan W, et al. Dual-light Source excitation for mode-filtered light detection [J]. Anal Chim Acta, 2003, 481 (2): 301-310.

[30] Canceill J, Lacombe L, Collet A. Water-soluble cryptophane binding lipophilic guests in aqueous solution [J]. J Chem Soc, Chem Commun, 1987, 3: 219-221.

[31] Fogarty H A, Berthault P, Brotin T, et al. A cryptophane core optimized for xenon encapsulation [J]. J Am Chem Soc, 2007, 129 (34): 10332-10333.

[32] Garel L, Dutasta J P, Collet A, et al. Complexation of methane and chlorofluorocarbons by cryptophane-A in organic solution [J]. Angew Chem Int Ed, 1993, 32: 1169-1171.

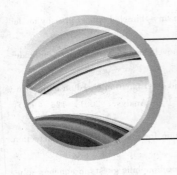

# 第 5 章
# 微生物瓦斯传感器的研究

## 5.1 引 言

由于甲烷特殊的稳定结构，在常温下很难实现氧化，然而用微生物的方法可以实现甲烷的常温氧化。

1906 年 Sohngen 首次发现了一种能够利用甲烷进行生长代谢的细菌即甲烷氧化菌，它在全球甲烷消耗中以及水陆生态环境中的碳、氢、氮循环中起到重要的作用。这种细菌的发现无疑为解决这一难题提供了新思路，经过各国科学家多年的努力，人们对这种细菌已经有了更加系统、深入的认识，逐渐形成比较完整的理论体系框架，初步应用于检测和治理甲烷，展现出良好的应用潜力和开发前景。

### 5.1.1 甲烷的生物氧化

甲烷的生物氧化主要有无氧氧化和有氧氧化两种类型。因此，自然环境中的甲烷氧化菌也可分为两个类群：厌氧甲烷氧化菌和好氧甲烷氧化菌。

#### 5.1.1.1 甲烷的厌氧氧化

厌氧甲烷氧化菌主要分布在一些没有氧气存在的极端环境，如深层海域、海底沉积物以及缺氧的淡水水域中。甲烷厌氧氧化需要 $SO_4^{2-}$ 作为电子受体，甲烷为硫酸盐还原的还原剂，反应式为：

$$CH_4 + SO_4^{2-} \longrightarrow HCO_3^- + HS^- + H_2O$$

厌氧甲烷氧化菌的生境特殊，生长缓慢，在分离过程中易污染，很难获得纯培养物。闵航等曾报道分离到厌氧甲烷氧化菌，只是对其培养特征和部分生理生化特性进行研究。目前关于厌氧甲烷氧化的代谢途径及机理国内外研究极少，基本属于空白。

#### 5.1.1.2 甲烷的好氧氧化

好氧甲烷氧化菌是在氧气存在的条件下，首先通过甲烷单加氧酶（MMO）将 $CH_4$ 氧化为 $CH_3OH$，经甲醇脱氢酶作用生成 HCHO，一部分 HCHO 经 RuMP 途径或 Serine 途径将碳素转变为细胞物质完成同化途径，其余 HCHO 通过相应的脱氢酶氧化为 HCOOH，最终生成 $CO_2$，完成甲烷氧化的异化途径，提供生长和生命活动需要的能量，具体过程如图 5-1 所示。

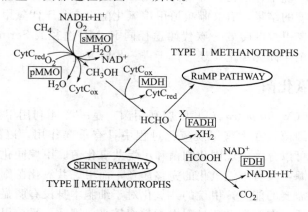

图 5-1　甲烷好氧氧化的代谢途径

目前普遍认为甲烷氧化菌代谢甲烷通过单加氧酶完成第一步氧化，以 RuMP 途径或 Serine 途径完成同化代谢，具体过程如图 5-2 和图 5-3 所示，具有 RuMP 途

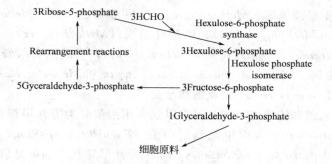

$$(3HCHO+ATP \longrightarrow GLYCERALDEHYDE\text{-}3\text{-}PHOS+ADP)$$

图 5-2　磷酸核酮糖代谢途径

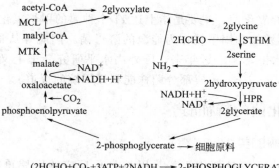

$$(2HCHO+CO_2+3ATP+2NADH \longrightarrow 2\text{-}PHOSPHOGLYCERATE +2ADP+Pi+NAD^+)$$

图 5-3　丝氨酸代谢途径

径的甲烷氧化菌允许细菌在快速生长的环境中占优势，而具有 Serine 途径的甲烷氧化菌在贫营养环境中存活得较好，分布相对广泛，两种途径在进化上认为是细菌适应不同营养环境的结果。有文献报道甲烷氧化菌也有基于四氢甲烷蝶呤的一碳代谢途径，但是四氢甲烷蝶呤的一碳代谢途径同 RuMP 途径或 Serine 途径处于何种关系，如何调节至今尚无定论，还有待于进一步研究。

### 5.1.2　甲烷氧化菌

甲烷氧化菌（*Methanotrophs*，甲烷利用菌）是一类能利用甲烷或甲基化合物进行生长繁殖的细菌，在大气甲烷氧化过程中具有重要作用。以细胞生理学为基础，甲烷氧化菌可以分为甲烷同化细菌和甲烷共氧化菌。甲烷同化细菌利用甲烷作为唯一碳源和能源，具有甲烷氧化的完整途径；而甲烷共氧化菌则是通过氨氧化来获取自养生长所需要的能量，甲烷的共氧化对于细胞本身没有明显的益处，甲烷氧化效率也相对很低，在甲烷循环过程中贡献率较小。因此，目前甲烷氧化菌一般都认为是甲烷同化细菌。1970 年 Whittenbury 分离并鉴定出 100 多种甲烷氧化菌，从而奠定了甲烷氧化菌的分类基础。甲烷氧化菌根据形态差异、休眠阶段类型、胞质内膜精细结构以及 16S rDNA 序列分析多态性可分为：甲基微球菌属（*Methylomicrobium*）、甲基暖菌属（*Methylocaldum*）、甲基单胞菌属（*Methylomonas*）、甲基球菌形菌属（*Methylosphaera*）、甲基杆菌属（*Methylobacter*）、甲基八叠球菌属（*Methylosarcina*）、甲基弯菌属（*Methylosinus*）、甲基孢囊菌属（*Methylocystis*）、甲基球菌属（*Methylococcus*）、*Methylocapsa* 和 *Methylocella* 11 个属，属于变形杆菌纲（*Proteobacteria*）α 亚纲和 γ 亚纲。

根据利用碳源和能源的不同又可将甲烷利用细菌分为专性甲烷利用细菌（*Obligate-methanotrophs*）、兼性甲烷利用细菌（*Faeultative-methanotrophs*）和拟甲烷利用细菌（*Autotro-phic-methanotrophs*）。专性甲烷利用细菌是以甲烷作为唯一的碳源和能源进行生长繁殖；兼性甲烷利用细菌则是除甲烷外还能利用其他多碳化合物生长；而拟甲烷利用细菌则先将甲烷等生长物质氧化成 $CO_2$，然后再利用 $CO_2$ 进行生长。

现有报道的甲烷氧化菌，主要是指上述 11 个种属的甲烷氧化细菌。但 Wolf 和 Hanson 等描述了五株能利用甲烷作为能源的酵母菌，闵航等从稻田土中分离到两株能利用甲烷的吸水链霉菌。近年来，国外高水平研究杂志上又见到 *Crenothrix*、*Clonothrix* 和 *Verrucomicrobia* 属部分菌株能利用甲烷的报道。

### 5.1.3　甲烷氧化菌的特征酶

#### 5.1.3.1　单加氧酶的类型

甲烷氧化菌的特征酶是催化第一步甲烷氧化反应的甲烷单加氧酶（Methane monooxygenase，MMO），MMO 根据形态及性质可分为颗粒状的单加氧酶（Particulate methane monooxygenase，pMMO）和可溶性的单加氧酶（Soluble methane monooxygenase，sMMO）。pMMO 一般呈颗粒状排列于细胞膜上，sMMO 则是以溶解的状态存在于细胞质中发挥作用。

### 5.1.3.2　单加氧酶的结构和催化机理

两种单加氧酶在细胞内具有相似的功能，但是活性中心金属族和酶结构都有很大差异。1984 年 Dalton 首次证实 sMMO 催化甲烷羟基化反应机理，此后 Lipscomb、Rosenzweig 以及 Dalton 等进一步阐明了这两种酶的性质。在可溶性 MMO 中有三种蛋白：蛋白质 A 为羟化酶（MMOH），分子量 220kDa，含三个对亚基形成 $\alpha_2\beta_2\gamma_2$ 的构型，$\alpha$ 亚基上的双铁中心是甲烷氧化的作用位点；蛋白质 B（MMOB），分子量 15kDa，结合于脱氢酶上，其功能是协助电子转运与蛋白质 A 和蛋白质 C 之间的相互作用；蛋白质 C（MMOR），分子量 44.6kDa，每分子含有一分子的 FAD，一个铁分子和 S 分子；蛋白质 C 可以被 NAD(P) 还原。通过亚基状态的转化完成甲烷的氧化，具体过程如图 5-4 所示。

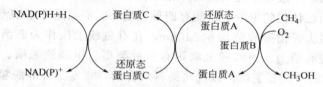

图 5-4　sMMO 催化甲烷的作用机理

MMOH 含三个对亚基形成 $\alpha_2\beta_2\gamma_2$ 的构型，具有底物结合部位，其中 $\alpha$ 亚基含有一个双齿羧酸和双齿羟基相连的双铁核中心。依据铁的价态不同，MMOH 分为三种氧化态，氧的活化和底物的羟基化通过活性中心三种氧化态的转变完成。MMOB 不含金属辅基，大量光谱数据表明，MMOB 可结合在双铁核中心附近，通过自身结构改变双铁核中心的还原电位，影响羟化酶催化反应的选择性和反应速率。MMOR 是一个还原酶，在反应过程中从 $NADH_2$ 上获得电子并传递到 MMOH。虽然 MMOH 可以在没有其他两种组分参与下活化 $O_2$ 并使底物羟基化，但是更加有效的催化反应必须三种组分协同进行。目前基因研究结果表明，sMMO 的基因簇依次由 mmoX、mmoY、mmoB、mmoZ、orfY、mmoC 组成。其中 mmoX、mmoY、mmoZ 分别编码 MMOH 的 $\alpha$、$\beta$、$\gamma$ 蛋白，mmoC 编码 MMOR，mmoB 编码 MMOB。orfY 编码蛋白质的功能至今尚不清楚。

几乎所有的甲烷氧化菌都能合成 pMMO，但是只有外源铜离子达到一定范围时（>0.85～1.0mmol/L），pMMO 在细胞体内才能生成表达，它的表达活性与亚基当中的铜离子有关。在培养基中增加铜离子的浓度，可以导致 pMMO 更多的合成和表达。目前研究认为，pMMO 由三个亚基组成，大小分别为 45kDa、23kDa 和 27kDa，含有铜蛋白的 45kDa 的亚基为催化位点。pMMO 的晶体结构已有文献报道，其作用机制目前还存在一定的争议。编码 pMMO 活性部位的基因已经被克隆和测序，它们成簇存在于染色体中，顺序为 pmoC、pmoA 和 pmoB。

sMMO 比 pMMO 和其他氧化酶具有广泛的底物专一性和降解活力，它能够催

化 $C_3 \sim C_8$ 烷烃类、卤代烷烃类、硝基取代烷烃类、烯烃和二烯烃类、芳香烃类和醚类等化合物，氧化生成相应的醇和环氧化合物。因此，sMMO 在清除有机污染物方面具有很大的应用潜力。

单加氧酶作为甲烷氧化菌的关键酶，对底物的专一性较低，可与很多化合物反应。甲烷氧化菌氧化甲烷与氨氧化菌氧化 $NH_3$ 的途径非常相似，甲烷单加氧酶催化 $NH_3$ 的途径为：

$$NH_3 + O_2 + XH_2 \longrightarrow NH_2—OH + H_2O + X$$

虽然甲烷氧化菌氧化 $NH_3$ 的速率比硝化细菌要低两个数量级，但迄今为止，所有被研究的甲烷氧化菌都可把 $NH_3$ 氧化为 $NO_2^-$。$NH_3$ 对 $CH_4$ 氧化的抑制作用对农田、草地和森林土壤中的甲烷氧化菌有着重要的生态学意义。

### 5.1.3.3 脱氢酶

甲醇、甲醛、甲酸是甲烷氧化菌异化途径中的中间代谢物，是由相应的脱氢酶完成氧化。目前已认识的甲醇脱氢酶有四种类型，它们只是在底物专一性和分子量上稍有差异，最大光谱吸收值均在 345nm，在有氨或伯胺作为激活剂的条件下对多数烷醇、甲醛有活力。甲醛脱氢酶则有三种类型：甲醇脱氢酶、氧化伯醇和甲醛；依赖 NAD 的甲醛脱氢酶；以及与染料结合的，非专一性醛脱氢酶。甲酸脱氢酶大部分含有黄素单核苷酸（FMN）、非血红素铁和对酸不稳定的硫，反应过程中依赖 NAD，它的氧化产物是 $CO_2$。这些酶参与完成甲烷氧化菌代谢的异化途径，为细菌生长繁殖及生命活动提供所需能量。

## 5.1.4 微生物技术在瓦斯治理中的应用

1979 年，T. Matsunaga 等研究发现从天然物质中提取、在纯的培养环境中生长的甲烷氧化细菌——单基甲胞鞭毛虫是一种新的菌类，单基甲胞鞭毛虫以甲烷和氧气为能源进行呼吸：

$$CH_4 + NADH_2 + O_2 \longrightarrow CH_3OH + NAD + H_2O$$

甲烷氧化菌是甲基氧化菌的一个分支，其独特之处在于其能利用甲烷作为唯一的碳源和能源。

1980 年，日本的 I. Karube 等将单基甲胞鞭毛虫用琼脂固定在醋酸纤维膜上，制备出固定化微生物反应器（甲烷传感器）用于测定甲烷。该微生物传感器由固定化微生物传感器、控制反应器和两个氧电极构成。分析甲烷气体的时间为 2min，甲烷浓度低于 66mmol/L 时，电极间的电流差与甲烷浓度呈线性关系。最小检测浓度为 $131\mu mol/L$。

1996 年，丹麦的 Lars R. Damgaard 等利用甲基弯曲鞭孢子虫氧化菌制成甲烷微型传感器，响应时间为 20s，具有好的线性、重现性和稳定性。

国外已有利用甲烷氧化菌制备微生物传感器测定水域环境中甲烷含量的报道，所用菌种为 *Methylosinus trichosporium* 和 *Methylomonas flagellata*，国内也有报道将甲烷氧化菌应用于降解煤矿瓦斯的研究。

　　此研究以甲烷为唯一碳源采用微生物学实验方法从不同环境中分离并鉴定能利用甲烷的菌株，分离得到能利用甲烷生长并且具有较高甲烷利用率的假单胞菌和克雷伯菌菌株，利用气相色谱法测定了两种菌株对甲烷的利用能力。采用响应面法（response surface methodology，RSM）优化甲烷氧化菌利用甲烷的培养条件，得到以液体无机盐和甲烷气体作为培养基条件下最佳实验参数，提高了菌体培养条件下的生物量。后在文献基础上以培养高灵敏度、高稳定性的甲烷氧化细菌和探索高催化活性、高稳定性的细菌固定化方法为突破口，采用聚乙烯醇将甲烷氧化细菌固定化，并与 Clark 氧电极结合设计出一种简便、快速、灵敏的新型甲烷微生物传感器，建立适合于甲烷检测的新方法。此研究成果将为甲烷的长期、稳定、精确的检测提供新手段，扩展现有的测定技术。

# 5.2　微生物的培养

## 5.2.1　试剂和培养基的配制

### 5.2.1.1　提取质粒的主要试剂

　　溶液 I：25mmol/L Tris-HCl，10mmol/L EDTA（pH＝8.0），4℃保存。

　　溶液 II：0.2mol/L NaOH，1% SDS，现用现配。

　　溶液 III：60mL 5mol/L 醋酸钾，11.5mL 冰醋酸，28.5mL 二次水，4℃保存。

### 5.2.1.2　总 DNA 提取的主要试剂

　　TE 溶液：10mmol/L Tris-HCl，25mol/L EDTA（pH＝8.0）。

　　溶菌酶：用无菌水配制成 50mg/mL 的溶菌酶溶液，分装成小份并保存于 −20℃，每一小份一经使用后便予以丢弃。

　　蛋白酶 K：用无菌双蒸水配制成 20mg/mL 的溶液，保存于 −20℃。

### 5.2.1.3　培养基

　　无机盐培养基：每升含 $KH_2PO_4$ 0.5g，$Na_2HPO_4$ 0.5g，NaCl 0.4g，$KNO_3$ 1.0g，$NH_4Cl$ 0.5g，$MgSO_4 \cdot 7H_2O$ 1.0g，$CaCl_2$ 0.2g，$FeSO_4 \cdot 7H_2O$ 0.004g，$CuSO_4 \cdot 5H_2O$ 0.004g，$MnSO_4 \cdot H_2O$ 0.004g，$ZnSO_4 \cdot 7H_2O$ 0.004g，$NaMoO_4 \cdot 2H_2O$ 0.00024g。

　　固体培养基：含有 2%琼脂的无机盐培养基。

　　LB 液体培养基：每升含 1.0%胰蛋白，0.5%酵母抽提物，1.0% NaCl。

　　LB 固体平板培养基：含有 2%琼脂的 LB 液体培养基。

## 5.2.2　细菌的培养及鉴定

### 5.2.2.1　细菌的培养

　　① 土样：土样采集于山西太原晋源区长期种植水稻的大田中。

② 水样：山西太原晋阳湖水面下约 0.5m 处采集。

③ 沼液：山西清徐县家用沼气池表层。

将采集回的分离样品稀释 10 倍，加入玻璃珠充分搅拌，静止 10min 后用无菌的移液管取其上清液，以 5% 的接种量接入盛有 100mL 无机盐培养基的 600mL 盐水瓶中，气相部分含有 10%（体积分数）甲烷气体，倒置密闭 120r/min 摇床振荡，30℃培养，待菌液浑浊后，再次转接进行富集培养。将无机盐琼脂培养基画线平板置于含有 10% 甲烷气体的玻璃干燥器中 30℃培养。在相同培养条件下设置不含甲烷的对照实验。菌体染色后在光学显微镜下观察细胞形态。无机盐琼脂培养基平板上观察菌落特征。

### 5.2.2.2　菌株的分离及形态与培养特征

两次富集培养液经反复平板画线，依据菌落大小、形状、隆起程度、透明程度和菌落颜色等特征的差异，挑选出四株细菌，分别初步命名为 ME16、ME17、ME25 和 ME45。四个菌株在不含有甲烷的对照培养条件下均不生长；在只含有甲烷的厌氧培养条件下也不生长。通过实验结果初步确认这四个菌株可以在氧气存在的条件下利用甲烷。在含有 10% 甲烷和 90% 空气培养条件下的固体平板上的培养特征见表 5-1。

**表 5-1　四个菌株的形态和培养特征**

| 菌株 | ME16 | ME17 | ME25 | ME45 |
| --- | --- | --- | --- | --- |
| 样品 | 晋阳湖水 | 稻田 | 晋阳湖水 | 清徐县沼气池 |
| 菌落形态 | 0.5～1mm | 2～4mm | 0.5～1mm | 0.6～1.2mm |
| | 黄色 | 白色 | 粉色 | 粉色 |
| | 湿润 | 湿润 | 湿润 | 湿润 |
| | 圆形 | 圆形 | 圆形 | 圆形 |
| | 不透明 | 透明 | 不透明 | 不透明 |
| | 不整齐 | 不整齐 | 整齐 | 整齐 |
| 细胞大小/$\mu$m | $(0.9～1.0)×(2.0～2.1)$ | $(1.8～2.0)×(3.5～4.0)$ | $0.8×1.0$ | $0.8×1.0$ |
| 革兰染色 | 阴性 | 阴性 | 阴性 | 阴性 |
| 荚膜 | 无 | 无 | 无 | 无 |
| 芽孢 | 无 | 无 | 无 | 无 |
| 运动性 | 运动 | 不运动 | 运动 | 运动 |
| 是否需氧 | 是 | 是 | 是 | 是 |

**(1) 甲烷氧化细菌的菌落特征**　ME16 和 ME17 两菌株在固体选择性培养基上，空气∶甲烷为 1∶1 室温培养 10d 菌落照片如图 5-5 所示。

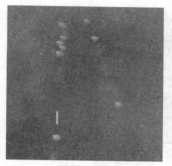
(a) ME16菌落特征

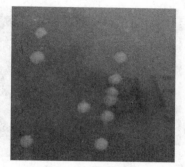
(b) ME17菌落特征

图 5-5　菌落特征

### （2）甲烷氧化菌的个体细胞特征

① 甲烷氧化菌的个体细胞染色观察　用简单染色法对两株细菌进行染色，然后观察。ME16 为球状菌，ME17 为近似球状的短杆菌，可以明显看出 ME17 菌体大于 ME16 且 ME16 着色较浅（图 5-6）。

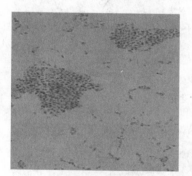
(a) JW01菌体形态

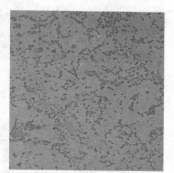
(b) JW02菌体形态

图 5-6　菌体形态（10×100 倍）

② 甲烷氧化细菌革兰染色观察　按照革兰染色方法对分离出的两株甲烷氧化菌（ME16、ME17）经过革兰染色，并用金黄色葡萄球菌和大肠杆菌作为对照。在油镜下镜检。革兰阳性菌为红色，阴性菌为蓝紫色，观察到两株细菌菌体和金黄色葡萄球菌均被染为蓝紫色，所以鉴定这两株细菌为革兰阴性菌，大肠杆菌为红色，如图 5-7 所示。

③ 甲烷氧化细菌的芽孢染色观察　用芽孢染色方法对两株甲烷氧化细菌进行芽孢染色。有芽孢的细菌，芽孢为绿色，芽孢囊及营养体为红色，而观察到这两株细菌通体被染成红色，所以鉴定这两株细菌没有芽孢（图 5-8）。

④ 甲烷氧化细菌的荚膜染色观察　按照荚膜染色方法对这两株细菌进行荚膜染色。图 5-9 为胶质芽孢杆菌经荚膜染色后，可以看出，红色菌体周围有较大且较清晰的荚膜透明圈。经染色观察，两菌株经染色后无荚膜（图 5-9）。

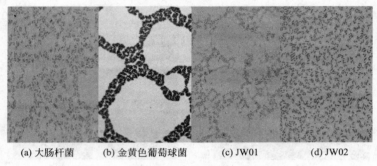

(a) 大肠杆菌     (b) 金黄色葡萄球菌     (c) JW01     (d) JW02

图 5-7   两菌株的革兰染色（10×100 倍）

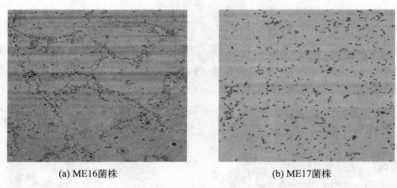

(a) ME16菌株             (b) ME17菌株

图 5-8   细菌株芽孢染色

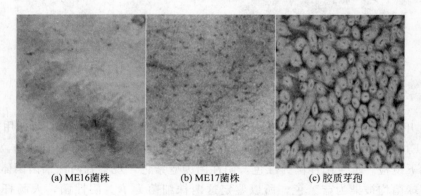

(a) ME16菌株      (b) ME17菌株      (c) 胶质芽孢

图 5-9   两菌株的荚膜染色（10×100 倍）

### 5.2.2.3   16S rDNA 序列分析

**（1）细菌基因组 DNA 的提取**   溶菌酶法：取 1mL 培养菌液于 1.5mL EP 管中，4℃，8000r/min，离心 5min 收集菌体；沉淀用 1mL TE 溶液洗菌一次，4℃，8000r/min，离心 5min，弃上清液；用 1mL TE 溶液悬浮菌体，加 10μL（100mg/mL）溶菌酶，15μL（20mg/mL）核糖核酸酶 A（RNaseA），37℃温育 20min；加入 120μL 10%SDS，上下摇匀，变清，再加入 30μL 20mg/mL 的蛋白酶 K，37℃

温育 60min，分装两管；等体积加入 600μL 酚-氯仿进行抽提，12000r/min 离心 5min，上清液移至另一 EP 管中，再用 500μL 氯仿-异戊醇抽提，12000r/min 离心 5min，吸取上层，切忌不可吸取蛋白层。上清液与 40μL 3mol/L 的 $NH_4Ac$ 和 1mL 冷的无水乙醇共同沉淀上清液 1h；4℃，12000r/min，离心 10min，弃上清液；70%乙醇 1mL 洗沉淀一次，弃乙醇，真空抽干；加 100μL TE 溶液或高纯水溶解 DNA，−20℃ 保存备用。

以溶菌酶法提取细菌基因组 DNA，产物经 1%琼脂糖凝胶电泳检测，如图 5-10 所示，结果显示，基因组 DNA 大小约为分子量 20000bp，无拖尾降解现象，纯度较高，可以满足后续实验的要求。

**（2）16S rDNA 基因的扩增**　根据所报道的 16S rDNA 基因序列设计以下引物：16S A 5′-AGTTTGATCCTGGCTCA-3′；16S B 5′-TACCTTGTTACGACTTCA-3′。

PCR 反应采用 25μL 体系，1.0%琼脂糖凝胶电泳检测扩增片段。

PCR 反应体系见表 5-2。

**表 5-2　PCR 反应体系**

| 反应物 | 体积/μL | 浓　度 | 反应物 | 体积/μL | 浓　度 |
|---|---|---|---|---|---|
| PCR 10 倍的缓冲溶液 | 2.5 | | DNA | 1 | |
| $MgCl_2$ | 2 | 25mmol/L | 聚合酶 | 0.4 | 5U/μL |
| dNTP | 4 | 1.25mmol/L | 二次水 | 13.1 | |
| 引物 1 | 1 | 100μmol/L | 总体积 | 25 | |
| 引物 1 | 1 | 100μmol/L | | | |

PCR 反应条件如下：

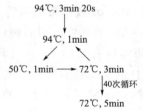

94℃，3min 20s

94℃，1min

50℃，1min ── 72℃，3min
　　　　　│40次循环
72℃，5min

以不同菌株基因组 DNA 为模板进行 PCR 反应，产物经 1%琼脂糖凝胶电泳检测，如图 5-11 所示，结果显示，只有一条扩增带，特异性较高，分子量约为 1500bp。

**（3）重组质粒的分子验证**　取 200μL 转化后的菌液，均匀涂布于预先涂有 20μL IPTG（40mg/mL）和 40μL X-gal（20mg/mL）的 LB 固体培养基（含 100μg/mL 氨苄青霉素）上，室温放置 30min 后，倒置平板于 37℃ 培养 12～16h（最后 4℃ 放置，有利于蓝白筛选）。由于所用载体 pGEM-T 的多克隆位点在其 β-半乳糖苷酶肽链的编码区内，外源 DNA 片段的插入会导致该肽段无法合成，不能分解生色底物，因此也就不能形成蓝色菌落。挑取白色单菌落，分别接种于 5mL LB 液体培养基（含 100μg/mL 氨苄青霉素）中，37℃，165r/min，振荡培养过夜。

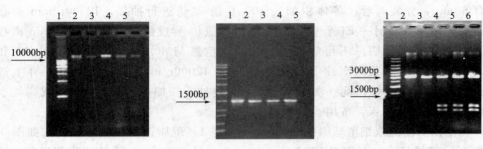

图 5-10 细菌基因组 DNA
的提取

1—1KB DNA Maker；

2~5—不同菌株的基因组 DNA

图 5-11 6s rDNA 序列的扩增

1—1KB DNA Maker；

2~4—不同菌株的扩增序列；

5—阴性对照

图 5-12 重组质粒的酶切验证

1—1KB DNA Maker；

2~3—阴性对照；

4~6—重组质粒的酶切验证

**（4）重组质粒的提取与鉴定**　质粒提取参照《分子克隆》的"小量质粒抽提法"。

通过酶切分析和 PCR 扩增的方法来验证所得质粒是否带有插入片段。

一步法提取质粒：取 1mL 培养菌液置于 1.5mL EP 管中，4℃，8000r/min，离心 5min 收集菌体，弃上清液；用 1mL 的 STE 溶液清洗收集后的菌体后，8000r/min，离心 5min 收集菌体，弃上清液；加入 50μL 的 STE 溶液与菌体混匀，再加入 50μL 酚-氯仿进行抽提，12000r/min 离心 5min，吸取上清液加入 1/10 体积的 3mol/L 的 NaAc 和 2.5 倍体积的无水乙醇共沉淀 30min；4℃，12000r/min 离心 10min，弃上清液；70%乙醇 1mL 洗沉淀一次，弃乙醇，真空抽干；加 100μL TE 溶液或高纯水溶解 DNA，−20℃保存备用。

PCR 扩增产物与 pGEM-T Vector 载体重组后转入感受态 DH5α 细胞中，经筛选后，提取阳性菌落的质粒 DNA，限制性内切酶酶切验证，如图 5-12 所示。从图中可以看到泳道 4、5 和 6 经酶切后有新的 DNA 片段出现，但有两个新片段，可能是目的片段上具有 1 个限制性内切酶位点导致。实验结果表明，重组质粒上有连接片段，16S rDNA 确实克隆到 pGEM-T 载体上，重组质粒构建成功。

### 5.2.2.4　序列测定与分析

重组质粒送上海生工生物工程有限公司进行序列测定，序列测定采用双向测定，测序结果在 GenBank 中进行 Blast 比对并注册。ME16、ME17、ME25 和 ME45 菌株的 16S rDNA 序列 GenBank 登录号分别为 EF650089、EU154478、EU567066 和 EU567067。

将不同菌株的 16S rDNA 序列与 GenBank 数据库序列进行 Blast 比对，并调集同源性高的典型菌株序列，采用 Clustsl X 进行多序列匹配比对，通过 Mega 软件进行系统进化树的构建。图 5-13 为 ME16 和 ME17 菌株系统发育分析，ME16 菌株位于 *Pseudomonas* 属的进化分支上，与该属典型菌株 *P. aeruginosa* ATCC10145 系统发育关系最为密切，同源性分别为 99%。ME17 菌株位于 *Klebsiella* 属的进化分支上，与典型菌株的同源性达到 99%。图 5-14 为 ME25 和 ME45 菌株系统发育分析，菌株 ME25、ME45 位于 II 型甲烷利用菌 *Methylobacterium* 的进化分支上。

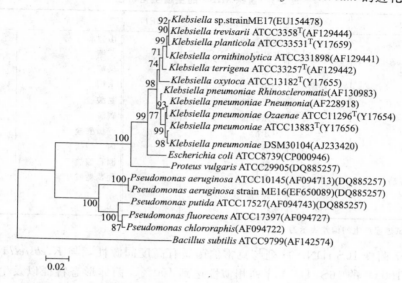

图 5-13　菌株 ME16 和 ME17 16S rDNA 序列系统发育分析

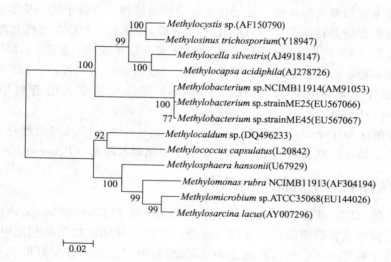

图 5-14　菌株 ME25 和 ME45 16S rDNA 序列系统发育分析

### 5.2.2.5　生理生化特性

通过细菌生理生化特性实验，验证 16S rDNA 序列分析的结果，完成细菌鉴定工作。实验参考 Bergey's Manual of Determinative Bacteriology 相关部分。

ME17 菌株能够利用甲烷，16S rDNA 序列分析表明，该菌株与克雷伯菌属有高度同源性，但是目前尚未见到克雷伯菌能利用甲烷的有关报道，因此参考伯杰细菌鉴定手册相关部分，对菌株 ME17 生理生化特性进行了研究。实验结果见表 5-3。

表 5-3　菌株 ME17 的生理生化特性

| 测试 | ME17 | 测试 | ME17 | 测试 | ME17 |
|---|---|---|---|---|---|
| 接触酶 | + | 苯丙氨酸 | − | 山梨醇 | + |
| 氧化酶 | + | 葡萄糖产酸 | + | 蔗糖 | + |
| 硝酸盐还原 | + | 葡萄糖产气 | + | 果糖 | + |
| M. R. | + | KCN | − | 木糖 | + |
| V. P. | + | 是否产酸 | + | 黏酸盐 | + |
| 明胶 | + | 阿东醇 | + | 碳源 | |
| TSI 产 $H_2S$ | − | 卫矛醇 | + | 柠檬酸盐 | + |
| 尿素 | − | 肌醇 | + | 丙二酸盐 | − |
| 吲哚 | + | 乳糖 | + | 酒石酸盐 | − |
| 赖氨酸脱羧酶 | + | 麦芽糖 | + | 葡萄糖酸盐 | + |
| 鸟氨酸 | − | 甘露醇 | + | | |
| 精氨酸 | − | 水杨苷 | + | | |

注：测试过程产生的偏差表示为：负（−），正（＋）。

　　ME17 菌株 16S rDNA 序列与克雷伯菌属有高度同源性，与 *Klebsiella* sp. LB-2（DQ831003）的 16S rDNA 序列相似性达到 100％。菌体形态特征以及生理生化特性与该属特征相符，因此将 ME17 菌株鉴定为克雷伯菌（*Klebsiella* sp.）。但该菌株是否是克雷伯菌属的新种，还是这类细菌的新特性，有待于进一步的研究。

　　通过形态和培养特征及 16S rDNA 序列分析，ME25、ME45 菌株初步被鉴定为甲基细菌属（*Methylobacterium*）。生理生化实验结果表明，ME25、ME45 菌株能够利用葡萄糖、乙酸钠、乙醇、甲醇、甲烷。根据形态培养特征、16S rDNA 序列分析及部分生理生化特征，ME25 和 ME45 菌株可鉴定为嗜有机甲基杆菌（*M. organophilium*）。

　　ME16 菌株与 *Pseudomonas aeruginosa* 的 16S rDNA 序列同源性达到 99％，结合菌体形态特征，初步将 ME16 菌株鉴定为铜绿假单胞菌（*P. aeruginosa*）。

## 5.2.3　菌株利用甲烷能力的测定

　　ME16 和 ME17 菌株被分别鉴定为 *P. aeruginosa* 和 *Klebsiella* sp.，目前尚未见到假单胞菌和克雷伯菌能利用甲烷的报道。因此，分别测定菌株利用甲烷能力。挑取单菌落于盛有 20mL 培养基的 130mL 盐水瓶中，气相部分含有甲烷气体，倒置密闭于 120r/min 摇床振荡，30℃培养。分别在不同培养时间从培养瓶气相中取样 10μL 气相色谱仪检测甲烷含量，检测器为氢火焰检测器，按外标法以峰面积计算甲烷含量。

　　采用气相色谱测定不同培养时间培养瓶气相部分中甲烷含量，结果如图 5-15 和图 5-16 所示，培养 100h 培养瓶中的甲烷含量有所降低，培养 150h，培养瓶中的甲烷含量分别降低了 65％和 83.2％。表明 ME16 和 ME17 菌株确实能够利用甲烷生长。

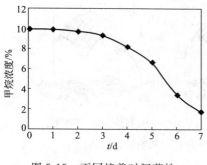

图 5-15　不同培养时间菌株
ME16 对甲烷的利用

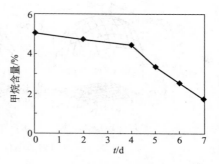

图 5-16　不同培养时间菌株
ME17 对甲烷的利用

## 5.2.4　培养条件的优化

### 5.2.4.1　ME16 菌株的培养

以培养温度、接种量和甲烷含量为自变量，菌体含量为响应值，进行三因素三水平 Box-Behnke 优化实验。实验设计和测定数据见表 5-4。

**表 5-4　菌株 ME16 响应面分析方案及实验结果**

| 序号 | 温度/℃ ($X_1$) | 接种量/% ($X_2$) | 甲烷含量/% ($X_3$) | $OD_{600}$ | 序号 | 温度/℃ ($X_1$) | 接种量/% ($X_2$) | 甲烷含量/% ($X_3$) | $OD_{600}$ |
|---|---|---|---|---|---|---|---|---|---|
| 1 | 25 | 1 | 25 | 0.122 | 9 | 25 | 2 | 10 | 0.132 |
| 2 | 25 | 10 | 25 | 0.052 | 10 | 37 | 2 | 10 | 0.118 |
| 3 | 37 | 1 | 25 | 0.112 | 11 | 25 | 2 | 40 | 0.128 |
| 4 | 37 | 10 | 25 | 0.040 | 12 | 37 | 2 | 40 | 0.118 |
| 5 | 30 | 1 | 10 | 0.108 | 13 | 30 | 2 | 25 | 0.180 |
| 6 | 30 | 1 | 40 | 0.096 | 14 | 30 | 2 | 25 | 0.176 |
| 7 | 30 | 10 | 10 | 0.048 | 15 | 30 | 2 | 25 | 0.180 |
| 8 | 30 | 10 | 40 | 0.040 | | | | | |

利用 SAS 软件对表 5-4 数据进行二次多元回归拟合，得回归方程：$Y = 0.17867 - 0.00575X_1 - 0.03225X_2 - 0.02308X_1X_1 - 0.02308X_2X_2 - 0.03158X_3X_3$，决定系数 $R^2 = 0.9961$。从回归分析表可以看出，回归方程的一次项、二次项的影响都是显著的，说明各具体因子对响应值的影响不是简单的线性关系；交互项作用影响不显著，故省略交互项。

根据回归方程，经 Box-Behnken 实验所得各因子的响应面分析如图 5-17 所示，由图可以看出拟合曲面有最大值。对拟合方程进行偏导并求解，可得模型极值点，即为最佳培养条件。根据解析结果分析，培养温度为 29.4℃，接种量为 1.8%，甲烷含量为 25% 时，其理论最大生物量 $OD_{600}$ 值为 0.182。

### 5.2.4.2　ME17 菌株的培养

以培养温度、接种量和甲烷含量为自变量，菌体含量为响应值，进行三因素三水平 Box-Behnke 优化实验。实验设计和测定数据见表 5-5。

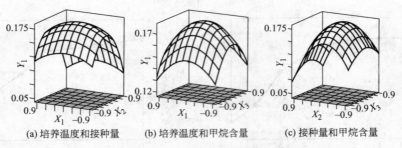

(a) 培养温度和接种量　　(b) 培养温度和甲烷含量　　(c) 接种量和甲烷含量

图 5-17　不同培养条件对 ME16 生长影响的响应面分析

**表 5-5　菌株 ME17 响应面分析方案及实验结果**

| 序号 | 温度/℃ ($X_1$) | 接种量/% ($X_2$) | 甲烷含量/% ($X_3$) | $OD_{600}$ | 序号 | 温度/℃ ($X_1$) | 接种量/% ($X_2$) | 甲烷含量/% ($X_3$) | $OD_{600}$ |
|---|---|---|---|---|---|---|---|---|---|
| 1 | 20 | 2 | 25 | 0.100 | 9 | 20 | 10 | 15 | 0.100 |
| 2 | 20 | 20 | 25 | 0.082 | 10 | 20 | 10 | 15 | 0.084 |
| 3 | 30 | 2 | 25 | 0.100 | 11 | 20 | 10 | 40 | 0.088 |
| 4 | 30 | 20 | 25 | 0.076 | 12 | 30 | 10 | 40 | 0.068 |
| 5 | 25 | 2 | 15 | 0.080 | 13 | 25 | 10 | 25 | 0.140 |
| 6 | 25 | 2 | 40 | 0.084 | 14 | 25 | 10 | 25 | 0.144 |
| 7 | 25 | 20 | 15 | 0.064 | 15 | 25 | 10 | 25 | 0.144 |
| 8 | 25 | 20 | 40 | 0.056 | | | | | |

　　利用 SAS 软件对表 5-5 数据进行二次多元回归拟合，得回归方程：$Y = 0.142667 - 0.00525X_1 - 0.01075X_2 - 0.004X_3 - 0.019583X_1X_1 - 0.033583X_2X_2 - 0.038003X_3X_3$，决定系数 $R^2 = 0.9824$。从回归分析表可以看出，回归方程的一次项、二次项的影响都是显著的，说明各具体因子对响应值的影响不是简单的线性关系；交互项作用影响不显著，故省略交互项。

　　根据回归方程，经 Box-Behnken 实验所得各因子的响应面分析如图 5-18 所示，由图可以看出拟合曲面有最大值。对拟合方程进行偏导并求解，可得模型极值点，即为最佳培养条件。根据解析结果分析，培养温度为 24.4℃，接种量为 6.7%，甲烷含量为 25% 时，其理论最大生物量 $OD_{600}$ 值为 0.143。

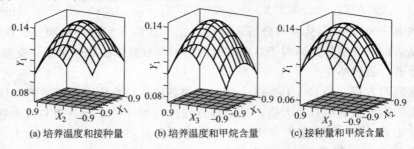

(a) 培养温度和接种量　　(b) 培养温度和甲烷含量　　(c) 接种量和甲烷含量

图 5-18　不同培养条件对 ME17 生长影响的响应面分析

## 5.2.5　甲烷氧化细菌菌体大小的测定

　　将目镜测微尺装到目镜镜筒内并用镜台测微尺分别在低倍、高倍、油镜下进行校正，经计算可得在油镜下目镜测微尺每格所代表的长度。目镜测微尺每格长度（μm）＝两重合线间镜台测微尺格数×10/两重合线间目镜测微尺＝1×10/10＝1。

目镜测微尺校正完毕后，取下镜台测微尺，换上细菌染色制片。先用低倍镜和高倍镜找到菌体后，换油镜测定甲烷菌的大小和大肠杆菌的宽度和长度。测定时，通过转动目镜测微尺和移动载玻片，测出细菌直径或宽和长所占目镜测微尺的格数。最后将测得的格数乘以目镜测微尺（用油镜时）每格所代表的长度，即为该菌的实际大小。在油镜下经目镜测微尺的测量可知，ME16 短杆菌的大小约为(0.9～1.0)μm×(2.0～2.1)μm，ME17 球状菌的直径约为 3.0μm，作为对照的大肠杆菌的大小约为(0.8～0.9)μm×(3.1～3.2)μm。

# 5.3　微生物瓦斯传感系统的组装

## 5.3.1　PVA-硼酸交联法固定甲烷氧化细菌

称取 1.0g 聚乙烯醇（PVA）和 0.1g 海藻酸钠，混合均匀。加入 10mL 水在 80℃和搅拌条件下使其完全溶解。在 40mg 湿甲烷氧化细菌中加入上述混合溶液，混合均匀。把上述混合溶液用滴管滴入含 2% 的氯化钙（$CaCl_2$）的硼酸溶液（硼酸质量浓度 4%，pH＝6.7）中形成球形小珠，小球在 4℃固定化交联 24h，取出，用去离子水洗 2～3 次，以备后续用。图 5-19 为固定化小球的照片，平均直径约为 3.0mm。

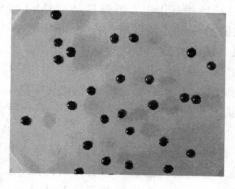

———1cm

图 5-19　甲烷氧化细菌的固定化小球照片

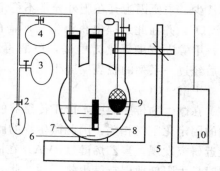

图 5-20　甲烷微生物传感系统示意

1—泵；2—气阀；3—样品；
4—气流计；5—磁力搅拌器；
6—磁力搅拌子；7—氧气；8—磷酸
缓冲溶液；9—甲烷氧化细菌
固定化小球；10—数据采集系统

## 5.3.2　微生物瓦斯传感系统的组装及测定

图 5-20 为微生物传感系统的示意图，它由固定化微生物反应器和 Clark 氧电

极和记录仪（CI-6542，Pasco Scientific，USA）组成。Clark 氧电极插进含有 10.0mL 的 50.0mmol/L 磷酸盐缓冲溶液（pH＝7.0）的检测室中，用流量计将各种体积浓度的甲烷（1%～5%）通入上述检测室中，流量用控制阀控制在 200mL/min，当检测室中氧浓度稳定时，开始加入固定化小球，此时检测室中氧的消耗通过计算机实时记录。当测试完后，取出固定化小球放置于磷酸盐缓冲溶液中以备后续用。

## 5.4 微生物瓦斯传感器性能分析

### 5.4.1 原理

1979 年 T. Matsunaga 等研究发现，从天然物质中提取、在纯的培养环境中生长的甲烷氧化细菌——单基甲胞鞭毛虫是一种新的菌类，单基甲胞鞭毛虫以甲烷和氧为能源进行呼吸：

$$CH_4 + NADH_2 + O_2 \longrightarrow CH_3OH + NAD + H_2O$$

甲烷氧化菌的典型特征是含有甲烷单氧酶（MMO），催化甲烷氧化为甲醇。甲烷单氧酶有两种不同类型：颗粒状或膜结合甲烷单氧酶（pMMO）和可溶性甲烷单氧酶（sMMO）。虽然它们细胞内功能相似，但这两种酶的基因或结构都不相同：sMMO 酶复合体包含三个部分：蛋白 A、蛋白 B 和蛋白 C。蛋白 A 是一个羟化酶，含三个对亚基形成 α2β2γ2 构型，A 亚基上的双铁中心是甲烷氧化作用的活性位点。蛋白 B 协助电子转运与蛋白 A 和蛋白 C 的相互作用。蛋白 C 是 sMMO 的还原酶部分，催化还原力从 NADH 到强羟化酶的传送。到目前为止对 pMMO 了解甚少，主要因为其在胞外异常不稳定且对氧气高度敏感。甲烷氧化菌氧化甲烷生成 $CO_2$，并在此过程中获得生长所需的能量。第一步由 MMO 将甲烷活化生成甲醇，甲醇进一步氧化为甲醛，甲醛再同化为细胞生物量或通过甲酸氧化为 $CO_2$，然后经过一系列的脱氢反应生成 $CO_2$ 重新回到大气的碳库中，即甲烷→甲醇→甲醛→甲酸→$CO_2$。

在微生物传感器中，由于传感器的响应，操作稳定和使用寿命等因素都与微生物的固定化密切相关，因此微生物的固定化技术在生物传感器中占有重要的地位。最近研究发现，聚乙烯醇（PVA）在固定微生物方面是一个很好的固体基质材料，同时最大限度地保持其生物活性。此外，PVA 的廉价、无毒、良好的生物相容性，可以固定生物分子构造生物传感器。选择 PVA-海藻酸钠-硼酸交联法固定假单胞菌和克雷伯菌，由于细菌的共同固定化能使各组分之间互补催化活性，在生长过程中相互依赖、相互促进，形成了丰富的酶系和多样化产物体系，也可以平衡两个不同细胞或酶之间相应的酶活性获得高产率，具有单菌种催化无法比拟的优点，因此，选择共同固定化，再和 Clark 氧电极偶联制得甲烷微生物传感系统。在甲烷氧化菌的存在下，溶液中氧气浓度降低，Clark 氧电极能迅速捕捉到降低的信号从而转变成电信号，这一信号与甲烷的含量呈线性关系，这样可以测定甲烷的含量。

## 5.4.2　微生物瓦斯传感系统的响应行为

　　Clark 氧电极作为氧换能器用来测量甲烷氧化细菌氧化甲烷过程中溶解氧的消耗量，当缓冲溶液中通入甲烷达到氧浓度平衡后，加入细菌小球，此时甲烷被微生物同化，同时溶解氧浓度降低。图 5-21 为甲烷微生物传感系统对一系列甲烷浓度变化的响应曲线。结果表明，溶解氧浓度消耗值与溶液中甲烷的浓度成比例（图 5-21 中插图）。所有的数据点都测量三次。

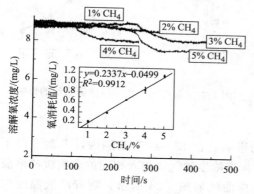

图 5-21　甲烷微生物传感系统的响应行为　　　　图 5-22　NaCl 对微生物传感系统的影响

## 5.4.3　影响因素的考察

### 5.4.3.1　NaCl 的影响

　　由于渗透压对细菌细胞生理代谢活力有重要影响，故实验选择 NaCl 进行影响测定实验。在 0.05mol/L 磷酸盐缓冲溶液（pH＝7.0）中加入不同浓度的 NaCl。结果表明，随着 NaCl 浓度的增加，传感器响应值明显下降。从图 5-22 中可以观察到 NaCl 浓度在 0～0.6% 范围内传感器响应值几乎没有明显变化，从而不需对测定结果进行盐效应修正。

### 5.4.3.2　甲烷氧化细菌数量的影响

　　由于固定化甲烷氧化细菌的数量会强烈影响生物传感器的响应，任何细菌浓度的改变都会影响传感器的灵敏度。通过各种数量（20～60mg）的甲烷氧化细菌来制作不同类型的固定化细菌小球。研究表明，生物传感器的灵敏度会随着固定化甲烷氧化细菌的数量的增加而增加，然而当酶的数量达到 40mg 时，生物传感器的灵敏度就不会再增加。因此，本书选用乙醇氧化酶的数量为 40mg。

### 5.4.3.3　缓冲溶液 pH 的影响

　　把微生物传感器放置于 pH 在 4.0～10.0 之间的磷酸缓冲溶液中，分别加入等量的甲烷标准浓度气体，来研究不同 pH 对微生物传感器的影响。由图 5-23 可知，微生物传感器的响应会随着 pH 增加而增大，但在 pH 超过 7.0 时响应会下降。可能的原因是 pH 太高或太低时, 甲烷氧化细菌的活性会降低, 故本书选用 pH＝7.0 的磷酸缓冲溶液用于以后的实验。

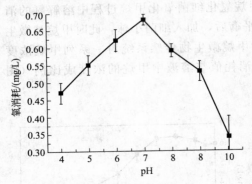

图 5-23　pH 对微生物传感系统的影响

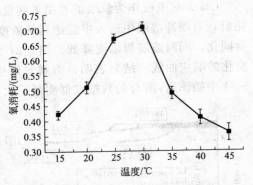

图 5-24　温度对微生物传感器系统的影响

### 5.4.3.4　温度的影响

温度对甲烷氧化细菌的活性有较大的影响。在 15～40℃ 范围内, 考察了微生物传感器的响应特性, 分别将等量的甲烷标准浓度的气体加入相同的磷酸缓冲溶液中, 记录溶解氧浓度下降曲线。其温度响应曲线如图 5-24 所示。随着溶液温度的增加, 微生物活性增强, 当温度升至 30℃ 时微生物传感器的响应值最大。可能的原因是甲烷氧化细菌在较高的温度下, 能够获得较高的反应活性, 从而加快了细菌催化反应过程中氧的消耗速率, 从而得到一个较大的氧浓度改变信号。尽管升高温度有利于加快反应的速率, 但在高温时细菌容易失活。综合实际因素, 为了延长传感器寿命, 通常选取室温（20～25℃）为实验温度。

## 5.4.4　微生物瓦斯传感器的分析特性

在 pH＝7.0 的磷酸缓冲溶液中测定甲烷, 记录从加样到溶解氧浓度基本平衡时的值, 平均响应时间为 100s。

在上述实验条件下, 乙醇体积浓度在 1%～5% 之间呈良好的线性关系（$R^2=$ 0.9912）。

以信噪比的 3 倍计算传感器的检出限为 0.3%。

对 3% 的甲烷气体重复测定 8 次, RSD 为 3.10%。同样的方法制作四种不同的细菌固定化小球, 构建不同的传感器。结果表明, 生物传感器的相对标准偏差为 3.0%。

## 5.4.5　稳定性研究

为了检测生物传感器的操作稳定性, 在最优化的工作条件（20～25℃, pH＝7.0, 25mmol/L 磷酸盐缓冲溶液）下, 用新制作的生物传感器对 3% 的甲烷气体进行测试, 在 9h 内进行 36 次测量, 结果表明, 生物传感器测定结束后仍然能够保持原来的活性。

　　生物传感器的储藏稳定性也是非常重要的，为了校准乙醇生物传感器的储藏稳定性，在 1 个月的储藏期中，定期每 3 天测定一次生物传感器对甲烷的响应，每次测定结束后，把固定化细菌小球保存在 4℃，pH＝7.4 和 25mmol/L 磷酸盐缓冲溶液中。结果表明，在 1 个月后，响应值降为初始值的 50.0%，说明传感器的稳定性良好，寿命取决于聚乙烯醇的生物相容性和整细胞的固定化。

　　本章通过优化实验条件，初步建立了灵敏度高、选择性和重现性好的微生物瓦斯传感器，此传感器可望用于煤矿瓦斯的检测，此方法简单、快速，为矿坑瓦斯气体的检测提供了技术平台。

参 考 文 献

[1] Rosenzweig A C, Frederick C A, Lippard S J, et al. Crystal structure of a bacterial non-haem iron hydroxylase that catalyses the biological oxidation of methane [J]. Nature, 1993, 366: 537-543.

[2] Dalton H, Smith D S, Pilkington S J. Towards a unified mechanism of biological methane oxidation [J]. FEMS Microbiol Lett, 1990, 87: 201-208.

[3] Lemos S S, Eaton S S, Eaton G R, et al. Comparison of EPR-Visible $Cu^{2+}$ Sites in pMMO from *Methylococcus capsulatus* (Bath) and *Methylomicrobium album* BG8 [J]. Biophys J, 2000, 79 (2): 1085-1094.

[4] Collins M L, Buchholz L A, Remsen C C. Effect of copper on *Methylomonas albus* BG8 [J]. Appl Environ Microbiol, 1991, 57 (4): 1261-1264.

[5] Choi D W, Kunz R C, Boyd E S, et al. The membrane-associated methane monooxygenase (pMMO) and pMMO-NADH: quinone oxidoreductase complex from *Methylococcus capsulatus* (Bath) [J]. J Bacteriol, 2003, 185 (19): 5755-5764.

[6] Dispirito A A, Gulledge J. Trichloroethylene oxidation by the membrane associated methane monooxygenase in type I, type II, and type X methanotrophic [J]. Biodegradation, 1992, 2 (3): 151-164.

[7] 李俊, 同小娟, 于强. 不饱和土壤 $CH_4$ 的吸收与氧化 [J]. 生态学报, 2005, 25 (1): 141-147.

[8] Bedard C, Know L R. Physiology, biochemistry and specific inhibitors of $CH_4$, $NH_4^+$ and CO oxidation by methanotrophs and nitrifiers [J]. Microbiol Rev, 1989, 53 (1): 68-84.

[9] Bone T L, Balkwill D L. Improved flotation technique for microscopy of in situ soil and sediment microorganisms [J]. Appl Environ Microbiol, 1986, 51 (3): 462-468.

[10] Mohanty S R, Bodelier P L E, Floris V, et al. Differential effects of nitrogenous fertilizers on methane-consuming microbes in rice field and forest soils [J]. Appl Environ Microbiol, 2006, 72 (2): 1346-1354.

[11] Okada T, Karube I, Suzukis. Microbial sensor system which uses *Methylomonas* sp. for the determination of methane [J]. European J Appl Microbiol Biotechnol, 1981, 12: 102-106.

[12] Okada T, Suzuki S. A methane gas sensor based on oxidizing bacteria [J]. Anal Chim Acta, 1982, 135: 61-67.

[13] Damgaard L R, Revsbech N P. A microscale biosensor for methane containing methanotrophic bacteria and an internal oxygen reservoi [J]. Anal Chem, 1997, 69: 2262-2269.

[14] Damgaard L R, Revsbech N P, Reichardt W. An oxygen insensitive microscale biosensor for methane used to measure methane concentration profiles in a rice paddy [J]. Appl Environ Microbiol, 1998, 64 (3): 864-870.

[15] 陈冬科，王璐，金龙哲等. 微生物降解煤矿瓦斯的研究 [J]. 煤炭学报，2006，31 (5)：607-610.

[16] 赵艮贵，郑军，温广明等. 甲烷利用菌的分离及其在气体甲烷测定中的应用 [J]. 微生物学报，2008，48 (3)：398-402.

[17] 郑军，程红兵，刘尚俊等. 甲烷利用菌培养条件的优化及其初步应用 [J]. 中国生物工程杂志，2007，27 (12)：80-83.

[18] Nguyen H T, Elliot S J. The particulate methane monooxygenase from *Methylococcuscapsulatus* (Bath) is a novel copper containing three-subunit enzyme [J]. J Biol Chem, 1998, 273: 7957-7966.

[19] Conrad R. Soil microorganisms oxidizing atmospheric trace gases ($CH_4$, CO, $H_2$, NO) [J]. Indian J Microbiol, 1999, 39: 193-203.

[20] Nakane K, Yamashita T, Iwakora K, Suzuki F. Properties and structure of poly (vinyl alcohol) /silica composites [J]. J Appl Polym Sci, 1999, 74: 133-138.

[21] Dai Y J, Lin L, Li P W, Chen X, Wang X R, Wong K Y. Comparison of BOD optical fiber biosensors based on different microorganisms immobilized in ormosils matrix [J]. Int J Environ Anal Chem, 2004, 15: 607-617.

[22] Bruno L M, Coelho J S, Melo F H M, Lima-Filho J L. Characterization of *Mucor* miehei lipase immobilized on polysiloxane-poly (vinyl alcohol) magnetic particles [J]. World J Microbiol Biotechnol, 2005, 21: 189-192.

[23] Dalla-Vecchiaa R, Sebrão D, Nascimentob M G, Soldi V. Carboxymethylcellulose and poly (vinylalcohol) used as a film support for lipases immobilization [J]. Process Biochem, 2005, 40: 2677-2682.

[24] Hashimoto S, Furakawa K. Immobilization of activated sludge by PVA-boric acid method [J]. Biotechnol Bioeng, 1987, 30: 52-59.

[25] Hikuma M, Suzuki H, Yasuda T, Karube I, Suzuki S. Amperometric estimation of BOD by using living immobilized yeast [J]. Eur J Appl Microbiol Biotechnol, 1979, 8: 289-297.

[26] Tan T C, Li F, Neoh K G. Measurement of BOD by initial rate of response of a microbial sensor [J]. Sensors Actuat B, 1993, 10: 137-142

[27] Stirling D, Dalton H. Properties of the methane mono-oxygenase from extracts of *Methylosinus trichosporium* OB3b and evidence for its similarity to the enzyme from *Methylococcus capsulatus* (Bath) [J]. Eur J Biochem, 1979, 96: 205-212.

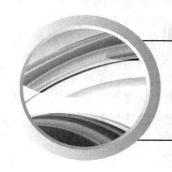

# 第 6 章
# 瓦斯爆炸的化学热力学预警研究

　　我国是全球产煤大国，煤炭在我国国民经济中占据着举足轻重的地位，但它在促进经济发展的同时也带来了严重的安全隐患，我国成为煤矿安全形势最为严峻的国家之一。井下生产过程中的主要自然灾害有煤与瓦斯突出、瓦斯煤尘爆炸、冲击地压、煤层自燃发火、矿井突水、冒顶、热害、尘害、放射性物质等。其中瓦斯事故（包括瓦斯爆炸、瓦斯煤尘爆炸、煤尘爆炸及瓦斯和煤层突出等）是我国煤矿最严重的事故之一。而威胁煤矿安全的瓦斯事故主要是矿井瓦斯爆炸。一旦发生，不仅造成大量人员伤亡，而且还会严重摧毁矿井设施、中断生产。由此还会引发煤尘爆炸、矿井火灾、井巷垮塌和顶板冒落等二次灾害，从而加重灾害后果，使生产难以在短期内恢复。综观我国煤矿历年事故统计资料，瓦斯煤尘爆炸重特大事故在近年来呈上升趋势。就 2009 年来说，我国煤矿瓦斯爆炸事故发生十多起，典型的有2 月 22 日 2 时 17 分，山西西山煤电集团屯兰煤矿南四盘区发生瓦斯爆炸事故，造成 77 人死亡。8 月 6 日，新疆维吾尔自治区昌吉回族自治州富通煤矿发生瓦斯爆炸事故，造成 5 人死亡。这些瓦斯爆炸事故不仅严重影响煤矿的安全生产，而且造成了人民生命财产的巨大损失，制约了煤炭工业的可持续发展。所以无论从煤矿安全管理，还是从煤矿安全监察角度，都非常有必要弄清楚瓦斯爆炸的机理和特性，以便对瓦斯爆炸事故防治提供理论上的指导和支持。从事前预防和控制的角度出发，加强对瓦斯爆炸事故的风险预警是贯彻"安全第一，预防为主，综合治理"方针的前提和保障。

　　目前国内外对瓦斯爆炸的研究很多，包括实验方法、数值模拟、理论计算等。研究实践表明，确定爆炸性气体的爆炸极限及爆炸极限的影响因素，提前进行预防是防止该类事故发生的基本前提，同时预测爆炸后的温度和压力对于矿井巷道的防爆设计有一定的指导意义。对于瓦斯爆炸极限的计算，先前的工作介绍主要有经验计算法、按完全燃烧所需氧原子数估算法、按脂肪族碳氢化合物含碳原子数估算法、按化学计量浓度估算法等，从化学热力学原理出发进行计算的尚未见报道。对于瓦斯爆炸极限的影响因素研究较多，主要有初始温度、初始压力、惰性介质、其他可燃性气体、煤尘、点火源等方面的影响。对于瓦斯爆炸后温度和压力的研究，郭文军等综合了化学热力学、化学动力学和流体力学提出一种物理模型和假定，证实了气体质点速度对压力增长有一定的影响。王志荣等用化工热力学方法对气体爆炸温度和压力进行了计算研究。在防爆方面，张兆瑞等还建立了瓦斯传爆温熵图，分析了瓦斯防爆的负熵机理，对惰性气体的抑爆浓度等实验数据做出了理论解释。本章采用化学热力学方法研究瓦斯爆炸理论，包括爆炸极限、不同浓度甲烷的反应热力学温度及压力等，揭示其爆炸的热力学规律。为预测瓦斯爆炸可能性及危害性提供一定的理论依据。最后初步建立瓦斯爆炸热力学预警的理论体系。

# 6.1　瓦斯爆炸的概念

## 6.1.1　爆炸的概念

爆炸是物质的一种非常急剧的物理、化学变化，也是物质从一种状态迅速地转变为另一种状态并在瞬间放出巨大能量的同时产生巨大声响的现象。它通常借助于气体的膨胀来实现。爆炸放出的巨大能量是物质状态瞬间发生变化释放出来的，巨大的声响是巨大的能量作用在其周围的物体上产生的。

常见的雷电、火山爆发属于自然界的一种爆炸现象。工程建设中利用爆炸能量造福人类的爆炸是人为受控的爆炸。在人们的生产和生活中发生的违背人们意愿的爆炸称为事故爆炸，如矿井瓦斯爆炸，锅炉、压力容器爆炸，粮食粉尘爆炸等。

总之爆炸过程均有一个共同的特征，可以分为两个阶段：第一阶段，物质的能量以一定的形式（定容、绝热）转变为强压缩能；第二阶段，强压缩能急剧绝热膨胀对外做功，引起被作用介质的变形、移动和破坏。即爆炸地点的周围压力骤增，使周围介质受到干扰，邻近的物质受到破坏，同时还伴随有或大或小的声响效应。

## 6.1.2　瓦斯爆炸的概念

瓦斯爆炸是以甲烷为主的可燃性气体和空气组成的爆炸性混合气体在火源激发下发生的一种迅猛的氧化反应的结果。

# 6.2　瓦斯爆炸特征及其机理

## 6.2.1　瓦斯爆炸特征

### 6.2.1.1　瓦斯爆炸的分类

物质从一种状态迅速变成另一种状态并在瞬间放出大量能量的同时产生巨大声响的现象称为爆炸。爆炸可以分为物理性爆炸和化学性爆炸。物理性爆炸是由物理变化引起的，物质因状态或压力发生突然变化而形成的爆炸现象，爆炸前后物质的性质及化学成分均不改变。化学性爆炸是由于物质发生迅速的化学反应、产生高温高压而引起的爆炸，爆炸前后物质的性质和成分均发生了变化。显然，瓦斯爆炸为化学性爆炸。

### 6.2.1.2　瓦斯爆炸发生的条件

瓦斯爆炸的发生必须具备三个基本条件：一定浓度的瓦斯、引火源的存在和充足的氧气。

**（1）瓦斯浓度**　瓦斯爆炸有一定的浓度范围，人们把在空气中瓦斯遇火后能引起爆炸的浓度范围称为瓦斯爆炸界限，为5%～16%。在这个界限范围内，反应放出的热量足以维持化学反应和火焰的持续传播，则发生爆炸。当瓦斯浓度低于5%时，由于过量空气的冷却作用阻止了火焰的蔓延，氧化生成的热量与分解的活化中心都不足以发展成链锁反应（即爆炸），只在火焰外围形成稳定的浅蓝色燃烧层；当瓦斯浓度为9.5%时，其爆炸威力最大（氧和瓦斯以化学计量比反应）；而当瓦斯浓度高于16%时，氧的浓度相对不足，不但不能生成足够的活化中心，而且氧化反应所产生的热量也易被吸收，失去其爆炸性，但在空气中遇火仍会燃烧。

**（2）引火温度**　瓦斯的引火温度，即点燃瓦斯的最低温度。一般认为，瓦斯的引火温度为650～750℃。但因受瓦斯的浓度、火源的性质及混合气体的压力等因素影响而变化。当瓦斯含量为7%～8%时，最易引燃；当混合气体的压力增高时，引燃温度即降低；在引火温度相同时，火源面积点火时间越长，越易引燃瓦斯。

**（3）氧的浓度**　实践证明，瓦斯爆炸极限随混合气体中氧浓度的降低而缩小。当氧浓度降低，瓦斯爆炸下限缓慢增高，爆炸上限则迅速下降。当氧浓度降低到12%时，

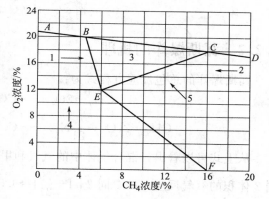

图 6-1　瓦斯与空气混合气体的
爆炸极限与氧气的关系
1—瓦斯积聚后进入不爆炸区；
2—高瓦斯燃烧区；3—瓦斯爆炸区；
4—不爆炸区；5—通入空气会爆炸

瓦斯混合气体就会失去爆炸性，遇火也不会发生爆炸。同样如果有惰性气体加入，则随着惰性组分的增加，瓦斯的爆炸范围也有明显的缩小，爆炸上、下限将汇于一点。在氧气与瓦斯的坐标图上，瓦斯上、下限浓度变化轨迹组成一个三角形（图6-1）。当混合气体的组分点位于三角形 *BCE* 范围时，混合气体遇火能发生爆炸。瓦斯爆炸三角形对封闭或启封火区、密闭区惰化灭火、排放瓦斯、火区瓦斯爆炸的危险性判断等具有指导意义。

#### 6.2.1.3 瓦斯爆炸的物理模型解释

为了便于理解，结合瓦斯爆炸的物理模型来说明爆炸的具体过程。如图 6-2 所示，在外界火源作用下，会激发瓦斯气体的链式反应，经过链式反应，瓦斯被点燃氧化放热，反应产生的热量使气体产物膨胀，压力升高，燃烧区未燃气体扩张，由于热力作用，已燃气体与邻近可燃性气体之间出现压力梯度，压力梯度增大到一定程度，即产生压力间断，形成冲击波。在冲击波作用下，已燃气体向远离火源方向移动，未燃气体被压力波峰面压缩，在高温作用下迅速被点燃，燃烧产生的热量一方面用来克服冲击波向前传播所产生的阻力耗散和气体膨胀产生的阻力，另一方面使前驱冲击波的峰面压力和能量不断增加，这一阶段，实际上是高速燃烧阶段。这一阶段，可认为燃烧瞬间完成。待可燃性气体被耗尽后，高温气体在压力梯度作用下继续向前传播，但由于摩擦和黏性作用，压力波波阵面压力处于衰减状态，最后衰变为声波，压力下降到常压，最后爆炸结束。

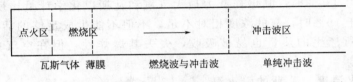

图 6-2　瓦斯爆炸示意

## 6.2.2 瓦斯爆炸的机理

瓦斯爆炸的总包反应方程式为：

$$CH_4 + 2O_2 \longrightarrow CO_2 + 2H_2O \tag{6-1}$$

$$CH_4 + 2\left(O_2 + \frac{79}{21}N_2\right) \longrightarrow CO_2 + 2H_2O + 7.52N_2 \tag{6-2}$$

从上式可以看出，混合气体中的氧气和甲烷恰好全部燃尽时，1 体积的甲烷要同 2 体积的氧气反应，即要同 $2\left(1+\dfrac{79}{21}\right)=9.52$ 体积的空气中的氧气反应，这时甲烷在混合气体中的浓度为 $C_0 = \dfrac{1}{1+\dfrac{n_0}{0.21}} \times 100\% = \dfrac{21}{0.21+n_0}\% = \dfrac{21}{0.21+2}\% = 9.5\%$，$C_0$ 为甲烷完全燃烧时的化学理论浓度，$n_0$ 为完全燃烧所需氧气分子数。这个浓度是理论上爆炸最猛烈的甲烷浓度。

但上述总包反应说明不了甲烷氧化的实际过程和机理，实际的甲烷氧化是自由基链反应过程，即一种热-链式反应（也称链锁反应）。当爆炸混合物吸收一定能量（通常是引火源给予的热能）后，反应分子的链即行断裂，离解成两个或两个以上的游离基（也称自由基）。这类游离基具有很大的化学活性，成为反应连续进行的活化中心。在适合的条件下，每一个游离基又可以进一步分解，再产生两个或两个以上的游离基。这样循环不已，游离基越来越多，化学反应速率也越来越快，最后就可以发展为燃烧或爆炸式的氧化反应。

任何链锁反应都包括链的引发、链的传递（包括支化）和链的终止。最常见的链引发过程是稳定分子分解产生自由基的过程，这是一个形式简单而实际不易进行的过程，因为要使一化学键断裂，需要相当大的能量，即活化能，通常等于反应热即键的断裂能，一般约为 $800\sim1600\text{kJ/mol}$。链传递在甲烷氧化反应中以双分子取代反应最为常见，一自由基攻击一反应物分子，使反应物分子破裂的一部分与进攻的自由基形成新的稳定分子，而又形成新的自由基。链分支是自由基增加的过程，反应速率相应加快，如此循环形成爆炸。甲烷在较低温度下氧化的支链反应如下：

$$CH_4 + O_2 \longrightarrow \cdot CH_3 + HO_2 \cdot \tag{1}$$

$$\cdot CH_3 + O_2 \longrightarrow HCHO + \cdot OH \tag{2}$$

$$\cdot OH + CH_4 \longrightarrow H_2O + \cdot CH_3 \tag{3}$$

$$\cdot OH + HCHO \longrightarrow H_2O + H \cdot CO \tag{4}$$

$$HCHO + O_2 \longrightarrow HO_2 \cdot + H \cdot CO \tag{5}$$

$$H \cdot CO + O_2 \longrightarrow CO + HO_2 \cdot \tag{6}$$

$$HO_2 \cdot + CH_4 \longrightarrow H_2O_2 + \cdot CH_3 \tag{7}$$

$$HO_2 \cdot + HCHO \longrightarrow H_2O_2 + H \cdot CO \tag{8}$$

$$OH \longrightarrow 器壁 \tag{9}$$

$$HCHO \longrightarrow 器壁 \tag{10}$$

（1）为链引发，进行缓慢；（2）～（4）和（6）～（8）为链传递，进行快速；（5）为链分支；（9）～（10）为链终止。这组反应机理的特点是生成中间产物甲醛［反应（2）］，它又生成新的自由基［反应（5）］，使甲烷氧化加速，对达到爆炸有决定性意义，反应（4）和（8）产生低温燃烧过程出现甲酰基（HCO）。在烃类反应中，可通过观测 CO 是否转化来判断是否属于低温氧化反应，即 CO 没有转化为 $CO_2$ 者就属于低温反应；有 CO 转化为 $CO_2$ 者就属于高温反应，这时与反应（3）同时进行的链传递自由基反应为 $\cdot OH + CO \longrightarrow H \cdot + CO_2$。

# 6.3　瓦斯爆炸极限的热力学计算

## 6.3.1　瓦斯爆炸极限的定义

美国材料试验学会标准 ASTM E681 和 E918 及 Zabetakis 和 Lees 等将点火源刚好能够通过混合气体传播火焰的可燃性气体浓度称为爆炸极限。

德国工业标准 DIN 51469 及 Bartknecht 和 Conrad 等将混合气体遇火后会点燃的最高或最低的浓度称为爆炸极限。

对于瓦斯爆炸极限，定义为在满足瓦斯爆炸三个基本条件的前提下，瓦斯在空气中遇火后能发生爆炸的浓度范围称为瓦斯爆炸界限。那么瓦斯与空气混合气体在点火后能发生爆炸的最低浓度为爆炸下限（low explosion level，LEL），最高浓度则为爆炸上限（upper explosion level，UEL）。

## 6.3.2　瓦斯爆炸极限的计算

**（1）按爆炸性气体完全燃烧时的化学理论浓度计算**　计算式如下：

$$L_{下}=0.55C_0=5.2$$

在 1atm 和 298K 条件下，在爆炸上限附近不伴有冷火焰时，上限和下限之间的简单关系式为：

$$L_{上}=6.5\sqrt{L_{下}}=14.9$$

**（2）根据含碳原子数计算**　$n_c$ 为脂肪族碳氢化合物含碳原子数。

$$L_{下}=\frac{1}{0.1347n_c+0.04343}=\frac{1}{0.1347\times1+0.04343}=5.6$$

$$L_{上}=\frac{1}{0.01337n_c+0.05151}=\frac{1}{0.01337\times1+0.05151}=15.4$$

**（3）经验公式**　$n_0$ 为每一分子可燃性气体完全燃烧时所必需的氧原子数。在爆炸极限经验公式中只考虑极限中混合气体的组成，而无法考虑其他一系列的因素。因此，计算数据与实测数据可能有出入，仅供参考。

$$L_{下}=\frac{100}{4.76(n_0-1)+1}=\frac{100}{4.76\times3+1}=6.5$$

$$L_{上}=\frac{4\times100}{4.76n_0+4}=\frac{4\times100}{4.76\times4+4}=17.4$$

可见，各种方法计算的爆炸极限能够与实验值（$L_{下}=4.9$，$L_{上}=15.4$）不同程度地吻合。

## 6.3.3　瓦斯爆炸极限的热力学计算

计算方法是从不可逆过程热力学出发，借助于耗散结构理论，推导出单组分可燃性气体（甲烷）爆炸极限的计算公式并进而推导出多组分气体爆炸极限的计算公式。

耗散结构理论（dissipative structures）是在 1969 年一次"理论物理与生物学"国际会议上，比利时布鲁塞尔学派的领导人普里高京教授针对非平衡热力学和统计物理学的发展提出的一种新理论。此理论也是在时间悖论和克劳修斯的热力学第二定律与达尔文进化论的矛盾基础上诞生的。1977 年普里高京教授因此而获得诺贝尔化学奖。耗散结构的定义是：一个远离平衡态的非线性的开放系统（不管是物理、化学、生物乃至社会的、经济的系统）通过不断地与外界交换物质和能量，在系统内部某个参量的变化达到一定的阈值时，通过涨落，系统可能发生突变即非平衡相变，由原来的混沌无序状态转变为一种在时间上、空间上或功能上的有序状态。

可以把有瓦斯涌出并能发生氧化燃烧的矿井巷道看成非平衡热力学的开放系统，此系统需要不断地通风稀释，以便维持生产环境的安全状态，否则将会发生瓦斯爆炸。瓦斯爆炸是井下内部环境潜能的释放，是不可逆过程，显然这一不可逆过程的无序程度，通过通风稀释与外界环境的物质和能量进行交换所形成的有序状态即为耗散结构，因为这种有序状态是通过耗散能量形成的，所以耗散结构理论对分析研究矿井生产安全有着重要的指导意义。

依据不可逆过程热力学和耗散结构理论，矿井巷道这个敞开系统中的熵可分为两部分：一部分是由瓦斯与空气氧化放热的不可逆热力学过程产生，称为熵产生（entropy production），用 $dS_p$ 表示；另一部分是由矿井巷道与外界环境交换物质和能量引起，称为熵流（entropy flux），用 $dS_f$ 表示。于是敞开系统的熵为 $dS = dS_p + dS_f$，要使系统稳定，$dS$ 应为零，即 $dS_p = -dS_f$。

瓦斯的爆炸极限可以认为是在没有引入足够的负熵流的情况下恰好不发生爆炸的瓦斯浓度，即是熵产生 $dS_p$ 为零时的浓度。那么在此相对封闭的爆炸体系中，除反应放热外，邻近层瓦斯气体与空气自身也在耗散热量。所以爆炸体系熵变也应考虑两部分：反应放热导致的熵增加与邻近层瓦斯气体和空气耗散热量所导致的熵减少。计算可燃性气体氧化放热所导致的熵增加时，还需要注意在爆炸过程中，甲烷等可燃性气体在空气中的氧化反应往往是不充分的，具体氧化反应放出的热量可以用爆炸反应率来校正，甲烷等可燃性气体在不同浓度时其爆炸反应率也不同。为了客观、准确，在计算可燃性气体的爆炸极限时需引入实际爆炸反应率（需要实验确定）。设实际爆炸反应率为 $K'$ 且 $K' = K/a$，其中，$K$ 为平均爆炸反应率，$a$ 为与反应浓度有关的爆炸反应率的校正系数；设 $Q$ 为可燃性气体的低热值（低热值是指 $1m^3$ 燃气完全燃烧后，其烟气全部被冷却至原始温度，而其中的水蒸气仍为蒸汽状态排出时所放出的热量），单位为 $kJ/m^3$，$T$ 为引燃火源的温度（K），$V$ 为爆炸性气体所充满的容积，则体积浓度为 $C_1$ 的可燃性气体反应时所放出的热量为 $K'C_1VQ$，放热所导致的熵增量为 $K'C_1QV/T$。在计算由于爆炸反应过程中可燃性气体与空气自身耗散热量所导致的熵减少时，设 $C_1$、$C_2$ 分别为混合气体中可燃性气体和空气的体积浓度（%），$C_{p1}$、$C_{p2}$ 分别为 $25\sim650℃$ 时可燃性气体和空气的平均定压比热容 $[kJ/(mol \cdot K)]$，$\Delta T$ 为可燃性气体的最低引燃温度与室温的温差，则可燃性气体与空气耗散热量所导致的熵减少为 $[(C_1C_{p1} + C_2C_{p2})\Delta T]V/T$。因此，整个体系中爆炸性混合气体的熵产生为：

$$dS_p = K'C_1Q\frac{V}{T} - [(C_1C_{p1} + C_2C_{p2})\Delta T]\frac{V}{T} = \left[\frac{K}{a}C_1Q - (C_1C_{p1} + C_2C_{p2})\Delta T\right]\frac{V}{T}$$

下面以单组分可燃性气体为例来进行爆炸极限计算公式的推导。首先熵产生 $dS_p = 0$ 是计算爆炸上限、下限的前提。

对于爆炸下限，由：

$$dS_p = \left[\frac{K}{a}C_1Q - (C_1C_{p1} + C_2C_{p2})\Delta T\right]\frac{V}{T} = 0 \text{ 及 } C_1 + C_2 = 1$$

得

$$C_L = \frac{aC_{p2}\Delta T}{KQ - (C_{p1} - C_{p2})\Delta T}$$

对于爆炸上限，当可燃性气体浓度超过爆炸上限时，则氧气浓度相对不足，所以可燃性气体氧化实际反应的浓度应是与氧气浓度有化学计量关系的浓度。设可燃性气体的浓度为 $C_1$，则氧气浓度为 $(1-C_1) \times 21\%$；那么可燃性气体氧化实际反应的浓度为 $(1-C_1) \times 21\%/N$，$N$ 为可燃性气体与氧气按化学计量比反应时氧气的系数。则由：

$$dS_p = \left[\frac{K}{a} \times \frac{(1-C_1) \times 21\%}{N} Q - (C_1 C_{p1} + C_2 C_{p2}) \Delta T\right] \frac{V_1}{T} = 0 \ \text{及} \ C_1 + C_2 = 1$$

得

$$C_U = \frac{\dfrac{0.21KQ}{Na} - C_{p2} \Delta T}{(C_{p1} - C_{p2}) \Delta T + \dfrac{0.21KQ}{Na}}$$

根据热力学分析计算，得出可燃性气体爆炸上限与下限分别为：

$$C_U = \frac{\dfrac{w_{O_2} KQ}{a_U N} - C_{p2} \Delta T}{(C_{p1} - C_{p2}) \Delta T + \dfrac{w_{O_2} KQ}{a_U N}} \tag{6-3}$$

$$C_L = \frac{a_L C_{p2} \Delta T}{KQ - (C_{p1} - C_{p2}) \Delta T} \tag{6-4}$$

$w_{O_2}$ 为空气中氧气的体积分数。还可以由熵产生公式：

$$dS_p = \left[\frac{K}{a} C_1 Q - (C_1 C_{p1} + C_2 C_{p2}) \Delta T\right] \frac{V}{T} \ \text{及} \ dS_p = 0$$

得到

$$\frac{K}{a} C_1 Q = (C_1 C_{p1} + C_2 C_{p2}) \Delta T$$

此式可以理解为当燃烧反应放出的热量刚好等于可燃性气体和空气自身耗散的热量时，可以使混合体系失爆。因为瓦斯爆炸其实是邻近火源的引燃层在火源激发下氧化放热，当其所放出的热量足以引发外围更大的气层反应时，则形成爆炸，也称传爆，引燃层是火源外围的一个薄气层，它能否传出足够的热量是瓦斯传爆的关键，所以当氧化反应放出的热量被邻近层混合气体完全耗散时就不足以达到传爆。

在上式中空气的体积浓度和定压比热容可用氧气和氮气的来代替，$C_{pO_2}$、$C_{pN_2}$ 都是在 $273 \sim 3800\text{K}$ 范围内与温度有关的摩尔定压比热容，与温度的关系式为：

$$C_{pO_2} = 29.96 + 4.18 \times 10^{-3} T - 1.67 \times 10^{-7} T^2$$

$$C_{pN_2} = 28.58 + 3.76 \times 10^{-3} T - 0.5 \times 10^{-7} T^2$$

在文献中也可查到可燃性气体的摩尔定压比热容与温度的关系表达式。则还可以得到可燃性气体与氧气、氮气混合时的爆炸下限，上限表达式分别为：

$$\frac{K}{a_L} C_L Q = \int (C_L C_p + C_{O_2} C_{pO_2} + C_{N_2} C_{pN_2}) dT \tag{6-5}$$

$$K \frac{(1 - C_U) w_{O_2}}{a_U N} Q = \int (C_U C_p + C_{O_2} C_{pO_2} + C_{N_2} C_{pN_2}) dT \tag{6-6}$$

显然用这种积分表达式计算起来比较烦琐。所以一般选择用第一种表达式进行计算，其中的定压比热容用的是平均值，避免积分的麻烦。

### 6.3.4　瓦斯爆炸极限的计算结果

通过查阅实验性数据可知，在 101.325kPa、25℃ 下，甲烷的低热值 $Q$ 为 35791kJ/m³，其在空气中的平均爆炸反应率为 0.4，$CH_4$ 和空气的平均定压比热容分别为：$C_{p1} = 2.337$kJ/(mol·K)，$C_{p2} = 1.367$kJ/(mol·K)，$CH_4$ 的最低引燃温度（918K）与室温（298K）的温差为 $\Delta T = 620$K，$N = 2$，$a_U = 1.31 \sim 1.36$，$a_L = 0.8 \sim 0.85$，因为反应中不同浓度对应的爆炸反应率不同，而且还受到温度、压力、其他可燃性气体等因素的影响，所以校正系数也给出一个范围。

将已知值代入式（6-3）、式（6-4）得 $C_L = 4.9\% \sim 5.2\%$，$C_U = 15.1\% \sim 17.1\%$，与文献中实验值 $C_下 = 4.9\%$，$C_上 = 15.4\%$ 相比，下限相对偏差为 $0 \sim 6.1\%$，上限相对偏差为 $-1.9\% \sim 11\%$。可见计算结果与实验值相近。同样将已知值代入式（6-5）、式（6-6）并结合 $C_{pCH_4} = 23.64 + 47.86 \times 10^{-3}T - 1.92 \times 10^{-7}T^2$ 可得同样结果。说明热力学假设还是基本正确的，但由于计算公式中很多因素未能考虑，所以计算有偏差。

### 6.3.5　多组分可燃混合气体爆炸极限的估算

关于多组分可燃混合气体与单组分可燃气体爆炸极限的关系已有多方报道，将所得的单组分可燃气体爆炸极限应用于勒·查特里埃（Le Chatelier）法则中，即得到多组分可燃混合气体的爆炸极限公式：

$$C = \frac{100}{\sum\limits_{i=1}^{n} \dfrac{V_i}{C_i}}$$

式中，$C$ 为混合气体的爆炸上（下）限；$C_i$ 为可燃气体各组分的爆炸上（下）限；$V_i$ 为可燃气体各组分体积分数；$n$ 为可燃气体的组分数。

# 6.4　瓦斯爆炸极限的影响因素

爆炸反应是支链反应，爆炸极限取决于链分支与链终止的竞争，受到各种实际条件的影响，爆炸极限不是一个固定值，它受各种因素影响，所以矿井生产中很难确定可燃、可爆气体的安全浓度范围。但如掌握了外界条件变化对爆炸极限的影响规律，则对矿井安全仍有一定的指导意义，结合爆炸极限热力学公式对主要影响因素进行了解释。

### 6.4.1　原始温度

爆炸性气体混合物的原始温度越高，则爆炸下限越低，上限提高，爆炸极限范围扩大，爆炸危险性增加。这是因为混合物温度升高，其分子内能增加，引起燃烧速度的加快，使原来不燃的混合物成为可燃、可爆系统。根据式（6-3）可知，当原始温度升高时，$\Delta T$ 减小，分子增大，分母减小，则 $C_U$ 增大，即爆炸上限提高。而根据式(6-4)可知，当原始温度升高时，$\Delta T$ 减小，分子减小，分母增大，明显的 $C_L$ 减小，即爆炸下限降低。综合 $C_U$ 和 $C_L$ 的变化则爆炸极限范围增大。

## 6.4.2　氧含量

爆炸性气体混合物中氧含量增加，爆炸极限范围扩大，尤其是爆炸上限提高得更多。从式(6-3)可以看出，如果氧含量增加，则式中 $w_{O_2}$ 增大，式(6-3)简化为：

$$C_U = \frac{\dfrac{w_{O_2}KQ}{a_{UN}} - C_{p2}\Delta T}{(C_{p1} - C_{p2})\Delta T + \dfrac{w_{O_2}KQ}{a_U N}} = \frac{w_{O_2}KQ - a_U N C_{p2}\Delta T}{w_{O_2}KQ + a_U N C_{p1}\Delta T - a_U N C_{p2}\Delta T} = \frac{m-n}{m+p-n}$$

（6-7）

即式(6-7)中 $m$ 增大，相当于扩大了倍数，经过差减法计算 $\dfrac{mk-n}{mk-n+p} -$

$\dfrac{m-n}{m-n+p} = mp(k-1) > 0$ 得到 $C_U$ 增大，即爆炸上限增大。$m$、$n$、$p$、$k$ 都为正数，$k > 1$。从式(6-4)可以看出氧含量对爆炸下限影响不大。总体爆炸极限范围扩大。

## 6.4.3　惰性介质

若在爆炸性混合物中掺入不燃烧的惰性气体（如氮气、二氧化碳、水蒸气、氩气、氦气、卤代烷等），随着惰性气体的增加，爆炸极限范围缩小，在一般情况下，惰性气体对爆炸上限的影响较之对下限的影响更为显著，因为惰性气体浓度加大，表示氧的浓度相对减小，则 $w_{O_2}$ 减小，即式(6-7)中 $m$ 减小，那么爆炸上限 $C_U$ 减小。尤其是在上限中氧的浓度本来已经很小，故惰性气体稍微增加一点，即产生很大影响，而使爆炸上限剧烈下降，最终爆炸极限范围缩小。

## 6.4.4　原始压力

爆炸性气体混合物的原始压力对爆炸极限有很大影响，压力增大，爆炸极限范围也扩大，尤其是爆炸上限显著提高。因为爆炸上限时可燃性气体浓度本来就大，压力增大后，与氧气分子间距更为接近，碰撞概率增大，燃烧反应更容易进行，这时可以认为引燃层氧化放出的热量更多一些，相当于式(6-3)中的 $Q$ 增大，即式(6-7)中 $m$ 增大，得到 $C_U$ 增大，则爆炸上限增大。而对于爆炸下限，从式(6-4)可以看出 $Q$ 增大，$C_L$ 减小，爆炸下限减小，但由于可燃性气体浓度本来很小，分子间距很大，压力增大后对其作用不明显。总之压力增大使爆炸极限范围增大。

## 6.4.5　点火能量

各种爆炸性混合物都有一个最低引爆能量，即点火能量，它是指能引起爆炸性混合物发生爆炸的最小火源所具有的能量，它也是混合物爆炸危险性的一项重要的性能参数。爆炸性混合物所需的点火能量越小，其燃爆危险性就越大，因为点火能量越小即所需的最低引燃温度越低，则意味着式（6-3）、式（6-4）中的 $\Delta T$ 减小，导致 $C_U$ 增大，$C_L$ 减小，爆炸极限范围增大。

### 6.4.6　其他可燃性气体

当甲烷与空气混合物中混有乙烷、丙烷等烃类和 CO 时，爆炸极限范围增大。可用 Le Chatelier 法则计算混合气体的爆炸上、下限。参见 6.3.5 中计算公式。

### 6.4.7　煤尘

飞扬在爆炸性混合气体中的煤尘，会降低甲烷的爆炸下限。因为不仅煤尘本身有爆炸性，而且煤尘遇热时可能会干馏出可燃性气体，这些都可使甲烷爆炸下限下降。表现在式（6-4）中就是放出的热量 $Q$ 增大，使得 $C_L$ 减小，即爆炸下限减小。对于煤尘对瓦斯爆炸的影响将在下一节通过量子化学计算方法具体阐述。

## 6.5　煤尘对瓦斯爆炸影响的量子化学研究

### 6.5.1　煤尘爆炸的概念

煤尘也具有爆炸性。煤尘爆炸同瓦斯爆炸一样都属于煤矿井中的重大灾害事故。煤尘爆炸是在高温或一定点火能的热源作用下，空气中氧气与煤尘急剧氧化的反应过程，是一种非常复杂的链式反应。一般认为其爆炸作用机理及过程如下：①煤本身是可燃物质，当它以粉末状态存在时，总表面积显著增加，吸氧和被氧化的能力大大增加，一旦遇见火源，氧化过程迅速展开。②当温度达到 300～400℃时，煤的干馏现象急剧增强，放出大量的可燃性气体，主要成分为甲烷，另外还有少量的乙烷、丙烷、丁烷、氢和其他烃类。③形成的可燃性气体与空气混合在尘粒周围形成气体外壳，在高温情况下吸收能量会产生活化中心，当活化中心的能量和浓度达到一定程度后，链式反应过程开始，游离基迅速增加，发生了尘粒的闪燃。④闪燃所形成的热量传递给周围的尘粒并使之参与链式反应，导致燃烧过程急剧循环进行。当燃烧不断加剧使火焰蔓延速度达到每秒数百米后，煤尘的燃烧便在一定临界条件下跳跃式地转变为爆炸。

### 6.5.2　煤尘的化学结构模型

实际上，煤矿井下是一个瓦斯和煤尘共存的体系。瓦斯爆炸和煤尘爆炸是共同存在和互相影响的，瓦斯中煤尘的存在和煤尘中瓦斯的存在都会降低混合物的爆炸下限和最小点火能。瓦斯-煤尘爆炸是煤炭生产中经常发生的一种灾害性事故。瓦斯和煤尘混合体系的最大爆炸压力和最大压力上升速度也比单一的煤尘或单一的瓦斯要高。这说明瓦斯-煤尘混合物的点火较单一的煤尘或单一的瓦斯要容易，混合物的爆炸威力也比单一的瓦斯或单一的煤尘要大。一般认为在瓦斯-煤尘体系中瓦斯爆炸引发煤尘爆炸，本节从煤的化学结构模型中选取有代表性片段，通过量子化学计算来分析讨论煤尘对瓦斯混合气体爆炸下限的影响。真正的煤结构相当复杂，研究常用其化学结构模型。在过去三十年中提出的结构模型有 Given、Wiser、Solomon 和 Shinn 等，目前公认比较合理的一种化学结构模型是威斯化学结构模型，如图 6-3 所示。

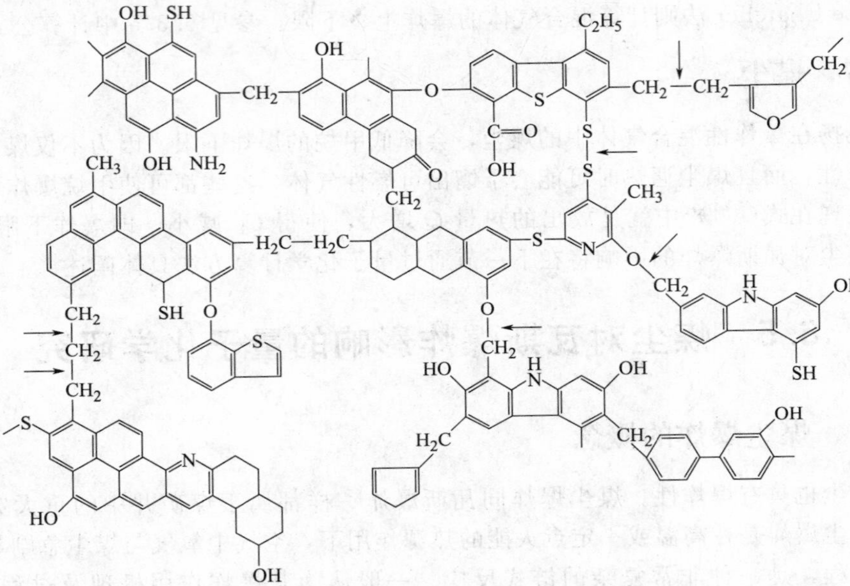

图 6-3　煤的威斯化学结构模型

**（1）煤尘的化学结构模型中含有大量的烷基侧链**　主要是甲基—$CH_3$、乙基—$CH_2$—$CH_3$ 等，它们大都与大的共轭芳环相连。芳环的共轭体系越大即芳环数越多，其侧链越不稳定。有代表性的局部片段为 $PhCH_2$—$CH_3$、$NpCH_2$—$CH_3$ 和 $EnCH_2$—$CH_3$（Ph、Np 和 En 分别表示苯基、萘基和蒽基）。

**（2）煤的化学结构模型中存在桥键**　图 6-3 中箭头指处为键能较低，结合薄弱的桥键。这些桥键断裂的能量也相对较低。如片段 $PhCH_2$—$CH_2Ph$、$NpCH_2$—$CH_2Np$ 和 $PhO$—$CH_2Ph$。

**（3）煤的化学结构模型中与共轭芳环相连的还有大量的—OH、部分—SH 和—$NH_2$ 基团**　这些基团中的 H—O 键、H—S 键、H—N 键的能量也不高。有代表性的片段有 $NpO$—H、$PhHN$—H 和 $PhS$—H。

选择上述有代表性的易断裂键用 HF/6-31G(d)、B3LYP/6-31G(d) 两种方法在 6-31G(d) 基组水平上进行构型优化，用计算结果与实验值吻合较好的 B3LYP 方法在优化好的构型上做频率分析，计算吉布斯自由能、焓等各种热力学量，由此计算各种键断裂反应的焓变 $\Delta H$ 并与实验值比较，计算及比较结果见表 6-1。

**表 6-1　各片段键能与实验值**　　　　单位：kJ/mol

| 项目 | PhCH$_2$—CH$_3$ | Ph-O—CH$_2$Ph | Np-O—H | CH$_4$ | O$_2$ | H$_2$ |
|---|---|---|---|---|---|---|
| $\Delta H_{298}$ | 305.5261 | 198.3340 | 306.5494 | 438.7221 | 514.8523 | 435.6440 |
| 实验值 | 301.1 | 209.2 | 288.0 | 435.1 | 497.9 | 427.0 |
| $\Delta G_{298}$ | 276.2493 | 178.6995 | 284.6471 | 414.8644 | 485.7184 | 406.9533 |
| 项目 | NpCH$_2$—CH$_3$ | EnCH$_2$—CH$_3$ | PhCH$_2$—CH$_2$Ph | NpCH$_2$—CH$_2$Np | Ph-HN—H | Ph-S—H |
| $\Delta E_{298}$ | 301.9802 | 269.5088 | 245.9502 | 228.9913 | 350.0198 | 307.4437 |
| 实验值 | 284.4 | 250.9 | 256.9 | 230.0 | 334.7 | 313.8 |
| $\Delta G_{298}$ | 252.8361 | 245.7473 | 248.7738 | 215.6463 | 324.4622 | 274.9804 |

从表 6-1 可以看出，图 6-3 中箭头所指的桥键键能低于 250kJ/mol，这是由于桥键上的电荷向两侧的芳环离域，电荷密度降低更多。键能越低键越容易断裂，从而引发链式反应，说明煤尘结构中结合薄弱的桥键是瓦斯-煤尘爆炸的活性中心。计算得吉布斯自由能变与焓变变化趋势一致：PhCH$_2$—CH$_3$、NpCH$_2$—CH$_3$、EnCH$_2$—CH$_3$ 依次降低，PhCH$_2$—CH$_2$Ph、NpCH$_2$—CH$_2$Np、PhO—CH$_2$Ph 依次降低，PhHN—H、PhS—H、NpO—H 依次降低，说明键断裂反应越来越容易进行，键能依次降低。

甲烷与氧气的化学反应是十分复杂的链式反应。只考虑开始的链引发反应，即由起始分子借热、光等外因生成自由基的反应。反应过程中断裂分子的化学键需要的活化能也就是该化学键的键能。上述总反应的自由基生成反应有：CH$_4$ ⟶ CH$_3$·＋H· 和 O$_2$ ⟶ O·＋O·，计算得键能分别为 438.7kJ/mol 和 514.9 kJ/mol（表 6-1）。相对于煤化学结构模型的局部片段计算得到的键能，高出 100～200kJ/mol。可见煤尘的链式反应更容易引发。

# 6.6　不同浓度甲烷爆炸后高温高压的热力学计算

## 6.6.1　计算方程

瓦斯爆炸后热力学温度和压力的计算是化学热力学评价指标体系中一个重要的方面。在 298K、101.325kPa 条件下，甲烷的爆炸下限是 5%，爆炸上限是 16%，易爆炸浓度是 9.5%。以甲烷与空气（氧气和氮气）的混合气体为计算模型，根据甲烷燃烧化学方程式：CH$_4$＋2O$_2$ ⟶ CO$_2$＋2H$_2$O 对瓦斯爆炸后的热力学温度和压力进行计算。

由于爆炸是在瞬间完成，爆炸时产生的能量通过器壁传给外界的量极少，接近绝热条件，所以假设矿井内瓦斯爆炸过程为理想气体绝热恒容过程，即甲烷在爆炸前后热力学能保持不变 $\Delta U = 0$。为了计算爆炸后热力学温度，把此绝热恒容反应过程简化为恒容恒温过程 $\Delta U_1$ 和恒容升温过程 $\Delta U_2$。爆炸后最大压力则可以通过恒容条件下理想气体状态方程求得。列式如下：

$$\Delta U = \Delta U_1 + \Delta U_2 = 0 \tag{6-8}$$

$$\Delta U_1 = \Delta H_1 - \Delta n_1 RT \tag{6-9}$$

$$\Delta U_2 = \sum n_2 C_{v,m} \Delta T \tag{6-10}$$

$$\frac{p_{max}}{T_{max}} = \frac{p_0}{T_0} \tag{6-11}$$

根据式(6-8)～式(6-10)可求得爆炸后的最高温度,那么爆炸后最大压力可由式(6-11)求得。下面是不同浓度的甲烷在空气中爆炸后高温高压的计算实例,所用数据见表6-2。

表 6-2　计算中所用数据

| 项　　目 | $CH_4$ | $O_2$ | $CO_2$ | $H_2O$ | $N_2$ |
|---|---|---|---|---|---|
| $\Delta_f H_m^{\ominus}/(kJ/mol)$ | −74.81 | 0 | −393.509 | −241.818 | 0 |
| $\overline{C_{v,m}}/[J/(mol \cdot K)]$ | 57.00 | 27.62 | 47.3 | 37.67 | 25.7 |

**(1) 甲烷浓度为 3%时的氧化反应**

$$CH_4 + 6.7O_2 + 25.7N_2 = CO_2 + 2H_2O + 4.7O_2 + 25.7N_2$$

$T_{max} = 1177K$（904℃）

$p_{max} = 4.0 \times 10^5 Pa \approx 3.95atm$

**(2) 甲烷浓度为爆炸下限 5%时的爆炸反应**

$$CH_4 + 4O_2 + 15N_2 = CO_2 + 2H_2O + 2O_2 + 15N_2$$

$T_{max} = 1722K$（1449℃）

$p_{max} = 5.86 \times 10^5 Pa \approx 5.8atm$

**(3) 甲烷浓度为 7%时的爆炸反应**

$$CH_4 + 2.7O_2 + 10.4N_2 = CO_2 + 2H_2O + 0.7O_2 + 10.4N_2$$

$T_{max} = 2258K$（1985℃）

$p_{max} = 7.7 \times 10^5 Pa \approx 7.6atm$

**(4) 甲烷浓度为化学计量点 9.5%时的爆炸反应**

$$CH_4 + 2O_2 + 7.34N_2 = CO_2 + 2H_2O + 7.34N_2$$

$T_{max} = 2838K$（2565℃）

$p_{max} = 9.65 \times 10^5 Pa \approx 9.5atm$

**(5) 甲烷浓度为 13%时的爆炸反应**

$$CH_4 + 1.4O_2 + 5.3N_2 = 0.7CO_2 + 1.4H_2O + 0.3CH_4 + 5.3N_2$$

$T_{max} = 2646K$（2373℃）

$p_{max} = 9.0 \times 10^5 Pa \approx 8.9atm$

**(6) 甲烷浓度为爆炸上限 16%时的爆炸反应**

$$CH_4 + 1.2O_2 + 4.5N_2 = 0.6CO_2 + 1.2H_2O + 4.5N_2 + 0.4CH_4$$

$T_{max} = 2568K$（2295℃）

$p_{max} = 8.73 \times 10^5 Pa \approx 8.6atm$

**(7) 甲烷浓度为 25%时的氧化反应**

$$CH_4 + 0.64O_2 + 2.36N_2 = 0.32CO_2 + 0.64H_2O + 0.68CH_4 + 2.36N_2$$

$$T_{\max} = 2149\text{K}\ (1877℃)$$
$$p_{\max} = 7.3 \times 10^5\,\text{Pa} \approx 7.2\text{atm}$$

## 6.6.2　计算结果

通过计算不同浓度甲烷反应后的温度和压力，得到了瓦斯爆炸产生的温度和压力随甲烷浓度变化的关系曲线（图 6-4）。从图中可以看出，甲烷在化学计量点浓度 9.5％处爆炸后造成的危害最大。

瓦斯爆炸产生的高温高压促使爆源附近的气体以极大的速度向外冲击，造成人员伤亡，破坏巷道和器材设施，扬起大量煤尘并使之参与爆炸，产生更大的破坏力。例如，爆炸下限处爆炸产生的高压会导致巷道全面破坏并形成密实的堆积物，会使混凝土支架有相当大的损坏，形成冒落，其他设备和设施则完全被破坏。在化学计量点和爆

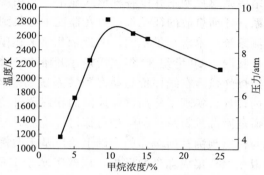

图 6-4　热力学温度和压力与甲烷浓度的关系

炸上限处爆炸后的高压会使混凝土支架完全破坏并形成密实的堆积物。在整个爆炸界限范围内产生的高压均会造成 100％的死亡率。

# 6.7　瓦斯爆炸化学热力学预警理论体系

## 6.7.1　预警的定义和目的

由于瓦斯爆炸预警属于风险预警，所以在这里预警的定义主要是针对风险预警。预警是指利用一定监管手段监控生产系统中各类危险、危害因素，采用科学的方法和模型对反映安全活动的数据资料进行分析，获得风险警示信号，促使决策者采取适当措施把风险控制在萌芽状态的一种机制。建立风险预警系统就是要分析风险水平，对危机或危险状态提前进行风险预测与信息警报。

预警的主要目的在于揭示事故发展形成的早期征兆，评价风险水平，以此做出判断，发出警示，为采取预防和控制对策提供决策依据。

## 6.7.2　煤矿瓦斯预警系统研究现状

20 世纪 80 年代开始，各国的监测系统已逐渐从单独的生产监测与安全监控转变为一个综合系统。如美国国家矿业局 R. L. King 研制的地下煤矿瓦斯控制专家系统，其功能是对地下煤矿瓦斯突出的可能性进行分析，就控制措施提出建议，以保证采煤作业的安全。英国为了适应煤矿各种生产、安全环境的监测和控制，将地面

硬件和软件设计标准化。日本为了保证煤矿集中监控系统能够高效地发挥作用，确定了相应的集中监控体制和煤矿安全信息的收集、处理与利用制度，近年来重点开发了光纤维分布式温度计、气味传感器、安全信息智能专家系统等煤矿监控新技术。德国是发展煤矿监控技术较早的国家之一，有许多自动化装置在井下得到应用，煤矿自动化水平较高，在技术上采用先进的煤矿安全实时监控系统，在井下通过各种高级传感器取得现场各种数据，利用数码摄像机将采掘现场的实时画面通过网络传到总控室并以各种形式显示。利用现代化手段使指挥中心与现场保持密切联系，任何事故的征兆都可以在监控中心找到并进行相应的处理。这些国家的矿井监测系统技术水平虽不同，但近十几年来在预防恶性爆炸事故中发挥了重要作用。

我国于 20 世纪 80 年代后期才开始将预警理论运用于煤矿方面。郭佳等提出了瓦斯爆炸风险在线评价与动态预警系统的总体框架以及基于远程监测 B/S 结构软件的设计，实现了瓦斯爆炸风险的在线评价功能与动态预警功能；魏权等围绕煤矿瓦斯危险源预警系统构架进行探讨，重点研究瓦斯预警子系统模块，在学习传统方法与模型预测瓦斯爆炸的基础上给出基于案例推理的瓦斯爆炸预警系统的模型；李华根据综合集成理论的思想，构建了基于 INTEMOR 的煤矿安全实时智能监控预警系统的整体模型；孙立峰等通过分析煤矿企业事故的致因模型，构建安全预警管理指标体系；颜晓基于网络技术、监测监控技术和通信技术的结合，通过 WEB 技术，实现对矿井安全生产情况的实时监测和煤矿环境状态的安全预测和分析；熊廷伟等提出基于 KJ90 综合监测系统和 ArcGIS 的煤矿井下瓦斯爆炸预警系统。

综上所述，国内外已对煤矿瓦斯爆炸预测做了大量科学可行的工作，对提高煤矿安全水平起到了重要作用，但是瓦斯爆炸预警系统研究还处于开创性阶段。本节内容主要是从理论上初步构建瓦斯爆炸的热力学预警系统。

### 6.7.3　甲烷爆炸热力学预警系统设计思路

由于甲烷是瓦斯的主要组成成分，在这里主要针对甲烷在空气（主要成分是氧气和氮气）里的爆炸来设计预警系统，并把气体均假设为理想气体，甲烷的低热值和最低引燃温度都经过实验确定。

首先根据热力学熵产生 $dS_p = 0$ 推导出 $\dfrac{K}{a} C_1 Q = (C_1 C_{p1} + C_2 C_{p2}) \Delta T$，即当引燃层燃烧反应放出的热量刚好等于可燃性气体和空气自身耗散的热量时可以使混合体系失爆。$K/a$ 为实际爆炸反应率，$0 < K/a < 1$，由此求出爆炸极限浓度。那么要使体系达到完全的安全状态，应当使 $\dfrac{K}{a} C_1 Q < (C_1 C_{p1} + C_2 C_{p2}) \Delta T$，也就是保证引燃层燃烧反应放出的热量小于可燃性气体和空气自身耗散的热量。去掉爆炸反应率的影响，即可燃性气体与氧气完全按照化学计量比反应得到：

$$C_1 Q < (C_1 C_{p1} + C_2 C_{p2}) \Delta T$$

对于爆炸下限：
$$C_1 Q < (C_1 C_{p1} + C_2 C_{p2}) \Delta T \tag{6-12}$$

对于爆炸上限：
$$\frac{(1-C_1)w_{O_2}}{N}Q<(C_1C_{p1}+C_2C_{p2})\Delta T \tag{6-13}$$

在预警系统中主要是通过检测各组分浓度来预警，以甲烷化学计量点浓度 9.5％ 为界，9.5％ 以下依据式（6-12）进行计算，9.5％ 以上依据式（6-13）进行计算。即检测出可燃气体的浓度后，系统将浓度自动带入程序编好的公式中，确定式（6-12）或式（6-13）是否成立。成立即没危险，不成立则需立即采取措施排除险情。

另外需考虑，上述不等式会受到系统温度和压力的影响。

当改变初始压力时，根据理想气体 $(\partial C_{p,m}/\partial p)_T=0$ 可知，$C_p$ 受压力影响不大则对整个不等式影响不大；当改变初始温度时，$C_p$ 会随初始温度的变化而发生变化，$C_{pO_2}$、$C_{pN_2}$ 都是在 273～3800K 范围内与温度的关系式为 $C_{pN_2}=28.58+3.76\times10^{-3}T-0.5\times10^{-7}T^2$，$C_{pO_2}=29.96+4.18\times10^{-3}T-1.67\times10^{-7}T^2$，$C_{pCH_4}$ 在 298～1500K 范围内与温度的关系式为 $C_{pCH_4}=23.64+47.86\times10^{-3}T-1.92\times10^{-7}T^2$。所以上述不等式中 $C_p$ 应为与温度有关的量。

综合考虑之后从理论上设计了瓦斯爆炸热力学预警系统示意图，如图 6-5 所示。在图 6-5 中，在分析了各组分的浓度及温度和压力后，进入热力学处理系统，即是根据热力学参数熵产生推导出的两个不等式，作用原理是：甲烷浓度小于 9.5％ 则代入式（6-12），反之则代入式（6-13）。计算后进入判定系统判定不等式是否成立。最后则给出预警信号。由于在计算设计时有些因素无法考虑，所以要用于实际应用还有待完善。

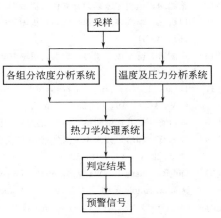

图 6-5　瓦斯爆炸热力学预警系统示意

## 参 考 文 献

[1]　Ritsu Dobasbi. Experimental study on gas explosion behavior in enclosure [J]. J Loss Prevent Proc，1997，10 (2)：83-89.

[2]　Gieras M，Klemens R，Rarata G，et al. Determination of explosion parameters of methane-air mixtures in the chamber of 40 dm³ at normal and elevated temperature [J]. J Loss Prevent Proc，2006，19：263-270.

[3]　Deng J. Experimental study on explosion of multicomponent combustibility gases containing $CH_4$，CO and $C_2H_4$ [J]. Coal Mine Modernization，2007，5：63-65.

[4]　Pekalskia A A，Pasmanb H J. Distinction between the upper explosion limit and the lower cool flame limit in determination of flammability limit at elevated conditions [J]. Process Safety and Environment Protection，2009，87：47-52.

[5]　Liu Y，Sun J，Chen D. Flame propagation in hybrid mixture of coal dust and methane [J]. J Loss Prevent Proc，2007，20：691-697.

[6] 赵新胜. 矿井瓦斯爆炸再现技术研究 [D]. 长春：长春理工大学，2007.

[7] Liang Y, Wen Z. Numerical study of the effect of water addition on gas explosion [J]. J Hazard Mater, 2010，174：386-392.

[8] Maremonti M, Russo G, Salzano E, et al. Numerical simulation of gas explosions in linked vessels [J]. J Loss Prevent Proc, 1999，12：189-194.

[9] 徐厚生，赵双其. 防火防爆 [M]. 北京：化学工业出版社，2004：47-48.

[10] 田贯三，陈洪涛，王学栋. 城市燃气爆炸极限计算与分析 [J]. 山东建筑工程学院学报，2002，17（2）：56-60.

[11] 许满贵，徐精彩. 工业可燃气体爆炸极限及其计算 [J]. 西安科技大学学报，2005，25（2）：139-142.

[12] Tong M, Wu G, Hao J, et al. Explosion limits for combustible gases [J]. Mining Science and Technology, 2009，19（2）：182-184.

[13] 卢楠，陈德展，董川. 瓦斯爆炸极限及反应热力学温度的计算 [J]. 山东师范大学学报：自然科学版，2008，23（4）：54-57.

[14] 张兆瑞，赵益芳. 矿井瓦斯传爆温熵图与防爆的负熵机理 [J]. 煤炭学报，1995，20（4）：423-426.

[15] 田贯三，李兴泉. 城镇燃气爆炸极限影响因素与计算误差的分析 [J]. 中国安全科学学报，2002，12（6）：48-51.

[16] 王志荣，蒋军成，李玲. 容器内可燃气体燃爆温度与压力的计算方法 [J]. 南京工业大学学报，2004，26（1）：9-12.

[17] Hirano T. Gas explosions caused by gasification of condensed phase combustibles [J]. J Loss Prevent Proc, 2006，19：245-249.

[18] 俞启香. 矿井瓦斯防治 [M]. 北京：中国矿业大学出版社，1990：139-146.

[19] 周邦智，郭珍，魏永生. 煤气-空气多元爆炸性混合气体爆炸反应极限范围的研究 [J]. 青海师范大学学报，2003，（4）：46-48.

[20] Qin B, Zhang L, Wang D, et al. The characteristic of explosion under mine gas and spontaneous combustion coupling [J]. Procedia Earth and Planetary Science, 2009，1：186-192.

[21] Maguire B A, Slack C, Williams A J. The concentration limits for coal dust-air mixtures for upward propagation of flame in a vertical tube [J]. Combust Flame, 1962，6：287-294.

[22] 张莉聪，徐景德，吴兵等. 甲烷-煤尘爆炸波与障碍物相互作用的数值研究 [J]. 中国安全科学学报，2004，14（8）：82-85.

[23] 卢楠，夏荣花，密士珍. 煤尘对瓦斯爆炸反应影响的量子化学计算研究 [J]. 山东化工，2008，37（11）：7-11.

[24] 郭佳. 瓦斯爆炸风险在线评价与动态预警系统研究 [D]. 西安：西安科技大学，2008.

[25] 窦永山，王万生. 英国的煤矿安全监察体制 [J]. 当代矿工，2002，（4）：34-35.

[26] 王虹桥. 日本煤矿的集中监控体制及监控新技术 [J]. 中国煤炭，1999，25（7）：48-49.

[27] 邓江波. 德国的能源战略及煤炭产业的基本走势 [J]. 江苏煤炭，2004，（1）：89-90.

[28] 魏权. 基于案例推理的煤矿瓦斯爆炸预警研究 [D]. 西安：西安科技大学，2008.

[29] 李华. 矿井掘进瓦斯爆炸实时智能预警监控系统 [D]. 西安：西安科技大学，2005.

[30] 孙立峰. 煤矿安全预警系统的研究 [J]. 露天采矿技术，2005，（S1）：78-83.

[31] 颜晓. 煤矿安全预警系统方案设计 [J]. 煤炭现代化，2002，（6）：23-24.

[32] 熊廷伟. 煤矿瓦斯爆炸预警技术研究 [D]. 重庆：重庆大学，2005.

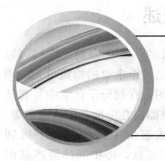

# 第 7 章
# 穴番类化合物与甲烷的相互作用研究

## 7.1 引 言

分子化学是以共价键为基础，以分子为研究对象的化学。而超分子化学是以多种弱相互作用力（或称次级键）为基础，两个或两个以上分子通过这种弱相互作用高层次组装为研究对象的化学。该学科是近三十年来发展起来的一门处于近代化学、材料科学和生命科学交汇点的前沿科学，是具有广阔应用前景的年轻领域。

超分子体系由主体（或受体 host）和客体（或底物 guest）组成，前者为天然或人工设计合成的分子，后者为能与前者通过非共价键作用的分子或离子。超分子作用是一种具有分子识别能力的分子间作用，是空间效应影响下的范德华作用、静电引力、氢键力、π-π 相互作用和疏水作用等。分子识别是指主体对客体选择性组合并产生某种特定功能的过程，是类似"锁和钥匙"的分子间专一性组合，可以理解为客体与给定主体间选择性的键合，是组装功能的基础，是酶和主体选择性的根基，也是形成超分子结构的基础。

随着超分子化学研究的不断深入，各种超分子主体陆续被合成出来，目前比较有代表性的超分子化合物有冠醚、环糊精、杯芳烃等。但这远远不能满足超分子化合物发展的需求。自从 1993 年以来，超分子化合物的发展为分子探针的研究应用开辟了巨大的领域。许多天然的和新合成的超分子化合物在溶液中能键合小的中性物质形成包结络合物，这种络合物可以通过主体和客体之间弱的非共价键作用来表征，客体键合到主体空穴中的过程可以用来模拟与客体键合的更大、更复杂的大分子。通过大量的实验和计算可以详细地研究主客体相互作用的结构与动态特征。

目前，设计合成能够识别中性小分子的超分子主体化合物是这一领域的研究热点，尤其是对脂溶性的小分子，碳水化合物和卤代烃类等的识别是这一领域具有挑战性的课题。

具有碗状结构的 CTV 化合物和具有笼状结构的穴番化合物，它们都是近年来人工合成的能够识别中性小分子的超分子主体化合物。CTV 化合物易于合成，通过修饰能合成大量基于 CTV 的空穴配体。由两个 CTV 组成的穴番化合物，具有深度空穴，对客体分子能形成完全的包封，其空穴大小和外部取代基可调节。这些特点使它们在超分子化学中具有独特的优势和更广阔的研究前景。

# 7.2 CTV 类化合物概述

CTV 是 cyclotriveralene 的简称，是具有碗状或浅碟状的一类化合物。它们可以作为超分子主体，自身能包合一些小分子或离子，同时也是一个重要的构筑单元，用于构筑大量的主体。这些被修饰后的主体带有不同功能基团，在超分子化学中具有独特的作用。已有大量文献报道 CTV 化合物在固态或溶液中能包合中性分子或离子等。

CTV 由 G. Robinson 在 1915 年首次合成。是在合成蒽衍生物的基础上得到的。产物经验式 $C_7H_{10}O_2$，是 2,3,6,7-四甲氧基-9,10-二氢蒽，即中间体藜芦基阳离子二聚体。在 20 世纪 50 年代，CTV 被错误地定义为一个六聚体。

六聚体如图 7-1 所示，直到 1963 年，Lindsey 用各种现代化技术才确定了其三聚体的分子式（图 7-2）。同时还确定了四聚体是它的主要副产物。

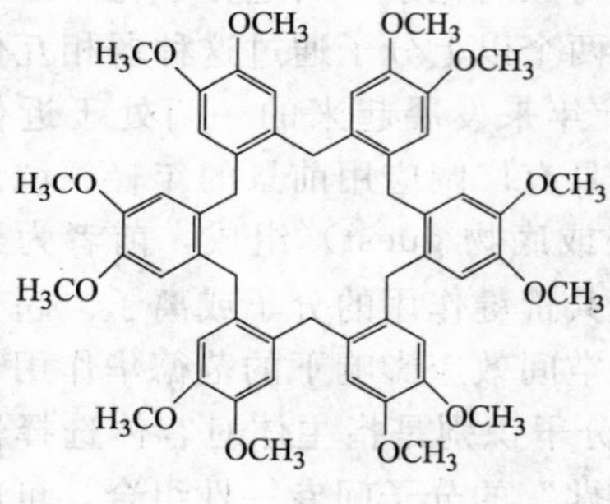

图 7-1 六聚体的结构式

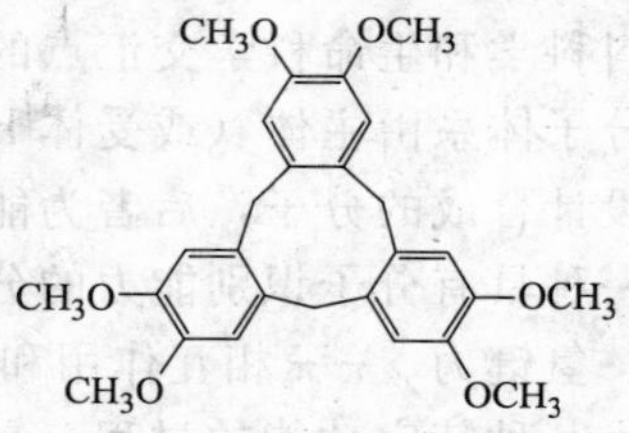

图 7-2 三聚体的结构式

自从 CTV 化合物三聚体的结构确定以后，化学家们展开了对它的研究，合成了大量的衍生物，研究了它的光谱性质、超分子性质和结构机理等。

CTV 类化合物存在两种构象：一种是中心九元环壬三烯衍生物环，倾向于冠醚构象的特殊优势构象；另一种是处于亚稳态的马鞍构象。对它们的应用主要是针对稳定构象（即优势构象）而言的。

## 7.2.1 CTV 类化合物的结构

CTV 类化合物三聚体结构确定以后，它的碗状构象引起了化学家们的研究兴趣，后来通过改变它的桥链或取代基，设计合成了大量这一类型化合物，如图 7-3 所示。除了特殊个例之外，大都是冠醚优势构象。在 CTV 的优势构象中，三个芳香环全都向上处于同一方向。不同温度的 $^1H$ NMR 研究表明，构象翻转是十分缓慢的。通过测定手性 CTV-$d_9$ 衍生物的外消旋速率（翻转能垒为 110.9kJ/mol），如图 7-4 所示，得到的结果和核磁研究结果一致，这说明翻转半衰期在 20℃约为 1 个月，但在 200℃还不到 0.1s。对于几乎所有的 CTV 相关化合物，碗形或冠醚构象是很常见的，而亚稳态的马鞍构象是不常见的，只是分子特殊合成的极个别现象。

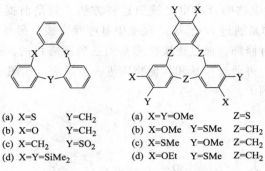

(a) X=S　　　Y=CH₂

(a) X=Y=OMe　　Z=S

(b) X=O　　　Y=CH₂

(b) X=OMe　Y=SMe　Z=CH₂

(c) X=CH₂　　Y=SO₂

(c) X=SMe　Y=OMe　Z=CH₂

(d) X=Y=SiMe₂

(d) X=OEt　Y=SMe　Z=CH₂

图 7-3　CTV 衍生物的结构式

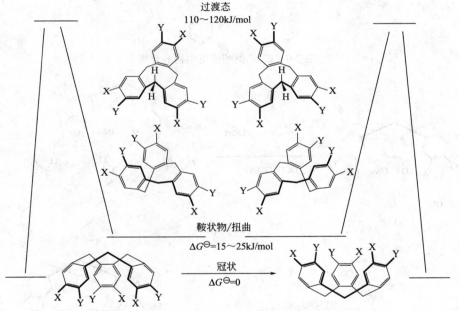

图 7-4　CTV 稳定构象通过亚稳态马鞍构象翻转的能量图

## 7.2.2　CTV 类化合物的合成

CTV 类化合物的合成路线比较成熟，一般是按照合成蒽衍生物的方法得到的。合成路线如图 7-5 所示。

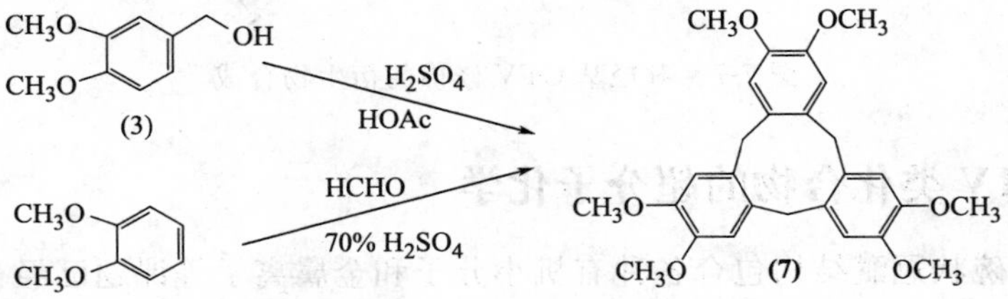

图 7-5　CTV 类化合物的合成

其他 CTV 类衍生物的合成也是按照这种方法，只是前提化合物不同。例如，如图 7-6 所示化合物是通过 N-苄基-3-羟亚甲基吲哚合成。另外，还有一类 CTV 化合物是对甲氧基进行修饰。通过连接功能基团达到所需目的。一般是先将 CTV 上的甲氧基变为羟基，再通过羟基和其他物质进一步反应。如图 7-7 所示化合物的合成就是比较典型的例子。

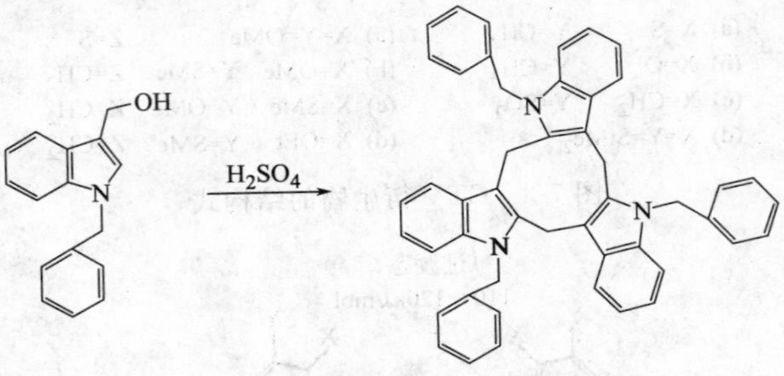

图 7-6　CTV 类吲哚衍生物的合成

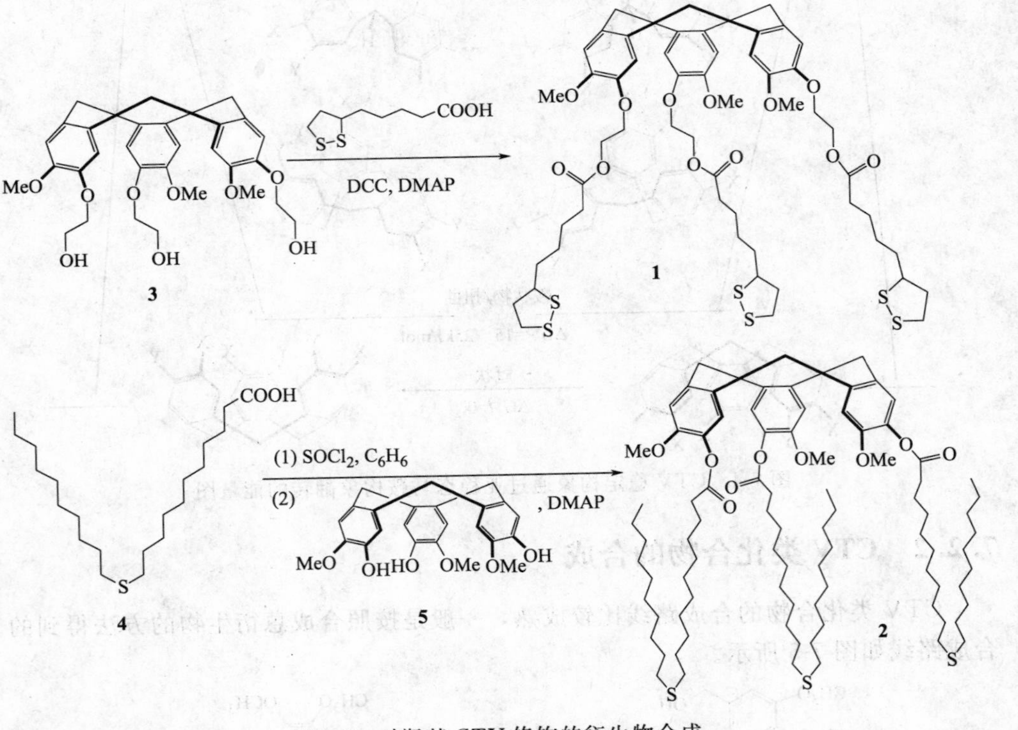

图 7-7　对羟基 CTV 修饰的衍生物合成

## 7.2.3　CTV 类化合物的超分子化学

　　CTV 的碗状冠醚结构包合各种有机小分子和金属离子等课题已经被广泛研究。人们较早认识到 CTV 能和大量的中性小分子如苯、甲苯、水、丙酮和二硫化碳等形成固体包合物。对这些固体包合物的研究表明，CTV 是一个氢键受体，几乎没有给氢键的能力。在氢键给体性客体存在时，客体质子和甲氧基的氧原子形成氢键。如果客体不能以这种方式作为氢键酸，则 CTV 分子就会扭曲，使得弱氢键给体 OCH$_3$ 质子与客体接受体相互作用。

对于特殊的球状客体如富勒烯（C$_{60}$）和 1,2-二碳十二硼烷，在 1994 年就发现了其空穴内化合物。对于 C$_{60}$ 而言，在主客体之间同时存在立体互补性和电子互补性。从立体结构来说，宽的 CTV 空穴的曲率半径与大富勒烯球体的曲率半径相似，C$_{60}$ 的六元环正好位于 CTV 三重旋转轴的上方，给出很好的体积匹配。并且因甲氧基取代基的给电子效应，CTV 芳香环是非常富电子的。这与 C$_{60}$ 的缺电子性互补，能通过电荷转移在溶液中形成电荷转移复合物。其相互作用可通过紫外-可见光谱检测。固体 X 射线衍射晶体图谱进一步确证了碳硼烷和富勒烯复合物的空穴内包合构象。对于碳硼烷而言，从酸性碳硼烷 C-H 质子到 CTV 环的 C-H⋯π 相互作用（距离为 2.18Å 和 2.56Å）使得复合物很稳定。重要的是更富电子的 B-H 氢原子被 CTV 芳香环排斥（最短 B-H⋯π 距离为 2.77Å）。另外，巯基取代 CTV 化合物作为主体与固定在金纳米表面的 C$_{60}$ 的相互作用也被研究。

CTV 化合物除了与有机小分子和特殊球体形成主客体包合物之外，也可以和离子进行络合，已经发现它能和镧系金属络合。并且合成了许多关于它们的有机金属络合物。

以上介绍的都是在 CTV 碗内形成的主客体包合物。而丙酮和 CTV 形成的包合物和这些不同，它是由两个 CTV 碗状面对面形成类似胶囊的结构，中间夹着一个丙酮分子，类似夹心结构，主客体相互作用包括 OCH$_3$ ⋯ OCMe$_2$ 氢键。(CTV)$_4$·丙酮形成的固体结构具有显著的特性，因为它不仅证明了空穴内包合，而且还代表了一种基于 CTV 的胶囊状共价类似物穴番。该化合物是唯一的因 CTV 而著称的碗内包合溶剂化物。

## 7.2.4　穴番系列化合物概述

为了提高 CTV 的络合能力，使其空穴变深，形成一个空穴较深的三维壳体，主客体的包合能力就会大大提高，为此 Cram 研究小组制备了大量的 CTV 空穴配体。由 Andre Collet 设计合成的化合物穴番是将两个 CTV 的面彼此对应，通过酯链或芳香环链连接，形成具有较大空穴的系列化合物。这类化合物是包含有脂溶性桥链和芳香环的有机主体化合物，属于"番"类化合物，因为它们构成一个较深的空穴，被命名为穴番。

穴番系列化合物始于 1980 年，当初 Andre Collet 设计合成穴番-A 是为了利用其空穴来识别最简单的手性分子 CHFClBr。但是由于 CHFClBr 分子体积太大，与穴番-A 的空穴不匹配，没能达到预期的目的。因此，Andre Collet 课题组从两个方面展开了一系列的研究：一方面增大穴番的空腔，改变酯链中亚甲基的个数，由两个变为三个、四个，也可以引入双键、三键等；另一方面减小客体分子的体积，将 CHFClBr 变为 $CH_2F_2$、$CH_2Cl_2$、$CH_4$ 等。从而发现了穴番分子对体积匹配的卤代烷烃等正四面体有机小分子的包合能力，展开了穴番分子作为主体的超分子化学研究。

Bartik 等在 1988 年首次证明了穴番-A 能包合惰性气体 Xe，解决了超分子化学中的一大难题。化学家佩恩也提出了希望利用稀有气体分子作为成像的辅助因子，大幅度提高检测多个癌症信号的能力，通过在穴番分子笼中加入单个氙原子，MRI 可以追踪氙原子并且可以发射特殊信号，使其可以灵敏地报告穴番笼外的变化，根据这个原理，这位科学家正在研究新的生物传感器，并且希望这种传感器成为可以识别癌症的生物标记。

但是，对这类化合物的实际应用并不是很多，很多还处于研究起步阶段，是比较新的课题。对这类化合物的合成、结构及性质的进一步探索，以及它在超分子化学领域、材料化学与生物传感器等的开发应用方面都有很大的研究空间，值得人们去探索。

### 7.2.4.1 穴番化合物的结构

穴番系列化合物的结构如图 7-8 所示，是由两个半环状化合物 CTV 位于上、下端，再通过三根酯链将它们连接起来，形成有粗略球状和脂溶性的空腔，即笼状化合物。三根酯链划分了三个平行的区域，角度约为 $120°$。空腔的大小可由酯链的长短（Z）来调节，目前合成的穴番系列化合物中，酯链中 Z 为 $—(CH_2)_n—$（$n=2$，$3$，$\cdots$）、$H_2C—CH=CH—CH_2$、$H_2C—C≡C—CH_2$。通过修饰 X、Y 基团可改善化合物的性质，如水溶性、键合能力或与其他基团相互作用能力等。

分子有顺式、反式两种构象，如图 7-9 所示。当三根酯链一样，取代基 X＝Y 时，反式穴番化合物是 D3 对称，是具有手性的。顺式穴番化合物是 C3h 对称，是非手性的。当取代基 X≠Y 时，顺式、反式的穴番化合物都属于 C3，都是具有手性的。

另外，顺式、反式构象还有最本质的一点区别是：顺式构象沿着 C3 轴，上、下两个碗状的 CTV 基团是重叠的。反式构象沿着 C3 轴，上、下两个碗状的 CTV 基团是扭曲的，扭曲的角度取决于酯链的长短。

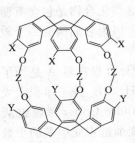

图 7-8　穴番化合物的结构

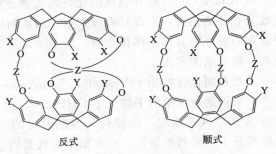

反式　　　　　　顺式

图 7-9　穴番化合物的构象

计算机模拟显示，当穴番系列化合物中的三根酯链变得相当长时，在结构上也会发生一些变化。当酯链中亚甲基的个数 $n \geqslant 7$ 时，一个 CTV 基团会转向内部，整个分子会呈现 in-out 构象；当 $n > 12$ 时，两个 CTV 基团都会转向内部，整个分子会呈现 in-in 构象，如图 7-10 所示。

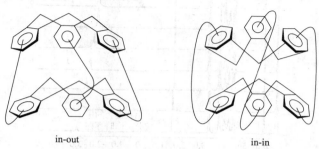

in-out　　　　　　　　　　　　　　in-in

图 7-10　穴番化合物的 in-out 构象和 in-in 构象

　　至今对穴番类化合物还没有一个规范的系统命名法，因为系统命名时，应该综合考虑这类化合物的结构特征，包括：酯链的长短和结构；外围取代基的数目、位置和特性；立体化学，包括顺反异构体和 in-out 异构等。穴番化合物变化较多，很难准确描述化合物的所有性质。

　　目前对穴番化合物的命名是按照合成化合物的先后顺序来确定的。最先发现的穴番酯链为两个亚甲基，外围取代基为六个甲氧基，被称为穴番-A。为了区分顺反异构，顺反异构体分别称为穴番-A 和穴番-B。以后发现的被称为穴番-C 和穴番-D，以此类推。有时为了对它们的立体化学进行描述，常在命名前加上它们的构型和特殊基团，如 D3-穴番-E、C3-穴番-C、COOH-穴番-E 等。

### 7.2.4.2　穴番-A 形成的主客体包合物

　　穴番-A 是穴番系列化合物中最小的一个，穴番-A 的空穴体积为 $95Å^3$，直径约为 $9.5Å$。据文献报道，它能和甲烷分子和 Xe 分子形成主客体包合物，也能较弱地包合 $CH_2Cl_2$、$CH_2F_2$ 等小分子。

　　1993 年 A. Collet 及其合作者研究了穴番-A 对甲烷的包合能力。甲烷是很重要的小分子，它主要存在于煤矿、石油沉积以及作为天然气，是高度对称的、不带电荷的非极性分子，再加上它的化学活泼性差、极易挥发等特点，所以它的包合在溶液中是很难进行的。A. Collet 及其合作者发现甲烷能进入穴番-A 的空穴，能形成比较稳定的包合物。如图 7-11 所示，在主客体比例逐渐增大的同时，通过 $^1H$ NMR 能观察到自由客体和被包合后的客体被分开的核磁信号，被包合后的核磁信号越来越大并向低场移动。在 199K 时，自由甲烷分子的核磁信号约在 0.2，而被包合的甲烷分子的核磁信号约在 -4.4。在 298K 观察到的是一个平均信号。分子结构模拟显示，$C_{客体} \cdots C_{主体}$ 的平均距离约为 $4.5Å$，也就是说，比范德华半径之和大 20%。这个距离与在范德华引力范围内最大的吸引力接近一致，很可能是该包合物具有超常稳定性的一个原因。

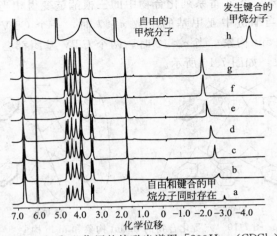

图 7-11　甲烷和穴番-A 作用的核磁光谱图 [200Hz，(CDCl₂)₂，298K]

a～g—甲烷和穴番-A 的摩尔比 0.33～1.35；h—199K，摩尔比 0.9 时的光谱图

就分子体积而言，空穴与客体尺寸之间的比率可以用空穴的占有率来表示，当占有率为 1 时代表空穴被完全填充。甲烷在穴番-A 的空穴中的占有率为 0.35，匹配性无疑要差一些。但 A. Collet 指出空穴内的环境类似于超临界流体，从宏观上说，在穴番-A 空穴内的 1 个甲烷分子相当于 298K、610atm❶ 下 49mL 的 1mol 甲烷。

在此工作的基础上，2005 年 M. Benounis 将穴番-A 作为涂层涂在光纤上，利用渐逝波来检测甲烷气体，检出限能达到 2%。实验室又进一步引用模式滤光方法实现了对低浓度甲烷气体的检测。

穴番-A 和甲烷的主客体包合物也用分子模拟的方法，得知甲烷分子的 C 原子处于穴番-A 空穴的中间，$C_{客体} \cdots C_{主体}$ 的平均距离约为 4.5Å，比范德华半径之和大 20%。这个距离与在范德华引力范围内最大的吸引力接近一致，解释了该包合物具有超常稳定性的原因。

# 7.3　穴番-A 与甲烷气体的相互作用

## 7.3.1　引言

甲烷是煤矿特有的可燃、可爆性气体，也是煤矿安全生产的重大威胁。长期以来，科学工作者开发了对瓦斯浓度的检测方法和仪器，原理包括催化燃烧法、光干涉法、热导法和差分光学吸收法等。然而，通过化学理论和方法来检测甲烷浓度的报道还很少见。

荧光传感器主要分为两类，即在溶液中使用的均相荧光传感器和能进行气相传

---

❶　1atm＝101325Pa。

感的薄膜荧光传感器。均相荧光传感器因灵敏度高，选择性好，广泛应用于金属离子、阴离子和中性分子，特别是生物分子的检测和识别中。然而，均相荧光传感器所固有的易于污染待测体系，只能一次性使用，尤其是对在溶液中的溶解度小和易挥发的气体难以响应等缺点，限制了其应用。薄膜荧光传感器是将传感元素固定于基质表面制备成荧光薄膜。由于其灵敏度高，可采集信号丰富，使用方便，尤其是能进行气相传感等优点，备受人们关注，近年来得到了迅速发展。

20 世纪 80 年代前期 Andre Collet 教授的研究小组研究合成了一系列穴番系列的化合物。1993 年 Collet 及其合作者发现，小的穴番-A 分子对甲烷有很好的络合能力，在（CDCl$_2$）$_2$ 溶液中，温度为 298K 下，通过 $^1$H NMR 能观察到自由甲烷分子和被络合的甲烷分子被分开的峰的信号。自由甲烷分子的共振信号约在 0.2，而被络合的甲烷信号在 -4.4，如图 7-11 所示。该研究说明了穴番-A 对甲烷有很好的络合能力，但是仅仅在溶液中有甲烷被络合的核磁信号。甲烷在溶液中溶解度小和易挥发，难以实现对甲烷气体的检测。1998 年 Josette Canceill 和 Andre Collet 改进了化合物穴番的合成方法，用香草醇为原料两步合成，降低了化合物的成本，分离了穴番异构体。2005 年 M. Benounis 和 N. Jaffrezic-Renault 等用渐逝波技术研究了穴番-A 和甲烷气体的相互作用。这些工作确定穴番-A 可作为吸附甲烷气体的新型化学材料。

此实验是把发荧光的主体分子穴番-A 采用旋流技术，制备成韧性好的薄膜，固定在石英片上。甲烷气体直接与其作用，被穴番-A 分子的空穴包合，根据包合前后荧光光谱的变化检测甲烷的含量。采用旋流技术制备成的主体分子穴番-A 薄膜与甲烷的作用，克服了已有技术中甲烷在有机溶液中的溶解度不高和有机溶剂易挥发的缺陷。该方法对甲烷气体有选择性，成本较低，操作简单，响应速度快，可用于低浓度甲烷气体的检测。

## 7.3.2　穴番-A 的合成

称取上述制备的 1,2-二（4-羟甲基-2-甲氧基苯氧基）乙烷 1g，加入 500mL 甲酸，在 60℃条件下反应 3h，在真空条件下蒸发得到固体残渣，将其过 200～300 目硅胶柱（二氯甲烷-丙酮混合溶液为洗脱剂），得到产物穴番-A 0.05g。产率为 5%（高于 300℃以上分解）。合成路线如图 7-12 所示。

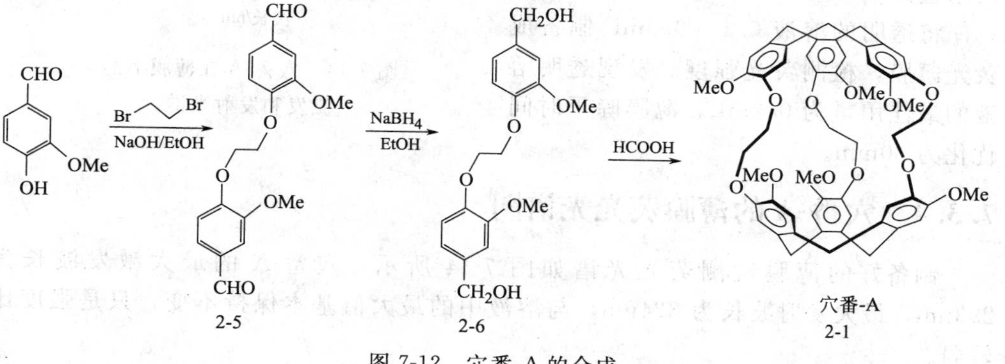

图 7-12　穴番-A 的合成

### 7.3.3 穴番-A荧光薄膜制备及优化

#### 7.3.3.1 穴番-A荧光薄膜制备

(1) 依次将穴番-A、聚氯乙烯（PVC）和癸二酸二辛酯（DOS）溶于四氢呋喃溶液中，制成无色透明的溶液；试剂用量分别为：穴番-A $2.5\sim10\mu mol$，聚氯乙烯 50mg，癸二酸二辛酯 100mg，四氢呋喃 2mL。

图 7-13 甲烷气体的通气装置

(2) 将透明的溶液 $0.1\sim0.3mL$ 用微量注射器注入高速旋转的石英片上，旋流成薄膜，旋转速度为仪器的中等速度，旋转时间为 0.5min。薄膜晾干，备用。

(3) 将涂有薄膜的石英片和另一个空白的石英片密封于一个小的气室，然后固定在测量荧光薄膜的支架上检测其荧光强度。接着通入不同浓度的甲烷气体，甲烷就会被穴番-A包合，再次检测它的荧光强度（图 7-13）。

(4) 根据荧光强度变化和工作曲线确定甲烷含量范围。

#### 7.3.3.2 荧光薄膜制备的条件优化

依次将用量为 $2.5\mu mol$、$5\mu mol$、$7.5\mu mol$ 和 $10\mu mol$ 的穴番-A，50mg 聚氯乙烯，100mg 癸二酸二辛酯溶于四氢呋喃溶液中，配成无色透明的溶液，制备成荧光薄膜，检测荧光强度。

发现穴番-A 的用量为 $2.5\sim5\mu mol$，荧光强度和穴番-A 的用量成正比。当用量继续增大时，荧光强度增大不是很明显，并且溶解度较差，所以选择穴番-A的用量为 $5\mu mol$。

将透明的溶液 $0.1\sim0.3mL$ 制备成荧光薄膜，检测荧光强度。发现透明溶液的最佳用量为 0.2mL。薄膜晾干时间优化为 30min。

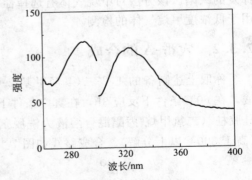

图 7-14 穴番-A 在薄膜上的激发和发射光谱

### 7.3.4 穴番-A的薄膜荧光光谱图

制备好的薄膜检测荧光光谱如图 7-14 所示。穴番-A 的最大激发波长为 293nm，最大发射波长为 324nm，与溶液中的最大值基本保持不变，只是强度比较弱。

## 7.3.5　标准曲线的绘制

依次将空气、氮气按照实验方法通入，检测通气前后荧光强度的变化，发现穴番-A 对它们基本上没有响应。

依次将甲烷体积浓度分别为 1％、1.5％、3％、5％和 10％的气体（不同浓度的甲烷是由甲烷和氮气配成的）通入，检测到的荧光光谱变化如图 7-15 所示。发现通入甲烷气体后，穴番-A 的荧光强度降低。甲烷体积浓度越大，荧光强度降低越大。

将通气前后的荧光强度的比值对甲烷气体浓度作图，得到一条直线，线性相关系数能达到 0.9915。以这条直线作为标准曲线。

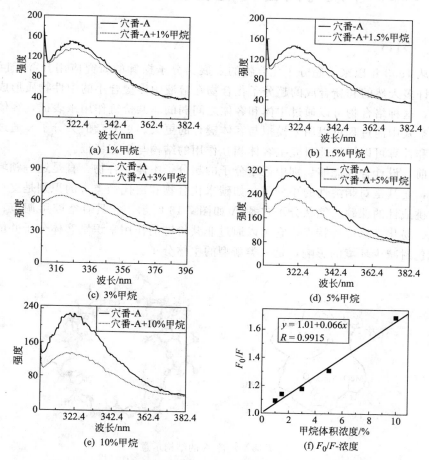

图 7-15　通甲烷气体前后穴番-A 的荧光强度变化及其标准曲线

## 7.3.6　未知浓度甲烷气体的检测

将未知浓度的甲烷气体，按照相同的方法操作，根据荧光强度的变化和标准曲线进行对比，可得到甲烷气体的浓度。

### 7.3.7　小结

将穴番-A制备成薄膜，甲烷气体与它直接作用，作用后荧光强度明显降低。穴番-A与甲烷作用前后荧光强度的比值在甲烷浓度为$1\%\sim15\%$的范围内与甲烷气体的体积浓度成正比，在实验室实现了对低浓度甲烷气体的检测。在实际样品检测时，由于有多种气体存在，还有温度、湿度和粉尘等的影响，所以对实际样品的检测还需根据实际情况进一步探索和研究。

## 7.4　甲烷与穴番-A化合物之间的相互作用

### 7.4.1　引言

自从1993年以来，超分子化合物的发展为分子探针的研究应用开辟了巨大的领域。许多天然的和新合成的超分子化合物在溶液中能键合小的中性物质形成包结络合物，这种络合物可以通过主体和客体之间弱的非共价键作用来表征，客体键合到主体空穴中的过程可以用来模拟与客体键合的更大、更复杂的大分子。通过大量的实验和计算可以详细地研究主客体相互作用的结构与动态特征。

目前，设计合成能够识别中性小分子的超分子主体化合物一直是这一领域的研究热点，尤其是对脂溶性的小分子，如碳水化合物和卤代烃类等的识别是这一领域被赋予挑战性的课题。笼状分子穴番-A如图7-16所示。它具有空腔可调节、构象易变化、易化学修饰等特点，它可以通过非共价键的作用来识别客体分子并能对客体形成包封减少环境的影响，是一类新型的主体分子。

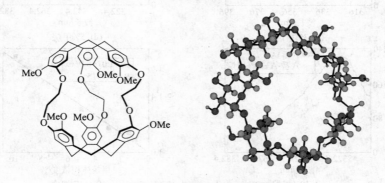

图7-16　穴番-A的结构示意

20世纪80年代前期，Andre Collet教授的研究小组研究合成了穴番系列中最小的化合物穴番-A，它的设计合成是为了识别简单的手性分子CHFClBr。1993年Andre Collet教授通过NMR研究证明，穴番-A能有效地络合甲烷分子。与穴番-A相一致，其他的穴番分子对一些小的四面体分子也有一定的络合能力。遗憾的是，由于合成比较困难，这类分子一直没有在超分子化学领域得到很好的研究。

2005 年 M. Benounis 报道了用穴番-A 修饰了敏感层，高选择性地测定了甲烷，检测限达 2%。特殊的聚合体穴番-A 是一种特殊的有空穴合成有机体，由于其内腔具有疏水性，并且空腔大小也与甲烷分子体积相匹配，1993 年在 $(CDCl_2)_2$ 溶液中利用 $^1H$ NMR 方法发现了穴番-A 对甲烷有很好的包合作用（图 7-17）。基于穴番-A 的立体化学特性包括构型、手性和对映体选择性，它作为某些材料的成分如电荷转移盐类和朗缪尔膜是非常有潜力的。因此，合成笼状化合物穴番-A 在分子探针及气体传感器领域具有广阔的应用前景。

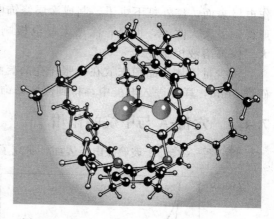

图 7-17　穴番-A 捕捉甲烷小分子的模拟图

本书将该物质修饰于电极表面，利用光谱法和电化学法初步探讨了甲烷与超分子化合物二者之间的相互作用。

## 7.4.2　穴番-A 的核磁表征

图 7-18 为穴番-A 的 $^1H$ NMR 谱图。穴番-A 的 $^1H$ NMR 谱归属 $\delta$：6.77（s，6H，Ar），6.68（s，6H，Ar），4.49[d，2J(H，H)＝14.0Hz，6H，CHa]，4.35（m，12H，$OCH_2$），3.86（s，18H，$OCH_3$），3.41[d，2J(H，H)＝14.0Hz，6H，CHe]。

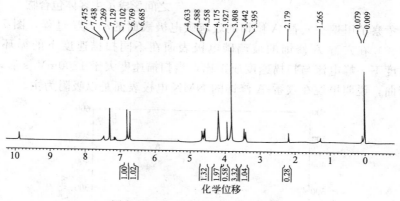

图 7-18　穴番-A 的 $^1H$ NMR 谱图

## 7.4.3　修饰电极的制备

镍电极上修饰氢氧化镍：在 50mL 的电解杯中加入 25mL 1.0mol/L NaOH 溶液，处理好的镍电极为工作电极，参比电极为 Ag/AgCl，铂丝为对电极。在 0～0.60V 电势窗下扫描，扫描速度为 100mV/s，连续循环扫描 30min（300 圈）。

取少量样品置于溶液中超声分散，用微量进样器吸取少量溶液，滴加在上述工作电极表面，红外灯下烘干，制成涂层修饰电极。随修饰量的增加，信号加强，峰形得到了大大改善，但是，涂层太厚电极响应迟缓，信号反而降低，基底电流较大。修饰溶液控制在 $6\sim10\mu L$。

将少量固体样品粉末放在一张光亮的硫酸纸上，把清洗过的电极放在其上仔细研磨 5min，样品嵌入电极中，得到镶嵌修饰电极，用蒸馏水冲洗表面备用。

### 7.4.4　穴番-A 与甲烷的作用

将穴番-A 修饰于玻璃碳电极表面，研究了它与甲烷之间的相互作用。图 7-19 是修饰了穴番-A 的玻璃碳电极分别在空白电解液和通入甲烷前后的循环伏安图，电解液为 1.0mol/L NaOH 溶液，扫描速度为 60mV/s。由图可见，通入甲烷气体后，氧化还原峰的峰电流都增大了，峰电势移动不明显。结果表明，通入甲烷气体后，穴番-A 促进了电子的传递，由于峰电势几乎没有发生移动，说明穴番-A 对甲烷有一定的作用，但是没有新物质的生成。这可能是由于甲烷气体进入到了穴番-A 空腔内，穴番-A 对甲烷有包合作用，二者之间形成了主客体包合物。

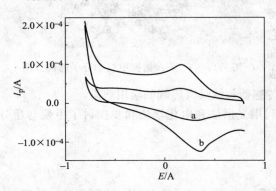

图 7-19　NMN 电极修饰了穴番-A 的循环伏安图
（电解液为 1.0mol/L NaOH 溶液，扫描速度为 60mV/s）
a—空白；b—甲烷

本节考察了甲烷在穴番-A 修饰的玻璃碳电极表面的动力学过程，图 7-20 是甲烷（99.9%）在穴番-A 修饰的玻璃碳电极表面在不同扫描速度下的循环伏安图。低扫描速度下，峰电流与扫描速度成正比，当扫描速度大于 1500mV/s 后，峰电流发生了弯曲，说明甲烷在穴番-A 修饰的 NMN 电极表面是以吸附为主。

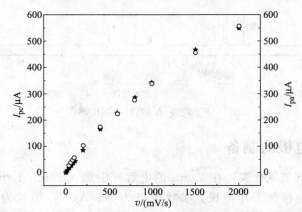

图 7-20　甲烷（99.9%）在穴番-A 修饰的玻璃碳电极表面
在不同扫描速度下的循环伏安图

由表 7-1 可见，从客体分子在主体空穴中的占有率来说，二氯甲烷在穴番-A 空穴中的占有率是比较合适的数值。所以它们之间能形成较稳定的主客体包合物。相比之下，甲烷与空穴的匹配性无疑要差很多，但甲烷是气体分子，空穴内的环境类似于超临界流体，不能简单地与溶液体系进行比较。分子结构模拟显示，甲烷分子进入穴番-A 的空腔，碳原子位于空腔的中心位置，与空腔芳香环的平均距离是 4.5Å，这个距离和范德华引力范围内的最大吸引力接近一致，所以二者能够有比较强的相互吸引力。以上结果说明，穴番-A 对甲烷有一定的作用，但是没有新物质的生成。这可能是由于甲烷气体进入到了穴番-A 空腔内，穴番-A 对甲烷有包合作用，二者之间形成了主客体包合物。

**表 7-1　甲烷及其衍生氯化物在主体穴番-A 空穴中的占有率**

| 客体分子 | 穴番-A | 客体分子 | 穴番-A |
|---|---|---|---|
| 甲烷（$CH_4$） | 0.35 | 三氯甲烷（$CHCl_3$） | 0.89 |
| 二氯甲烷（$CH_2Cl_2$） | 0.70 | 四氯甲烷（$CCl_4$） | — |

注：穴番-A 的空穴体积为 81.5Å³。

### 7.4.5　小结

通过对穴番-A 与甲烷分子的相互作用研究，不仅为超分子化学、气体传感器等方面的研究奠定了理论基础，而且发现了对甲烷作用较好的主体分子，开辟了经化合物穴番-A 修饰后对甲烷气体进行检测的新方法，为超分子化合物与气体小分子的相互作用研究提供了新的思路和方法。

将超分子化合物引入到了检测气体分子的领域，研究了它们的光谱性质，初步讨论了它们与甲烷之间的相互作用，为甲烷的电化学方法检测提供了新的思路与方法。为利用超分子化合物独特的性质来研究甲烷气体开辟了一条新的道路，为甲烷气敏传感器的研制奠定了一定的理论基础。

## 7.5　穴番-E 化合物的合成及光谱表征

在前面的几节中讨论了穴番-A 的性质及其对甲烷分子的识别作用，在此基础上设计合成穴番-E 化合物，对其光谱等性质做了研究。笼状分子穴番-E 由两个刚性的碗形 CTV 结构单元构成，通过三个具有弹性的酯链—$OCH_2CH_2CH_2O$—连接而成，形成具有类似球形的三维空腔结构，是一类新型的超分子主体化合物。穴番-E 能键合与其空腔大小匹配的中性脂肪族烃和卤代烃等有机物质构成超分子体系。20 世纪 80 年代初，Andre Collet 等使用了共价模板法，六步合成了穴番-A。1988 年简化了合成步骤，通过二次三聚缩合反应直接合成得到。随后合成了穴番-E，但产率极低。基于这些穴番类化合物的立体化学特性，它们能对特定的中性小分子进行识别，因此，合成笼状化合物穴番-E 在主客体化学和分子识别领域具有重要的意义。

## 7.5.1 穴番-E 的合成路线

穴番-E 的合成路线如图 7-21 所示。

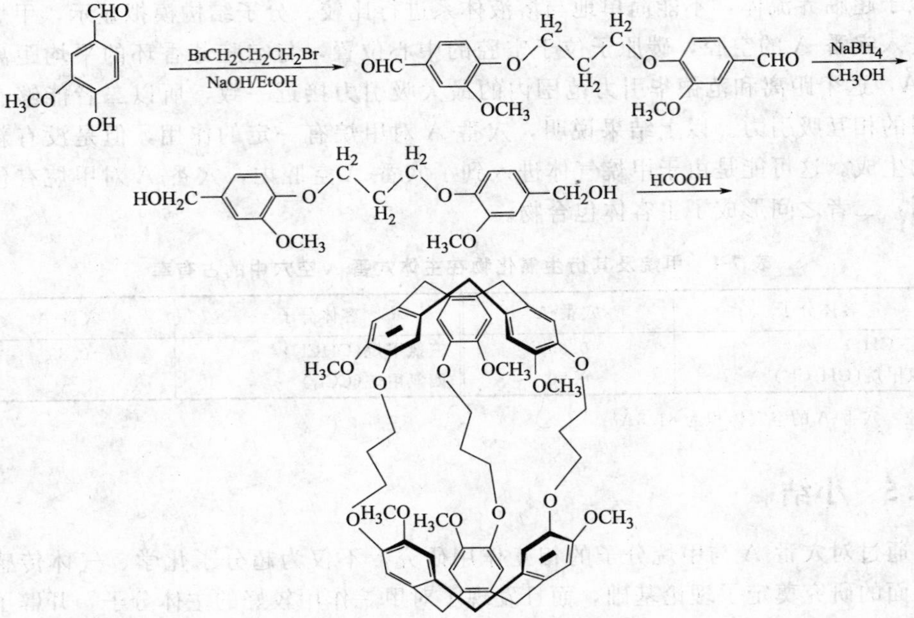

图 7-21 穴番-E 的合成

以香草醛为原料，合成 1,3-二(4-甲酰-2-甲氧基苯氧基)丙烷。称取 15g 香草醛加入三口烧瓶中，加入 50mL 无水乙醇，搅拌使其溶解，再加入 5mL 1,3-二溴丙烷，搅匀后，温度加热到 160℃，用常压漏斗缓慢滴加 10mL 氢氧化钠溶液（4g，10mol/L）。反应物回流 24h 后，抽滤并用水抽洗，再用无水乙醇抽洗，所得到的固体用红外灯烘干，所得产品的质量为 8.19g，其产率为 48.7%。

## 7.5.2 $^1$H NMR 谱图解析

图 7-22 为穴番-E 的核磁氢谱图。穴番-E 的 $^1$H NMR 谱及其归属 δ：6.69(S, 6H,Ar)，6.61(S,6H,Ar)，4.67(d,6H,CHa)，4.02(m,12H,OCH$_2$)，3.87(S, 18H,OCH$_3$)，3.50(d,6H,CHe)，2.31(m,6H,OCH$_2$)。

## 7.5.3 穴番-E 的紫外吸收光谱表征

分别在甲醇、乙醇、乙醚、乙酸乙酯、二氧六环、乙腈和三氯甲烷溶液中配制浓度为 $3.21 \times 10^{-5}$ mol/L 的穴番-E，测定它们的紫外吸收光谱，如图 7-23 所示。穴番-E 在不同溶剂中有两个吸收带，大约在 245～260nm 和 280～300nm。相同浓度的穴番-E 在三氯甲烷中的吸收最强，其次是乙腈、二氧六环和乙酸乙酯。在乙醚、甲醇和乙醇中的吸收较弱。在三氯甲烷溶液中的明显吸收可能和两者之间形成了主客体包合物有关。

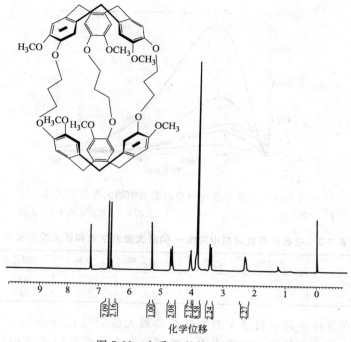

图 7-22　穴番-E 的核磁氢谱图

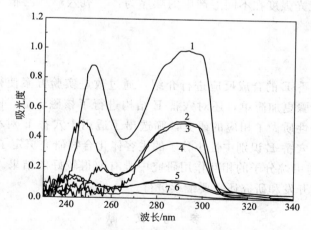

图 7-23　穴番-E 在各种有机溶剂中的紫外吸收光谱

1—三氯甲烷；2—乙腈；3—二氧六环；4—乙酸乙酯；5—甲醇；6—乙醇；7—乙醚

## 7.5.4　穴番-E 的荧光光谱表征

　　分别在甲醇、乙醇、乙醚、乙酸乙酯等溶液中配制浓度为 $2.91 \times 10^{-5}$ mol/L 的穴番-E 的溶液，测定它们的荧光光谱如图 7-24 所示。最大激发波长和最大发射波长列于表 7-2 中。

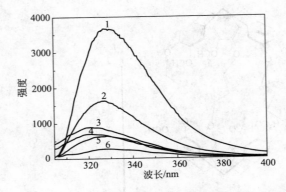

图 7-24　穴番-E 在各种有机溶剂中的荧光发射光谱

1—二氧六环；2—乙腈；3—甲醇；4—乙醇；5—乙酸乙酯；6—乙醚

**表 7-2　在各种有机溶剂中穴番-E 的最大激发波长和最大发射波长**

| 溶剂 | 乙腈 | 乙醚 | 二氧六环 | 甲醇 | 乙酸乙酯 | 乙醇 |
|---|---|---|---|---|---|---|
| $\lambda_{ex}$/nm | 295 | 295 | 298 | 292 | 296 | 292 |
| $\lambda_{em}$/nm | 323 | 324 | 330 | 322 | 325 | 324 |

穴番-E 在各种溶剂中的最大激发波长和最大发射波长分别为 292～298nm 和 322～330nm，受溶剂极性的影响不大，这可能和它刚性的分子结构有关。相同浓度的穴番-E 的荧光强度在不同溶剂中的顺序为：二氧六环＞乙腈＞甲醇＞乙醇＞乙酸乙酯＞乙醚。

## 7.5.5　小结

本节针对穴番-E 的合成反应进行介绍，通过改进实验方案使得总反应的成本减少到最低，步骤更加简单，还对穴番-E 结构进行了核磁表征，同时对它的紫外和荧光基本光谱性质做了相应的研究，筛选出了适用于穴番-E 对小分子识别研究的有机溶剂，对穴番-E 识别中性小分子的主客体化合物研究奠定了一些理论基础。但是在穴番-E 与甲烷分子的相互作用研究中没有取得较好的结果。因此，对穴番-E 气体传感器的开发和研究还需要继续进行。

### 参 考 文 献

[1]　Collet A. Cyclotriveratrylene and related hosts. //Comprehensive Supramolecular Chemistry. Toda F, ed. New York：Pergamon, 1996：6, 281-303.

[2]　Lindsey A S. The structure of cyclotriveratrylene (10,15-dihydro-2,3,7,8,12,13-hexamethoxy-5*H*-tribenzo[*a,d,g*]cyclononene) and related compounds [J]. J Chem Soc, 1965：1685-1692.

[3]　Andraud C, Garcia C, Collet A. S-substituted aromatics and exciton chirality. //Circular Dichroism：Interpretation and Applications. Nakanishi K, Berova N, Woody R W, eds. New York：VCH, 1994：399-412.

[4]　Collet A. Cyclotriveratrylenes and cryptophanes [J]. Tetrahedron, 1987，43：5725-5759.

[5]　Collet A，Dutasta J P，Lozach B，Canceill J. Cyclotriveratrylenes and cryptophanes：their synthesis and applications to host-guest chemistry and to the design of new materials [J]. Top Curr Chem, 1993, 165：103-129.

[6]　Zimmermann H，Tolstoy P，Limbach H H，Poupko R，Luz Z. The saddle form of cyclotriveratrylene [J]. J Phys Chem B, 2004, 108：18772-18778.

[7]　Collet A. //Comprehensi Ve Supramolecular Chemistry. Atwood J L, Lehn J M, Davies J E D, MacNicol D D, Vogtle F, Eds. Elsevier：Amsterdam, 1996, 2：325.

[8]　Zhang S，Palkar A，Fragoso A，Prados P，Mendoza J，Echegoyen L. Noncovalent immobilization of $C_{60}$ on gold surfaces by SAMs of cyclotriveratrylene derivatives [J]. Chem Mater, 2005, 17：2063-2068.

[9]　Ahmad R，Hardie M J. Synthesis and structural studies of cyclotriveratrylene derivatives [J]. Supramol Chem, 2006, 18：29-38.

[10]　Zhang S，Echegoyen L. Supramolecular immobilization of fullerenes on gold surfaces：receptors based on calix [n] arenes [J]. Cyclotriveratrylene (CTV) and Porphyrins Comptes Rendus Chim, 2006, 9：1031-1037.

[11]　Ahmad R，Dix I，Hardie M. Hydrogen-bonded superstructures of a small host molecule and lanthanide aquo Ions [J]. J Inorg Chem, 2003, 42：2182-2184.

[12]　Holman K T，Orr G W，Atwood J L，Steed J W. Deep cavity [CpFe (arene)]$^+$ derivatized cyclotriveratrylenes as anion hosts [J]. Chem Commun (Cambridge), 1998：2109-2110.

[13]　Burlinson N E，Ripmeester J A. Characterization of cyclotriveratrylene inclusion compounds by means of solid state $^{13}C$ NMR [J]. Journal of Inclusion Phenomena and Macrocyclic Chemistry, 2004, 1：403-409.

[14]　Jasat A，Sherman J C. Carceplexes and hemicarceplexes [J]. Chem Re , 1999, 99：931-967.

[15]　Collet A，Gabard J. Optically active ($C_3$)-cyclotriveratrylene-d9. Energy barrier for the "crown to crown" conformational interconversion of its nine-membered ring system [J]. J Org Chem, 1980, 45：5400-5401.

[16]　Garel L，Dutasta J P，Collet A. Complexation of methane and chlorofluorocarbons by cryptophane-A in organic solution [J]. Angew Chem Int Ed Engl, 1993, 32：1169-1171.

[17]　Benounis M，Jaffrezic-Renault N，Dutasta J P，Cherif K，Abdelghani A. Study of a new evanescent wave optical fibre sensor for methane detection based on cryptophane molecules [J]. Sens Actuators B, 2005, 107：32-39.

[18]　Wu S，Zhang Y，Li Z P，Shuang S M，Dong C，Martin M F. Mode-filtered light methane gas sensor based on cryptophane A [J]. Anal Chim Acta, 2009, 633：238-243.

[19]　Collet A. Cyclotriveratrylenes and cryptophanes [J]. Tetrahedron, 1987, 43：5725-5759.

[20]　Garel L，Dutasta J P，Collet A. Complexation of methane and chlorofluorocarbons by cryptophane-A in organic solution [J]. Angew Chem Int Ed Engl, 1993, 32：1169-1171.

[21]　Brotin T，Lesage A，Emsley L，Collet A. 129Xe NMR spectroscopy of deuterium-labeled cryptophane-A xenon complexes：investigation of host-guest complexation dynamics [J]. J Am Chem Soc, 2000, 122：1171-1174.

[22]　Bartik K，Luhmer M，Dutasta J P，Collet A，Reisse J. 129Xe and $^1H$ NMR study of the reversible trapping of xenon by cryptophane-A in organic solution [J]. J Am Chem Soc, 1998, 120：784-791.

[23]　Brotin T，Devic T，Lesage A，Emsley L，Collet A. Synthesis of deuterium-labeled cryptophane-A and investigation of Xe cryptophane complexation dynamics by 1D-EXSY NMR experiments [J]. Chem Eur J, 2001, 7：1561-1573.

[24]　Garel L，Dutasta J P，Collet A. Complexation of methane and chlorofluorocarbons by cryptophane-A in

organic solution [J]. Angew Chem Int Ed Engl, 1993, 32: 1169-1171.

[25] Canceill J, Collet A, Palmiieri P. Synthesis and exciton optical activity of D3-cryptophanes [J]. J Am Chem Soc Chem, 1987, 109: 6454-6464.

[26] Benounis M, Jaffrezic-Renault N, Dutasta J P, Cherif K, Abdelghani A. Study of a new evanescent wave optical fibre sensor for methane detection based on cryptophane molecules [J]. Sens Actuators B, 2005, 107: 32-39.

[27] Kang J, Rebek J J. Nature, 1997, 385: 50.

[28] Atwood J L, Barbour L J, Jerga A, Schottel B L. Science, 2002, 298: 1000.

[29] Benounis M. Study of a new evanescent wave optical fibre sensor for methane detection based on cryptophane molecules [J]. Sensors and Actuators B: Chemical, 2005, (107): 32-39.

[30] Canceil Josette, Collet Andre. Two-step synthesis of $D_3$ and $C_{3h}$ cryptophanes [J]. J Chem Soc, Chem Commun, 1988, 9: 582-584.

[31] Garel By Laurent, Dutasta Pierre Dutasta, Collet Andre. Complexation of methane and chlorofluorocarbons by cryptophane-A in organic solution [J]. Angew Chem Int Ed Engl, 1993, 32: 1169-1171.

[32] Izatt R M, Bradshaw J S, Pawlak K, et al. Thermodynamic and kinetic data for macrocycle interaction with neutral molecules [J]. Chem Rev, 1992, 92: 1261-1354.

[33] Canceili J, Cesario M, Colli Et Andre, et al. Structure and properties of the cryptophane-E CHCl₃ complex a stable van der Waals molecule [J]. Angew Chem Int Ed Engl, 1989, 28: 1246-1248.

[34] Collet A. Cyclotriveratrylenes and cryptophanes [J]. Tetrahedron, 1987, 43 (24): 5745-5759.

[35] Canceill J, Lacombe L, Collet A. New cryptophane forming unusally stable inclusion complexes with neutral guests in a linpophilic solvent [J]. J Am Chem Soc, 1986, 108: 4230-4232.